# ダブルブリッド X

中村 恵里加
Nakamura Erika

# 願い

ごくたまにだが、僕は僕の生きる理由を考える。

なぜ生まれ、なぜ生きているのか。考えなくてもいい理由を考える。

僕を——僕らを創《つく》った奴《やつ》らは知っている。僕らがなぜ生まれたのかを。

でも、僕らはそれを否定した。否定するために逃げて、そして戦って、生きて。

そして、死ぬ。十数年で、死んでしまう。

何て不完全な命なんだろう。

僕らをそういう風《ふう》に創り出したのは、創造主《そうぞうしゅ》。

僕らには、〝親〟と明言できる存在はいない。父と母らしきモノを個体として限定できるほど、僕らの中身は純粋にはできていない。

キマイラ。

色々《いろいろ》な遺伝《いでん》情報をぶち込まれた細胞《さいぼう》で構築《こうちく》されている僕らを、奴らはそう呼んだ。

僕らはただの肉。肉として生まれ、肉として死ぬために生み出された。

それが、嫌《いや》だった。死にたくなかった。

だから僕らは、創造主に叛旗《はんき》を翻《ひるがえ》した。

創造主。

主。

多かれ少なかれ、僕らの肉体には僕らが憎悪《ぞうお》する創造主の肉体情報が入っている。

創造主は、父の一人《ひとり》に過ぎない。母もまた同じ。だけど僕らは、基盤《きばん》となった卵子《らんし》の主を母と認識《にんしき》している。

これは、ただの魂《たましい》の拠《よ》り所《どころ》。自分の中に入っているすべての要素を親と認識していたら、僕らは僕らを保てないから。

そして僕らは、創造主を憎む。恨む。

この世界に、こんな風に生み落とした原因を、この世界から、抹殺《まっさつ》したい。

それが、僕らの行動理念。

それ以外にやりたいことなど、何もない。

本当は、ある。

本当は、あるんだ。

他《ほか》にも、したいことが。

でも、できなかった。

創造主《そうぞうしゅ》への復讐《ふくしゅう》以外のことを、考えてはいけなかった。

何もせず、何もできずに、ただただ恨みの言葉を吐いて死んでいく同胞《どうほう》たちのためにも。

僕の寿命だって、いつ尽きるのかわからないのに。

十年も生きてしまったんだから。

……あと、何年生きられるんだろう。

今日《きょう》も明日《あした》も明後日《あさって》も生きていたいのに。

死にたくない。

死にたくないんだ。

だけど、僕らは明日死んでもおかしくない、不完全な命。


今、僕は生きている。

復讐を果たすために生きている。

それ以外の理由なんて、ない。


でも、もし、明日、この命がなくなるとしたら。

きっと僕は、心の底にある、たった一つの願《ねが》いを叶《かな》えに行くのだろう。

この願いを叶えられたら、僕は。

# 第十章
# 走り始めた彼と彼女

　胃液には、味がある。酸味の利いたその液体が胃から口へと駆《か》け上っていくという体験《たいけん》を、優樹《ゆうき》は何度もしてきた。胃液の味はそのつど、微妙《びみょう》に違っている。消化されていない食べ物や飲み物の味が混ざった胃液。それは酒であったり、穀類《こくるい》であったり、魚類であったり、それらが複雑に混じりあったものであったり。

　とにかく断言できるのは、何度も味わいたいとは決して思えない『不味《まず》い』味であることだ。咄嗟《とっさ》に味覚を遮断《しゃだん》してしまえば、不愉快《ふゆかい》な味を舌が脳に伝えることはない。とはいえ腹部への打撃《だげき》が原因で嘔吐《おうと》するような事態に直面している時は、味覚より痛覚《つうかく》の遮断を優先《ゆうせん》することが多いため、優樹は胃液の不味さにはそれなりに慣《な》れていた。

　優樹はぎしぎしと軋《きし》む骨の痛みを抱え、内臓《ないぞう》が震《ふる》えているのを感じながら、豆大福《まめだいふく》の味が微量に混ざった酸《す》っぱい胃液が競《せ》りあがってくるのに耐えている。神経《しんけい》が自分の思い通りに機能しないのは、今に始まったことではない。だが、以前の自分であれば体験せずにすむ苦痛が外と中から同時に襲《おそ》ってくるのは気持ちのいいことではなかった。

それでも、意識《いしき》ははっきりとしている。強制的に与えられる苦痛が優樹に気を失わせない手助けをしてくれていたが、痛みよりも両肩に圧《お》し掛かっている重みこそが、優樹を二本の足で立たせている最大の理由だった。

両肩にある重み。一メートル強の背丈《せたけ》と、二十キロに満たない重さを持った幼女の体。八牧《やまき》巌《いわお》というアヤカシが拾い、未知《みち》と名付けた女の子。小さく痩《や》せっぽちな子供が肩と首の動きを妨《さまた》げていることは、些細《ささい》な問題でしかない。

未知の肉と魂《たましい》が生きた熱《ねつ》を持って自分の首にしがみついている限り、優樹は膝《ひざ》をついて地面に倒れることはできなかった。

それと、左の肩を掴《つか》まれている感触。

「片倉《かたくら》優樹！」

強く自身の名前を呼ばれるのと同時に、その感触はそこにあった。少し骨ばったさして大きくもない手。大きさと比較すると長い指が、優樹にそっと触れている。手の甲に浮き上がっている青紫《あおむらさき》じみた細い血管。彼の――大田《おおた》真章《さねあき》の手。長い長い時を生きてきた、霊鳥《れいちょう》の手だ。熱《あつ》くも冷たくもない指の熱が、服の上からじりじりと伝わってくるのがわかる。

何もかもが頼りないこの空間の中で、未知と大田が自分のすぐ傍《かたわ》らに存在している。

だから優樹《ゆうき》は地面を踏《ふ》み締《し》めて、眼前の男を左目だけで睨《にら》みつける。

「山崎太一朗《やまざきたいちろう》！」

大田《おおた》が、そう呼んだ彼。呼ばれた本人が、動きを止めて笑《え》みを浮かべたのを優樹は見ていない。ただ、考えていた。

八牧《やまき》を殺した張本人。〝童子斬《どうじぎ》り〟というアヤカシを殺すためだけに生まれたモノに憑《つ》かれた、哀《あわ》れな兇人《きょうじん》。自分が戦い、打ち倒さなければならない敵。

そして。

……そして？

そして、何だというのだろうか。優樹は左目を瞬《しばたた》かせて、立っている男を見つめる。背の高いがっしりとした男。精悍《せいかん》といっていい面構《つらがま》えと、左頬《ほお》に縦一文字《たていちもんじ》に走る傷。その彼の顔に、何かに対する感情の現れは一切ない。だが何もない表情に存在する〝もの〟を、優樹は感じ取ることができた。

空虚《くうきょ》。

それだけは、確実《かくじつ》に〝そこ〟にあるものだ。彼が発散している虚《うつ》ろな気配《けはい》。虚無《きょむ》であり空《うつ》ろであるもの、空《から》っぽの中にある〝空《くう》〟というもの。それは優樹の知り合いである空木《うつろぎ》が、常に醸《かも》し出しているものである。

だが空木と、目の前にいる男の〝空虚〟との間には、決定的に違う何かがあった。

山崎太一朗という兇人が身に纏《まと》っている空虚は、見せかけだけのぶ厚い皮でしかないように思えてならない。あの皮を剝《む》いた下には、何か恐ろしいものが渦巻《うずま》いている。その〝何か〟は、骨や内臓《ないぞう》への軋《きし》みとは違う、ちくちくとした圧迫感を断続的に与えていた。

痛いわけではなく、ひどく気持ちが悪い。吐き気がして気分が悪いとか、そういうものとはどこか性質が違う。痛みによる苦しさとは違う、不快な汗がじわじわと背中やわき腹から滲《にじ》み出てくるのを感じて、優樹は眉《まゆ》をしかめた。

「つらそうだね」

大田の声が、優樹の左耳を静かにうつ。左目を動かして見上げたが、大田は優樹の方を見ておらず、正面にいる男の顔をただ見つめていた。下から見る大田の顔は、どこか寂《さび》しそうな表情に見えた。

「……ちょっと、色々《いろいろ》と痛いんで」

「だろうね、君は痛みを感じないことに慣《な》れていたから、余計に痛いんだろう。だが、君はその程度の痛みで倒れるほど精神的にも肉体的にもやわにできてはいないと僕は思っているわけだが、どうだろうね？」

それはそうだ、と優樹は思う。血も出ていなければ、骨が折れているわけでもない。内臓はずきずきと痛みを訴えているが、それだけのこと。これくらいならば、少し我慢《がまん》すればいいだけの話。

常に、痛みと共《とも》に生きてきたのだから。

「それはさておき、ここで一つ提案したいことがあるので聞いてはくれないかな、優樹《ゆうき》。……この場所では、君は彼を打倒することは極《きわ》めて困難《こんなん》であると僕は思う。その理由は色々《いろいろ》あるわけだが、それを君が聞きた」

大田《おおた》の言葉を途中で遮《さえぎ》って、優樹は右足を一歩だけ前に踏《ふ》み出した。男——山崎太一朗《やまざきたいちろう》が静かに前進してきたからだった。亀《かめ》の歩みにも似た速度でゆっくりと進むその足元、ズボンの裾《すそ》からはみ出している数え切れない細い蛇《へび》を、優樹は凝視《ぎょうし》する。

コンクリートの地面に触れている根の動き。彼の足が上がるたびに、根は地面から離《はな》れることを嫌《いや》がって必死に先端を伸ばしている。右手からぶら下がっている枝は、ざわざわと動く根とは裏腹《うらはら》にほとんど動きを見せない。優樹をただひたすらに殴っている時も、その枝は太一朗の腕の動きにつられてただ静かに揺れるだけだった。

「……くないわけではないと思うのだが、のんびり会話をしている暇《ひま》はなさそうだね」

「そうですね」

「じゃ、逃げようか」

その一言で、優樹は初めて自分に『逃亡』という選択肢《せんたくし》があることを思い出した。この男が強いということは、短時間で嫌というほど思い知った。今のところ、自分が彼に勝てる目処《めど》などまるでない。彼の攻撃《こうげき》をろくに避けることができないし、こちらの攻撃を当てることもできないのだから。

ならば、逃げてしまえばいい。逃げることは決して苦手《にがて》ではなく、むしろ得意な方だ。未知《みち》という荷物を抱えているこの状況では、無駄《むだ》に殴られて痛みを増やすよりは逃げた方がましだ。

なぜ、自分は逃げることを最初から放棄《ほうき》していたのだろう。八牧《やまき》の仇《かたき》を前にして、冷静な思考を失っていたのだろうか。

逃げてはいけない。

なぜかそんな思いが、脳髄《のうずい》の奥底から湧《わ》き上がってきた。『逃げる』ということを頑《かたく》なに固辞する拘《こだわ》りなど、自分は持っていない。それなのに大田の言葉を聞いてさえ、自分の身体《からだ》と心はこの場から立ち去ることを拒《こば》んでいる。

大田の静かな、そして普段《ふだん》より力と張りを持って響《ひび》く声は、自分の混濁《こんだく》していきそうな思考を引きずり上げてくれる。この曖昧《あいまい》で苦しい状況で非常に頼りになる存在なのに、大田の言葉を拒否したいと願《ねが》う意識《いしき》があることに優樹は驚《おどろ》いた。

今は、逃げてもいい時のはずではないのか。

逃げて、逃げて、そして。

……そして、どうなるというのだろう？　逃げれば彼は追ってくる。それは間違いない。絶対だ。根拠《こんきょ》はまったくないが、断言できる。どこまでも逃げて逃げて、そして逃げ切れるというのか？　無理だ、逃げ切ることはできない、絶対にできない。

逃げられないのだから、戦うしかない。戦って戦って戦って。

そして殺す。……そして殺される。

方法があるとしたら――

「気をしっかり持ちたまえ、片倉優樹《かたくらゆうき》」

優樹の左目が彼女本来の輝《かがや》きを失っていくのを見て、大田《おおた》は声をかけた。この行為は、彼が自《みずか》ら任じている傍観者《ぼうかんしゃ》のものではないことを、多少は理解している。自分が声をかけなければ、優樹の思考は優樹ではないものに侵蝕《しんしょく》されていく。

その侵蝕が完了してしまったら、優樹は今のように苦しむことはない。苦しまず、悲しまず、痛みを感じることもなく、生きて、戦って。

肉と魂《たましい》が、死ぬだろう。

それは、大田が見ていたいものとは違っていた。

『君の生と死は、君だけのものだ』

優樹に対して、大田が時たま言い放った言葉。それは大田の本心であり、またそうであってほしいと願《ねが》うこと。それなのに今の優樹の生と死は、優樹のものではない。それは大田が傍観していたいと願う、優樹の生と死ではない。

だから自分は口を出す。口を出すだけで、手は出さない。何らかの行動をとってしまったら、自分は自身が望む正しい傍観者たり得ることはない。

しかし、その思考はもはや矛盾《むじゅん》してしまっている。

（……僕はとっくの昔から、僕が真になりたかった正しい傍観者ではないのだろうね……）

優樹の左肩の上に置いてある右手。これも〝手〟を出したうちに含まれるのだろうか。声をかけるだけならまだ〝口だけを出す〟という自分の中にあるルールを守っている気分を満喫《まんきつ》できていたのに。

手を出さないかわりに口と――足だの羽だのを出して、生きてきた自分。

正しくない傍観者である自分の短くはない過去を一瞬《いっしゅん》思い返すと、大田は右手を下ろして優樹の左手首を無造作《むぞうさ》に摑《つか》んだ。

生きた熱《ねつ》のない左手。ある意味でこの手は死んでいるのだから、当然だ。

右手の形をした左手に握られているナイフ。このナイフをどうやって手に入れて、今どうして鞘《さや》から抜き放っているかを、今の優樹に訊《き》いても答えられないだろう。

「悲しいことだよ、優樹《ゆうき》。僕は口出しだけをしてただひたすらに見続ける、正しい傍観者《ぼうかんしゃ》になりたかったのに。僕が見ていたかった対象は、僕が傍観している間に僕があまり見ていたくないものに変わってしまった。こういう場合、僕がしなければならないことは何なのだろうか？それは……」

優樹のベルトに装着されていた鞘《さや》にナイフを無理やり収めさせると、大田《おおた》は左の隻眼《せきがん》を覗《のぞ》き込んだ。すべてにおいて諦《あきら》めているようでいて、それでも無駄《むだ》に、無様《ぶざま》にあがき続けることを本分《ほんぶん》とする。そんな複雑な色合いが混ざり合ったものであるはずなのに、今の彼女の瞳《ひとみ》にはそれらがひどく希薄《きはく》であった。

「やはり逃げることだけだね、僕と君と幼女にできることは」

ぐ、と背筋《せすじ》に力を込めた時、優樹の視線《しせん》が大田ではなく正面に向けられた。同時に優樹の左腕が乱暴《らんぼう》に振り回されて、大田を押《お》し退ける。優樹と大田との間にできた隙間《すきま》に、先端が何本も分かれた枝が槍《やり》のごとく突き込まれた。

できた隙間をさらに広げるように、先分かれした枝のうち半分が優樹に、もう半分は大田に向かってその触手を突きたてようと迫ってくる。

「駄目《だめ》だ、優樹。動かなくていい」

しかし、優樹は枝から逃れようとして後ずさってしまっていた。そして既《すで》に優樹の目の前には、右腕から枝をぶら下げた太一朗《たいちろう》が左腕を振り上げて迫っている。ただ見ているだけの自分は、多少の距離《きょり》があっても優樹と彼の姿を認識《にんしき》することができる。だが戦闘《せんとう》に集中しなければならない優樹には、もう自分の姿も声も届かないだろう。

今、自分と優樹の距離が物理的に開いてしまうのは色々《いろいろ》な意味で好ましくない。自分の考えが外《はず》れていなければ、この枝は今は自分にも優樹にも肉体的損傷《そんしょう》を与えることはできないはずだ。だから大田は、鋭《するど》い切っ先から逃げもせずにただ立っていた。

自分の喉元《のどもと》まで伸びてきた枝先から視線《しせん》を逸《そ》らさずに見つめていると、思った通り枝は触れるか触れないかという寸前でぴたりと止まってしまった。

（……やはり、か）

枝から視線を逸らして根元を見ると、状況はよろしくない方向に進んでしまっているようだった。

「優樹、枝の動きは気にするな。彼の拳《こぶし》や蹴《け》りには、幼女を盾《たて》にすればいい。そうすれば、君も幼女も無傷でいられる」

大田の声と、骨と骨がぶつかり合う音が重なり合った。

動かなくていい、と大田は言った。しかし大田の声が鼓膜《こまく》から脳に到達する前に、優樹は反射的に得体《えたい》のしれないこの〝枝〟から、自分と大田を遠ざけようとしてしまった。

優樹は迫ってくる〝枝の動き〟を目で追う。だが、その動きを最後まで認識することはできなかった。胸の中央に強烈な衝撃《しょうげき》と痛みを加えられて、そちらの方に意識《いしき》を向けなければならなかった。

そこには彼の——山崎太一朗《やまざきたいちろう》の左拳《こぶし》がめり込んでいた。今まで皮と肉の上から内臓《ないぞう》を軋《きし》ませていた拳は、優樹《ゆうき》の胸骨を簡単《かんたん》に砕《くだ》く力を持っているはずだった。しかし彼の拳骨《げんこつ》は、ただ優樹の骨を打っただけであった。ごつ、という鈍《にぶ》い音は骨が砕けた音ではない。その音はじわじわと優樹の痛覚《つうかく》に染み渡り、蹲《うずくま》りたくなるほどの苦しみを与える。それでも優樹はその場に踏《ふ》みとどまった。

追い討ちは来なかった。一撃を与えた拳はすぐに引いて第二撃の構《かま》えを見せてはいる。見せてはいるが、彼はその体勢から微動《びどう》だにしない。ただ自分を見下ろしている。虚《うつ》ろなる瞳《ひとみ》で、優樹をじっと観察《かんさつ》している。今の一撃が、優樹に与えたダメージを推し量るように。その痛みが退《ひ》いて、彼女が再び動き出すのを待っているように。

優樹はこの時初めて、太一朗の瞳を直視する。

空虚《くうきょ》なるその瞳の奥に、空虚ではないものが蠢《うごめ》いているように感じた。それが何であるかを深く考える前に、構えを見せていた太一朗の左腕が動く。振り下ろされた拳の軌道《きどう》はやや単調《たんちょう》であったため、優樹はその攻撃を半歩下がって避けることができた。

(……そうだ、逃げようって先生が言ったんだっけ……)

逃げる。それが今できる最良の手段。

逃げることを拒《こば》もうとする脳の一部を無視して、優樹は攻撃を避けた勢いに乗じて大きく背後に跳躍《ちょうやく》した。〝隔離〟で閉ざされた空間は、そう大きい範囲《はんい》ではないだろう。こうしてわざわざ〝隔離〟を展開させているのは、人間を遠ざけなければ戦えないから。人間がたくさんいる場所まで逃げてしまえば、彼は戦えない。彼が〝隔離〟をどこまで使いこなせているかは不明だが、今は楽観的《らっかんてき》推測に身を任せよう。

認識《にんしき》できない大田《おおた》のことが気になったが、彼が〝童子斬《どうじぎ》り〟に殺されることは有り得ない。大田が死ぬ時は、きっと世界も死ぬ時だ。そんな確信《かくしん》が優樹にはあった。

今、〝童子斬り〟をぶら下げた彼との距離《きょり》は約五メートル。もう一度跳《と》んで距離をとってから、背中を向けて本格的に逃げる。再度跳ぶために膝《ひざ》を少し曲げた時、太一朗が目の前にいた。

優樹が一跳びで開いた距離を、彼もまた一跳びで縮《ちぢ》めていた。瞬《まばた》きもせずに彼の動きを見ていたはずなのに、優樹の左目はその速度を完全に追いきれなかった。

低い体勢で突っ込んできた太一朗は、優樹の腹部に下方から抉《えぐ》り込む一撃をぶちかました。

その衝撃に体が浮く、と同時に腹に横殴りの一撃が来る。

優樹の動きが止まる。殴られ過ぎた内臓たちがぶるぶると震《ふる》え、まだ殴られていない臓器たちにも痛みを伝えていく。

距離をとらなければ。そう脳は命令しているのに、優樹は自分の膝が崩れ落ちるのを止められない。右膝《ひざ》が硬いアスファルトに触れた時、かろうじて左足に力を入れて踏《ふ》みとどまることに成功したが、結局片膝をついてしまう。

――立ち上がれない。立ち上がろうとする意思を、肉体が無視する。

視界には、暗い地面と聳《そび》え立つ二本の足しか映らない。くたびれて汚れた革靴とズボンの隙《すき》間《ま》から見え隠れしているのは、細い無数の根っこたち。うぞうぞと地面に触れてはアスファルトの感触を嘆《なげ》くように縮《ちぢ》み、すぐにまた伸びていく。

空木《うつろぎ》と同じだ。

いつも足を土の中に埋めて木の幹にもたれている空木が、ごくごくまれに二本の足で立って歩く時、必ずこの数え切れぬほどの細い根が足から生《は》えていた。

なぜ、彼が空木と同じ足になっているのか。そんなことを考えた優樹《ゆうき》だったが、今はそれよりもこの場を逃げ出す方が重要であることをすぐに思い出す。

こうして優樹が這《は》い蹲《つくば》って、ある程度のダメージが抜けるまでは次の攻撃《こうげき》はない。ありがたいと思うことは到底《とうてい》できなかったが、この時間は貴重だ。この間にどうにか逃げる算段《さんだん》を立てなければ。

「ゆうさん……ゆうさん……」

未知《みち》の掠《かす》れた声に、優樹の意識《いしき》が急速に晴れていく。今さらのように、頭にしがみついている小さな命の重さと存在を思い出す。短い間だが、優樹の心は彼女のことを忘れていた。小刻《こきざ》みに震《ふる》えているその身体《からだ》は、これ以上ないほどに優樹に『生』というものを思い知らせてくれているのに。

「ゆうさん……くまさんみたいにならないで……」

小さく呟《つぶや》きながら、未知が顔を優樹の後頭部に押しつけてくる。彼女の呼吸音がうるさいほどに鼓膜《こまく》を打った。

温かく幼い生命。

(生きて……逃げよう……)

自分自身と、そして何よりも未知のために。

そう決心している自分の左の右手が、握《にぎ》り拳《こぶし》を作っていることに優樹は気が付かない。

「……今、一つの時代が終わるのかもしれませんね」

窓から射《さ》し込むわずかな光しかない暗い部屋《へや》に、飯田敦彦《いいだあつひこ》と浦木良隆《うらきよしたか》がいた。ソファーに腰掛けテーブルを挟んで対面する二人《ふたり》は、スーツにワイシャツ、ネクタイと着ている物だけは似通っていた。しかしその外見はかなり異なっている。

どちらも長身ではある。しかし痩軀《そうく》の浦木とは対照的に、飯田は身体のパーツがどこも太く大きい。そしてにこやかに笑う浦木とは違い、飯田は眉毛《まゆげ》が一本に繫《つな》がって見えるほど眉根を寄せたしかめっ面《つら》だ。二人《ふたり》の外見で唯一似通っているのは、その見えない左目だけだろう。何も映さぬ浦木《うらき》の左目、兇人《きょうじん》に抉《えぐ》られて失われた飯田《いいだ》の左目。

似ていない二人ではあるが、彼らが忠義を尽くす存在は同一だ。彼らは彼らの〝主〟のために、日々を生きている。人間たちの世界、その中でもごく狭い範囲《はんい》の中で、彼らアヤカシが窮《きゅう》屈《くつ》にではあるが生きる基盤《きばん》を作り、人の法を変え、〝主〟の敵と戦う。

それが彼らの〝主〟の望んだことだから。

そうやって生きてきた今という時代が終わると、浦木は笑いながら言う。その言葉を聞いて、飯田は大きく鼻を鳴らした。浦木の白く濁《にご》った左目を右目だけで睨《にら》みつけるが、浦木には何の変化もなかった。

「お前の言う時代がどういうものかは知らんが、俺《おれ》からすれば時代なんて始まってもいなければ終わってもいない」

「なるほど、あなたらしい言い方です、飯田。しかしこの半世紀近い時間は、私にとっては大きな時代でしたよ。久しぶりに充実した生を送ることができました。……本当に、楽しい時代でした」

いつものように笑う浦木の口調《くちょう》は、飯田が知っている普段《ふだん》の彼と何ら変わってはいない。しかしどうにも引っかかる。

「我《われ》らの主が本当になさりたかったことは、半分くらいしか成されていないのに終わったというのか、お前は」

浦木の語尾はやけに過去形が多い気がする。普段は他人の細かい言葉など気にも留《と》めない飯田であるが、今日《きょう》は違った。

今、確《たし》かに何かが終わろうとしている。口に出したくはなかったが、そういう予感は間違いなく飯田にもあったから。

「終わったら次が始まりますよ、飯田。また次の時代が始まる、ただその時代の流れから我らの主は一歩退《しりぞ》くというだけの話です」

それはいい。〝主〟の決めたことならば、飯田は従う。どんなことであろうとも。だがしかし。

「……童子《どうじ》斬《ぎ》りとの長き因縁《いんねん》が終わるのなら、それはよいことだ。だが終わらせるために、お嬢《じょう》さんが痛い目に遭《あ》うのは解《げ》せんよ。八牧《やまき》が死んだ時だってそうだ。あの山神が死なずにすむ手段もあったし、奴《やつ》の遺言《ゆいごん》をお前は実行していない」

〝童子斬り〟に対抗する、もっとも有効にして楽な手段。それは人海戦術だ。人間を集めて〝童子斬り〟にぶつければ、その動きを封じることは簡単《かんたん》だ。そして人間を動かす力が、今の浦木にも飯田にも、もちろん彼ら二人の〝主〟にもあるのだ。

しかし、それは許されていない。彼らの〝主〟が許していない。

「童子斬りとの因縁を終わらせるのは、人間でもアヤカシでもない、そして人間でもアヤカシでもあるものですよ、飯田《いいだ》」

飯田は大きく太い眉《まゆ》を動かした。浦木《うらき》の言いたいことは理解できる。理解できるが、納得はできない。最近の〝主〟のやることは、理解もできなければ納得さえできない。主の行動で本当に飯田が理解できて納得できたことなど、数えるほどしかなかったが。

「俺《おれ》は、お嬢《じょう》さんのことは嫌いじゃない」

「私もですよ」

「そんなことはわかっている」

飯田、そして浦木もまた、片倉優樹《かたくらゆうき》という二重雑種《ダブルブリッド》を、彼女が生まれた頃《ころ》から知っているアヤカシだ。その成長を遠くから、時たま近寄って見守っていた飯田は、自身の主人に対する敬意と同様の感情を優樹に向けていた。それは、〝主〟の血に対する無条件の敬意などでは断じてない。飯田自身、〝主〟の血の入った生き物を何人か殺しているのだから。

「あのお方の血が入っているからとか、そんな理由を抜きにしてもお嬢さんはできた鬼人《きじん》だ。主やお前が目をかけるのもよくわかる。しかしよりによって、お嬢さんを選ぶことはないと俺は思う。何のためのΩ《オメガ》サーキットだったんだ」

あれはどうでもいい産物。イレギュラー。優樹のことをそう言ったのは、他《ほか》ならない〝主〟のはずだ。優樹が生まれる以前からΩサーキットは存在していたのに、彼女はそれなりに普通の——若干《じゃっかん》波乱を含んではいたが——生活をすることを許されていた。飯田や浦木が色々《いろいろ》気にかけていたとはいえ、ある意味では優樹の存在は放置されていたのだ。

　それは、今は生きていない人殺しの鬼人も同様ではあったが。

「環境《かんきょう》と育成方法によって色々な結果が出るという実験《じっけん》として、最初から組み込まれていたということでどうでしょう。現に、同じ鬼人であるはずなのにあの二人《ふたり》には天と地の差がありました。似ているところもなくはないですが」

「どうでしょう、じゃない。主だって最初は省《はぶ》いていただろうに」

　自分の声が荒くなっているのを、飯田は抑えようとした。ここで浦木に何を言おうとも、この喜ばしくない状況が覆《くつがえ》るわけもない。理解できなかろうと納得できなかろうと不満があろうとも、飯田は〝主〟の決めたことには逆《さか》らえないし逆らう気もない。

「愚痴《ぐち》らなければ、自分の心境をまとめられませんか？」

　飯田の口が大きく開いたのを浦木は見ていた。見ていただけだった。その口からどんな怒声《どせい》が放たれるのか興味深《きょうみぶか》くもあったが、何事かを言おうとしたその巨大な口は、何も発しないまま再び閉ざされる。

「……本当のことを指摘されるのが、これほど腹の立つことだとは知らなかったな。俺もそれなりに長く生きたつもりだが、まだまだ知らないことはある」

「それはそうでしょう。あなたよりも私よりも、主よりも長く生きているシームルグや空木《うつろぎ》でさえ、知らぬことはたくさんあります」

「お前のそういう悟り切ったような態度には腹が立つな」

「悟り切った態度というのは、私よりはシームルグの方に似合っていると思いますよ」

「まったくだ」

飯田《いいだ》は顎《あご》を撫《な》でると、鼻から大きく息を吸い込んで口から吐き出した。

「……Ω《オメガ》サーキットでそれなりにまともだったのは、結局あの出来損《できそこ》ないのちびだけだったわけか。残りは蟬《せみ》と同じだったな」

計画としては、既《すで》に破綻《はたん》していると言っても過言ではないΩサーキット。その中で片倉晃《かたくらこう》と名乗る彼だけは、それなりによい出来だったと飯田は感じていた。

「彼以外は、蟬にもなれず幼虫のまま土の中で死んでいったと言う方が正しいと思いますよ。彼だけが蟬になれた」

「……そしてあいつは今、最後に足掻《あが》いているわけか」

「自分の同胞《どうほう》たちが孵化《うか》もできずに死んでいくのを止められず、自分があと何日鳴いていられるのかを知らず、それでもどうにかしようと土の上で羽ばたき、ひっそりと鳴いている。そして、その鳴き声を誰《だれ》も気にも留《と》めない。まさに季節外《きせつはず》れの蟬ですね。飯田、あなたもなかなかうまい喩《たと》えをするものです」

浦木《うらき》の表情は、一見いつもと変わらない。しかし飯田は、彼が本当に心底から笑っていることに気が付いた。

浦木の濁《にご》った左目の表面が、先ほどとは違って楽しそうに波打っているのが見えたから。

「……ずいぶんと楽しそうだな。こんなことを言うのもなんだが、俺《おれ》はあのちびのことも嫌いじゃなかったぞ。主に反旗を翻《ひるがえ》すようなことさえしなければ、奴《やつ》がΩサーキットの要《かなめ》にして良い産物になっていただろうし、そのことに不満を抱かなかっただろう」

「でしょうね。今のクロスブリードがあるのも彼のせいですし、我々《われわれ》の計画を色々《いろいろ》と引《ひ》っ掻《か》き回してくれたのも彼ですが、裏を返せば彼が優秀《ゆうしゅう》であった証《あかし》のようなものです。目的のためのたゆまぬ努力、よき協力者と巡《めぐ》り会えた強運、死んでいく同胞たちを見てなお絶望せずに諦《あきら》めない行動力。そういう意味では、彼には優樹様《ゆうき》を遥《はる》かに凌駕《りょうが》する天賦《てんぷ》の才があった。残念なことです……そして彼が死ぬことで、クロスブリードは存在意義を失う。我々の敵があっさりといなくなるというのも、なかなかに寂《さび》しい話ですね」

まったく残念にも寂しげにも聞こえない口調《くちょう》で浦木は笑う。しかし、浦木がここまで他者を褒《ほ》めるのも珍しいことだ。

「お前は、あいつが敵になったことが嬉《うれ》しかったのか？」

「いえいえ、そんなことはありませんとも。ただ彼の性格上、こうなることはわかっていたようなものですから」

「……俺よりはお前の方があのちびを理解できるのかもしれんな」

「それなりには。今も彼が無駄《むだ》に鳴いているのが想像できますよ。なかなか楽しいことです。

彼がどう鳴いてどう生きてどう死ぬのか、本当に楽しみです」

「……お前は残酷《ざんこく》だな」

浦木《うらき》はさらに笑《え》みを深めると、わざわざ立ち上がり飯田《いいだ》に向かって一礼した。

「ありがとうございます」

こいつが当面の敵ではなくてよかった。飯田は心底からそう思う。

窓の外で、蟬《せみ》ではない何かが鳴く声がする。


渋谷《しぶや》に着いた時から、悪い予感はしていた。ここには捜査第六課がある。相川虎司《あいかわとらじ》と兇人《きょうじん》との直接戦闘《せんとう》があった以上、六課の面々は恐らく渋谷に集結して今後の対策を練っていることだろう。

大通りからやや離《はな》れた、ごくごく普通の街路。道の脇《わき》には街灯が定期的に並び、既《すで》に日の落ちた夜の世界を照らしている。だが片倉晃《かたくらこう》が見ている道の先も人工の灯火《とうか》が点《つ》いているはずなのに、そこには底の見えない闇《やみ》が見えた。彼の背後からは、常と変わらぬ人の生きる気配《けはい》が数多く漂《ただよ》っているのに、目の前からはそれらが一切伝わってこない。

今、自分の目の前には〝隔離〟されたであろう領域がある、と確信《かくしん》はないがそう感じる。山崎太一朗《やまざきたいちろう》は、この中でアヤカシと接触し、そして今度こそ誰《だれ》かを殺すのだろうか。

同日同時刻に二人《ふたり》のアヤカシに季《き》節外《せつはず》れの蟬と評されていた晃は、そんなことを考えながら右手の〝鬼斬《おにぎ》り〟を握《にぎ》り締《し》める。

片倉晃。その外見は十歳前後のただの少年だ。眉間《みけん》に寄った皺《しわ》を除けば、年相応の可愛《かわい》らしい子供に見えないこともない。しかし本当の彼は、人ではない。人が特異遺伝因子《いでんいんし》保持生物――アヤカシと呼ぶ生き物でもない。その狭間《はざま》に生まれた者でもない。キマイラと分類される生き物。そして〝主〟と自《みずか》ら名乗る鬼とその配下たちと敵対する、クロスブリードという組《そ》織《しき》を統《す》べる三角の一人《ひとり》だ。

晃がここに来た理由は、兇人山崎太一朗の死を見届け、彼を兇人たらしめている〝童子《どうじ》斬《ぎ》り〟を手に入れること。そのために、晃は太一朗からほとんど目を離していなかった。なのに、気が付くと太一朗の姿が視界に入ってこない。〝隔離〟を発動されたということは察することができる。だがわかっているからといって、そこに入り込めないからこその〝隔離〟なのだ。

この近辺が通常の空間から拒絶されている、というのはわかる。右手にある〝鬼斬り〟もそれを教えてくれている。必死で理性を保ちまっすぐ進もうとしているのに、気が付くと足は明後日《あさって》の方に向かって歩き出そうとしている。

（〝隔離〟に入り込むのがこんなにきついなんて……）

晃は代々木《よよぎ》公園《こうえん》と吉野《よしの》山《やま》で本家である空木《うつろぎ》の〝隔離〟を体験《たいけん》し、太一朗が発生させているものも和田《わだ》掘《ぼり》公園《こうえん》で目撃《もくげき》している。どういうものかは肌でわかっているつもりだ。一般の通行人たちは、晃《こう》が今立っているところに近づくことさえできない。そこに目的地があったとしても、無理やりに何らかの理由をつけて遠ざかってしまう。それが〝隔離〟というものなのだ。

〝隔離〟の中に最初からいた者たちは、どうなったのだろう。

それが人間であるなら、別にかまわない。人の気配《けはい》を感じられないことを不安に感じるくらいで、その身体《からだ》には何の危害も加えられることはない。

問題は、この中にアヤカシがいた時だ。

大田真章《おおたさねあき》か、相川虎司《あいかわとらじ》か、帆村夏純《ほむらかすみ》か。浦木《うらき》や飯田《いいだ》という可能性も、少ないが考えられないことはない。連絡をとっていないので所在は不明だが、鈴香《すずか》ではないだろう。

もしかしたら、片倉優樹《かたくらゆうき》なのか。一重雑種《ダブルブリッド》である彼女を殺したら、山崎太一朗《やまざきたいちろう》は〝童子斬《どうじぎ》り〟から解放されて正気に立ち戻り、そして死ぬのだろうか。それとも血を吸い足りずに、さらなる凶行《きょうこう》に走るのか。

どちらにしろ、彼には死しか待ち受けていないが。

(他人の死を気にしている場合じゃない……)

〝童子斬り〟を回収するために来ているのだから、アヤカシが死ぬのは気にならない。だがまったく気にならないかと再度自分の心に問うたら、強く肯定できる自信はない。それでも、目の前でアヤカシが〝童子斬り〟に殺されるような事態になったとしても、傍観《ぼうかん》できる決心はできていた。あの自称傍観者の大田真章のように。

ただ、心残りもある。片倉優樹に伝えたかったこと。Ω《オメガ》サーキット、キマイラ、クロスブリード。自分の知っている事実をすべて彼女が知ったら、彼女はどうするだろう。何かしてくれるだろうか、それとも何もせずに傍観するのだろうか。

たとえすべての事実が伝えられなかったとしても、自分が死ぬ前にどうしても優樹に告げたい真実が一つだけあった。それは今起きている切迫した事態とはさして関係のない、極《きわ》めて個人的なことである。

晃が片倉優樹に伝えたかったあらゆる事実。彼女がそれらを知ることになれば、自分たちが有利な状況になることを期待できる。それは、あくまで打算に則《のっと》ったものであるはずだ。それ以外のことなど、ついでに伝えられればいい。

それなのに、今の今まで心の奥底にしまっていた『ついでに伝えようと思っていたこと』が表面に浮かび上がってきている。

それを告げたら、きっと彼女は驚愕《きょうがく》することだろう。むしろ何の動揺もしなかったら、自分の方が虚《むな》しくなるに違いない。自分はこの事実を伝えることにより、片倉優樹から何らかの反応と言葉を引き出したい。たとえそれが何の意味もない、自己満足だったとしても。

片倉晃が片倉優樹に会い、その口から言葉として伝えなければならないこと。

他者を介《かい》して言ってはならない、手紙でもいけない。自身の声と魂《たましい》を以《もっ》て、彼女の耳と魂に届けなければならない。

もしそれを伝えられたならば、たとえ死んだとしても少しは満足できる。

……自分は、なぜこんなことを考えているのか。

死にたくはないし、死ぬつもりもない。それなのに、悪い予感がした。何だというのだろう、この妙な気配《けはい》は。

寿命で死んでいく同胞《どうほう》たち。残っている人数ももはや片手の指で数えるほどしかいない。残り少ない彼と彼女らも、晃《こう》がいなければ生きてはいけない。鈴香《すずか》も千堂《せんどう》も、異口同音《いくどうおん》に『あなたが死んだら、あなたの仲間の面倒《めんどう》を見たりはしない』と言ったのだから。

(僕が死んだら、彼らも死ぬ)

その重圧は、常に晃と共《とも》にあった。幼い子供たちを家に残して働いている親の心境とはこういうものなのだろうか？　親になどなったこともないし、そもそも創《つく》られた生命である自分に生殖能力があるのかを試していない。試そうと思ったこともなかったが。

晃は頭を振って、今頭に浮かんでいる考えを振り払おうとした。

自分は死ねない。自分自身と、同胞たちのためにも死ねない。なのに、明日《あした》の朝日を生きて再び見られる自信がどこからも湧《わ》いてきてくれない。今までだって、いつも生に対する不安はあった。だがそれは『明日も生きていられることができるか』という漠然《ばくぜん》としたものであり、今のように感じたことはない。

今、晃は、明日にでも死んでしまいそうな気がしている。

強い、強い、『死の予感』をひしひしと感じる。身体《からだ》が不調《ふちょう》を訴えているわけでもない、大怪我《おおけが》を負っているわけでもない、病気にかかっているわけでもない。これから戦いが起こったとしても、矢面《やおもて》に立つつもりはないし危険があったらすぐ逃げる。

しかし、なぜか感じてしまう。自分が死にそうだということを。普段《ふだん》から「生きよう、生きよう」と考えている晃には、よくわかる。魂《たましい》の底から「生きたい、生きたい」と叫んでいるのに、そのもっと奥の方から小さく、だがはっきりとした囁《ささや》きが聞こえる。

死ぬかもしれない、死にそうだ、死のう、死のう、死ぬ準備をしよう。

（……アヤカシは、自分の死をその前に悟るっていうけど、これがそうなのか……？）

自分はアヤカシではない。人間が三分の二と、残りはアヤカシと薬。相川虎司《あいかわとらじ》という黒い虎《とら》は、晃のことをそう言った。できそこないのまがいもの。ネジという鵺《ぬえ》は晃のことをそう言った。彼と彼女の言うことは、まったくもって的《まと》を射ていた。あまりにも正し過ぎて、悲しくなるほどに。

そして今、自分の中にほんの少しだけあるアヤカシの要素が、間近に迫った死を伝えようとしている。

〝鬼斬《おにぎ》り〟を握る手が震《ふる》えた。手だけではない、全身が小刻《こきざ》みにぶるぶると震え、歯の根が合わない。やけに耳鳴りが大きく聞こえる。血の気が引いたせいか、視界が少し暗くなる。この震えも耳鳴りも、肉体の異常から来ているものではないことはわかった。

死に直面した恐怖が引き起こしているもの。

まさか。

まさか、寿命なのか、これが。

十年。たったの十年。短いようで長いようで、やはり短かった十年。必死に生きて、生きて、生きた十年。死んでいく同胞《どうほう》たちを見守りながら、自分はもう少し長生きできるのではないか、そしていつかは目標を達成できるのではないか、そうやってわずかな希望に縋《すが》って生き抜いてきた十年。

だがしかし、こんなにも短い時間で己《おのれ》の死を予兆し、そのことに怯《おび》え、恐怖し、絶望し、死に向かって歩き出そうとしている自分がいる。

十年間が、ものの数分もしないうちに否定されようとしている。

覚悟していたはずだった。自分の寿命が短いかもしれないことは、生まれた時からわかっていたのだから。同胞が寿命で死に始めた時から、それはさらなる死への予感を晃《こう》に感じさせていた。

いつ死んでもおかしくはない。だけど、死にたくはない。明日《あした》だって明後日《あさって》だって生きていたい。

そんなことを、鈴香《すずか》や千堂《せんどう》や仲間たちと話した。そのたびに、『生きよう、大丈夫、きっと大丈夫、生きられるさ』と自分たちを励ましてきた。

それなのに、その思いは音もなく静かに崩れ去っていく。自分はまだ元気で、健康体そのものだというのに、死期が近い。

あがけない。殺されそうだとかなら、その敵を殺し返せば生き残ることができる。病気なら治療法《ちりょうほう》を探して、見つからなかったら病死ということで少しは納得できる、かもしれない。だが寿命だ。寿命に対してどうあがけばいいというのか。寿命を延ばすことができるとでもいうのか。造られた命である自分の寿命を、造ることはできないのか。

無理な話だ。

（生きるのって、何て難《むずか》しいんだろう……）

左手で、意味もなく額《ひたい》を押さえる。生きるのが難しいのではなく、死ぬのが簡単《かんたん》過ぎるのだろうか。

生きたいのに。死にたくないのに。明日だって明後日だって死にたくないのに。

……忍び寄ってくる寿命に気をとられていた晃は、持っている〝鬼斬り〟が音を立てて震えているのに気が付くのが遅れた。

今まで自分以外の生き物の気配《けはい》を感じなかったのに、唐突《とうとつ》に目の前に誰《だれ》かの足音が聞こえてくる。

　顔を上げた晃《こう》の目の前に、幼女にしがみつかれた白髪頭が見えた。

　漂ってきた血の臭《にお》いは、なぜか晃に生を感じさせる。血の流出は死の予兆でもあるはずなのに、その鉄錆《てつさび》に似た臭いは強烈な生気を放っていた。


「ゆうさん……」

　しがみついている腕が、だんだん痺《しび》れてきている。優樹《ゆうき》が殴られるたびに、その衝撃《しょうげき》が重く痛く未知《みち》の全身にもひしひしと伝わってくる。皮膚《ひふ》と骨が震《ふる》える。痛い。じわじわと痛い。しかしこれくらいの痛みは、未知にも耐えられる。実際に殴られている優樹の方が遥《はる》かに痛いのだから。

　殴られる生活。殴られ続け、蹴《け》られ続ける生活。日々に与えられるのは、本当にわずかな食事と水分。苦しく恐ろしく悲しく、痛みしかない日々。それに比べれば八牧《やまき》や優樹たちとの日々は、天国にも等しかった。

　自分を拾ってくれた八牧。あの苦痛しかない家から逃げ出して、必死で遠ざかろうとしていた時、最初に目に入った人。自分とも自分を殴り続けた人たちともまったく違う、巨大で毛むくじゃらの異様とも言える姿。自分のたった一つの心の拠《よ》り所《どころ》だった熊《くま》のぬいぐるみに似たその姿に、未知は驚《おどろ》きや恐怖よりも安堵《あんど》を感じた。思わずしがみついたが、その後どうなるのかなど考えてもいなかった。ただあの熊に縋《すが》りたかった。

大きくて、太くて、毛深くて、土の匂《にお》いがする八牧は、『未知』という名前をくれた。あまり喋《しゃべ》ってくれなかったが、優《やさ》しかった。太い首にしがみつくのが大好きだった。硬いちくちくとする剛毛《ごうもう》がびっしりと生《は》えた首にしがみついていると、たまに石鹼《せっけん》の匂いがした。洗い立ての熊の匂い。硬い毛が普段《ふだん》よりちょっとだけ軟らかく感じる時。

八牧に連れられて、優樹に会った。優樹は、いつでも血の臭いがして辛《つら》そうに見えた。しかし未知に向けられる表情は儚《はかな》げではあるが穏《おだ》やかで優しく、彼女はただひたすらに綺麗《きれい》だった。右目がないとか、皮膚が剝《は》がれてるとか、肉が見えてるとか、そんなこととはまったく無関係に、未知は優樹を美しいと感じた。

いつだって、本当に優しかった。そっと頭を撫《な》でてくれる右手。見上げれば、ひっそりと静かな笑《え》みを返してくれる。よく酒を吞《の》んでいるのが気になったが、酔っ払って酒臭い息を撒《ま》き散らしながら未知を殴りつけることなど、決してなかった。

殴られない生活。与えられる美味《おい》しい食事。風呂《ふろ》で身体《からだ》や髪を洗うことができ、痒《かゆ》くなったりフケが出ることもない。夜は布団《ふとん》に入って安らかに眠ることができる。真新しい衣服や靴を買ってもらえて、清潔《せいけつ》な下着に着替えられる。

天気のいい日には散歩をする。優樹と手をつないで、暖かい日の光を浴びて、風に吹かれて、ベンチに座ってぼーっとする。

雨が降ったら、窓から外を見る。ソファーには優樹《ゆうき》が座っていてのんびりと新聞を読み、八《や》牧《まき》が台所で鍋《なべ》を作ってくれる。

そして、静かに、時たま激《はげ》しく降り注ぐ雨をじっと見続ける。

世界はこんなにも美しく、生きるということはこんなにも穏《おだ》やかで静かで、優《やさ》しく温かいものだったのか。

幸せとは、こういうことをいうのだろう。こんな幸せな生活を送っている自分は、きっと世界一幸せなのだ。生まれた時から不幸だったから、その反動で今は幸せになれたのだ。未知《みち》はそう思っていた。

しかし、未知は知ってしまった。不幸な時間は永劫《えいごう》に続くわけではない。そしてまた、幸せな時間もまた、永劫に続くことは決してない。

八牧は、物言わぬ熊《くま》になってしまった。燃《も》やされてしまったぬいぐるみが、灰になって何も言わなくなったように。川に落ちた八牧は浮かび上がってこず、釣り上げられたその体は悲しいほどに冷たかった。優樹に折ってもらった牙《きば》は、今はハンカチに包んでポケットの中に入っている。

自分を拾ってくれた八牧は、もういない。そして優樹もまた、今倒れようとしている。

八牧を死に追いやった、あの男の手によって。

どうして、この人は自分の大好きな人たちばかり痛い目に遭《あ》わせるのか。片膝《かたひざ》をついて下を向いている優樹のかわりに、未知は山崎太一朗《やまざきたいちろう》という男を見上げた。

八牧ほどではないが大きな男。あの時は夜で、表情はよく見えなかった。今も夜といってい い時間であり周辺は暗い。それでも街灯が既《すで》に点《つ》いていたため、未知は初めてこの兇人《きょうじん》の顔をしっかりと見ることができた。

左の頬《ほお》にある傷は覚えている。一生忘れることのない傷。優樹を見下ろしている男のその顔を、未知は生まれて初めての〝憎悪〟を込めて見つめる。

それは未知がどれほど殴られても、浮かんでこなかった感情だった。殴られ蹴《け》られていた時には恐怖と悲しみしか湧《わ》いてこず、ただ蹲《うずくま》って痛みに耐えることに必死だった。自分を殴る人々のことは嫌いではあったが、まだ憎いという感情ではなかった。

しかし今は違う。この激しい感情がどういうものなのかは、幼い未知にはよくわからなかったが、今の自分の心が〝嫌い〟だとか〝怖い〟だとかいう感情とは性質が違うものであることはわかる。

未知は、太一朗の顔を見る。自分を殴る人たちは、いつも怒っていたし叫んでいた。放たれる言葉は、いつも未知を罵倒《ばとう》するものでしかなかった。未知の爪《つめ》を剥《は》がしたり、煙草《タバコ》を押し付けたりしている時は、たまに笑っていた。

この男はどんな顔をしているのか。未知が見上げた太一朗の表情は、怒っても笑ってもいなかった。かといって泣いたり悲しんだりしているわけでもない。

何もない。本当に何もない。口元も頬肉《ほおにく》もぴくりとも動かない。歯を食いしばっているわけではない。表情には、何も感情らしい感情は浮かんでいない。何を考えているのかさっぱりわからない。

自分が殴られる理由なら、未知《みち》は知っていた。自分が悪い子だから。自分の何が悪いのかと、一度だけ泣きながら彼と彼女に問うたことがある。

どうしていたいことするの、と。

嫌いだから。見ているとと腹が立つから。むかつくから。

お前が悪い。お前が悪いから、嫌いなのよ。

だから、お仕置きをするの。お仕置きをされるお前が悪いの。

返ってきた答えが、その言葉と平手だった。

この人は、八牧《やまき》と優樹《ゆうき》のことが大嫌いなのだろうか。だから、こんなにも殴って殴って殴り続けるのだろうか。

殴って殴って、殺してしまいたいと思うほどに。

太一朗《たいちろう》は優樹のことを見下ろしていて、未知の方に一瞥《いちべつ》もくれはしない。未知が食い入るように見上げているのに、完全に無視して優樹だけを見ている。未知が必死に抱きついている白髪頭の頂点を見ている。

何か自分にできることはないのだろうか。またこの男が殴り出す前にできること。こうやって優樹にしがみつく以外に何か。

「あう……」

意味のない言葉が未知の口から漏れる。……そうだ、自分にできるたった一つのこと。それは訊《き》くことだ。自分の行動が事態を好転させるとか悪化させるとか、そこまで考えてから行動することは未知にはできない。ただ、何かをしたかった。それが優樹の助けになるのではないかと思ったのだ。

「……お、お、おじさんは……」

唇が震《ふる》えて、どもる。唇を湿らせて、再び声を発する。

「……お、おじさんは、どうしてゆうさんやくまさんをなぐるの……？　ゆうさんやくまさんのことが、そんなに……そんなに、きらいなの……？」

だから、ころすの？　ころしてやりたいっていって、ころしてやれたら、らくになれるのにっていって、あたしをなぐったあのひとたちみたいにするの？

そう続けようとした言葉を、未知は飲み込む。

動かなかった山崎《やまざき》太一朗の表情が、動いたからだ。優樹のみに向けられていた視線《しせん》が、初めて未知に向けられる。

血の気が薄《うす》い、澱《よど》んだ目。瞬《まばた》き一つしない目。その、まったく動かない目の下で、彼の頬の肉がゆっくりと持ち上がる。それと共《とも》に彼の唇がめくれ上がり、白い歯が剥《む》き出《だ》しになる。やたらと歯並びのいい、虫歯もなさそうな、綺麗《きれい》な白い歯。

笑っている。

声も息も漏らさず、喉《のど》も震《ふる》わせることもなく、山崎太一朗《やまさきたいちろう》は笑っている。

こんなにも恐ろしい笑顔《えがお》を、未知《みち》は見たことがなかった。

「わ、わらうの……たのしいの……？　ゆうさんやくまさんをなぐるあなたは、たのしいの……？　た、たのしみたいなら、ほかのひとでもいいじゃない……なんで、なんで、ゆうさんやくまさんばっかりなの……どうして、どうして、あたしのすきなひとたちばかりにいたいことするの……」

喉《のど》の奥から、叫びたい言葉がせり上がってくる。

「いたいことしないで！　なぐらないで！　ゆうさんをころさないで！」

懇願《こんがん》。そんなことをしても、殴られる時は殴られる。未知はそれを痛いほど知っていた。親たちは、未知の懇願など無視して殴り続けたから。

それでも、今は懇願せずにはいられない。

「ゆうさんをころさないで！　おねがいだからころさないで！　だいすきなゆうさんをころさないで！」

涙が溢《あふ》れてきた。自分でもよくわからないのに、泣いている。八牧《やまき》を殺し、優樹《ゆうき》を殴る男の顔を必死で睨《にら》みつけながら、未知は泣き叫ぶ。うるさいといわれて殴られたことを思い出したが、それでも叫んでしまう。

「くまさんみたいにころさないで！」

優樹のかわりに、自分を殴ってくれればいい。殴られるのは痛いし嫌いだ。それでも、優樹だけが殴られ続けるよりずっといい。八牧も優樹も、この男に殴られている時はいつも自分を頭にしがみつかせていた。もしかしたら、自分がいない方が身軽になっていいのかもしれない。このまま、優樹が殴られ続けて死ぬのを見るくらいなら。

しんだほうがまし

今まで生きてきた、短いが苦痛の方が遥《はる》かに多かった生の中でも、死にたいと考えたことは一度もなかったのに。今は心の底から思う。死んだ方がましだ。優樹の足手まといになるくらいならば、いっそ。

未知は、自分の体が優樹の頭部を守っていることを知らない。自分の存在がどれほど目の前にいる兇人《きょうじん》の行動を妨《さまた》げているかを知らない。

だから叫ぶ。泣いて、叫んで、山崎太一朗の顔を見る。

彼は、もう笑ってはいなかった。しかし最初に見た何もない表情とも、少しだけ違っていた。

何だろう、この表情は。笑ってはいないし、怒ってもいないし、もちろん泣いてもいない。でもまったくの無表情でもない。

何かがある。嬉《うれ》しいとか、苦しいとか、そういうものに似た何か。未知《みち》が、彼の表情を読み取ろうと瞬《まばた》きして集中した時。

唐突《とうとつ》に優樹《ゆうき》が立ち上がったため、未知は慌《あわ》てて首を摑《つか》み直す。それでも太一朗《たいちろう》の顔から視線《しせん》を離《はな》さなかった未知は、自分の目を疑った。

優樹の右手の形をした左拳《こぶし》——冷たくて熱《ねつ》のない、ぶよぶよとした感触のおかしな手。その拳が優樹が立ち上がると同時に下から突き上げられ、太一朗の顎《あご》を直撃《ちょくげき》したのだ。人が人を力一杯殴る嫌《いや》な音を、未知は何度も聞いて知っていたはずなのに、それは初めて聞く音だった。がちり、という鈍《にぶ》い音。

優樹の拳は、そのまま止まらずに振り抜けられる。太一朗が一歩後退したところに、優樹が一歩踏《ふ》み出す。踏み出しながら腰を捻《ひね》り、直角に曲げられた左肘《ひじ》が後方に引かれてから前方に打ち出される。

未知の感覚では、太一朗がそれを避けようとしていることも、優樹の拳がそれ以上の速度を以《もっ》て太一朗の腹部に突き刺さったことも、把握できなかった。そして腹部に入った拳をすぐさま開き、指で脂肪の薄《うす》い彼の腹を摑《つか》もうとしたのも見えなかった。

太一朗が六メートルほど後方に跳《と》んだのはわかったが、それが優樹の指から逃れるためだと

いうことはわからなかった。

「ゆ、ゆうさん……」

殴られてばかりいた優樹《ゆうき》が殴り返し、その拳《こぶし》を初めて太一朗《たいちろう》に当てた。それは、優樹の味方である未知《みち》には嬉《うれ》しいことのはずだった。

だが違う。

優樹の手が違う。

前方に突き出されたまま開かれた、優樹の左の掌《てのひら》。左手なのに右手の形をしているそれに、未知はまだ慣《な》れることができずにいた。だが、違うというのはそのことではない。

その左手は、大きかった。未知の頭どころか、大人《おとな》の頭でも軽く摑《つか》めるほどの大きさ。太く長い指は無骨《ぶこつ》に節くれ立ち、手の甲には気持ち悪いほど血管が浮かび、ぴくぴくと動いている。

皮膚《ひふ》の色は、異常なまでにどす黒い。

暗闇《くらやみ》に溶け込んでしまいそうな黒を彩《いろど》るのは、赤とのコントラスト。指の節々から、甲に浮かんだ血管から、真っ赤《まか》な血をたらたらと流し続けている。

おかしいのは、手だけではない。まっすぐに伸ばされた腕は、肘《ひじ》から先だけが異常に太くなっていた。袖《そで》に隠れているため色までは見えないが、僅《わず》かに見える手首はやはり黒い。

「ゆうさん……」

うわ言のように優樹の名前を呼ぶ未知は、その顔を覗《のぞ》き込もうとした。右手の位置をずらそうとした時、優樹の右頰《ほお》に触れる。そこには、普通の頰肉があるはずだ。初めて会った時から、そこの皮は剝《む》けていなかったことを未知は覚えている。

　柔らかい肉の感触が返ってくる。しかし指先に触れたのは、何やらぬめりのある温かい液体だった。驚《おどろ》いて手を引き、指先を見る。そこには赤いものがべったりと付着していた。

　それは、血の手触り。

「ゆうさん……！」

　未知の小さく細い指が、がたがたと震《ふる》えながら優樹の頰に添えられる。その指先が、優樹の唇にそっと触れた時。

「優樹、走れ！　彼に背を向けて走れ！　生きるために走れ！　自分自身のために走れ！」

　大田《おおた》真章《さねあき》の声が、僅かにだが聞こえてきた。力強く、張りのあるしっかりとした声なのに、恐ろしく遠くから届いてくるその声。

「……みっちゃん、走るからしっかり摑まって」

　優樹の唇が動いていた。すぐ近くから聞こえるのに、耳ではなく唇に触れている指から言葉が伝わってくる。

「ゆうさん……だ、だいじょうぶ……？」

「大丈夫、行くよ」

　優樹が回れ右をして走り出し、未知は慌《あわ》ててしがみつく。そっと優樹の左手を見たが、そこにあるのは未知《みち》が見慣《みな》れた左の右手だった。大きさも、色も、浮き出ていた血管もない。だが、赤い液体だけは変わらずにあった。

鉄の臭《にお》いがした。

視覚にも聴覚《ちょうかく》にも、薄《うす》く赤い膜《まく》が張っている。ぼんやりとした感覚の中で、左手と右目がひどく熱《あつ》い。左手はともかく、右目はまだ生《は》えてきていない。なぜ、ないはずのものの熱《ねっ》をこんなにも強く感じるのだろう。

「ゆうさん……」

誰《だれ》かの声が聞こえる。そうだ、未知の声だ。逃げて、生きるのだ。左目の瞼《まぶた》に全神経を集中させて見開く。奥歯をぐっと噛《か》み締《し》め、足を踏《ふ》ん張《ば》る。

(あれ……)

自分は片膝《かたひざ》をついてうつむいていたのに、いつの間に立ち上がったのだろう。それに、自分を見下ろしていた彼はどこにいるのか。

……いた。六メートルほど離《はな》れたところで仰向《あおむ》けに倒れている山崎太一朗《やまざきたいちろう》が、ゆっくりと起き上がろうとしている。逃げる絶好のチャンスだ。事情は摑《つか》めないが、優樹《ゆうき》は素早《すばや》く後ろを振り向こうとした。

その時、優樹の左太股《ふともも》を誰かが掴んだ。

〝童子斬《どうじぎ》り〟の枝が伸びているのだろうか。優樹は慌《あわ》てて自分の太股を確認《かくにん》する。

優樹の足に触れているのは、紛《まぎ》れもなく優樹自身の手であった。

左の右手。まだ慣れないが、これは間違いなく自分の元右手で左手。だが、違う。こんなにも大きく、太く、黒くはなかった。

手の甲に浮かび上がっている筋《すじ》の太い血管から、指の関節から、血がじわりじわりと滲《にじ》み出している。痛みはない。ただ、熱い。

これは、何だというのだ。優樹は左手を動かそうとする。早くこの場から立ち去らなければいけないのに、大きく黒い左の右手はそれを拒《こば》んで、優樹の足が動くのを止めている。自分の手なのに、優樹の命令を無視して動いてくれない。

逃げてはいけないというのか、この手は。どう見ても勝ち目のない戦いに身を投じて、死ねというのか、この左の右手は。

戦うしかない。逃げてはいけない。

戦って、戦って、戦って。

殺して、生き延びてから。

死ぬ。

「ゆうさん……！」

頬《ほお》を撫《な》でる、小さな掌《てのひら》。唇に触れる細い指。

あたしではない、他人の命。

あたし。私。ゆうさん、という自分を呼ぶ声。

ゆうさん。片倉優樹《かたくらゆうき》という、あたしの名前の短縮《たんしゅく》。

あたしは片倉優樹なのに、なぜあたしの心も身体《からだ》もちゃんと動いてくれないんだろう？

心も身体も、あたしなのに。

生きることも死ぬことも、決めるのはあたしなのに。

……みっちゃん。大丈夫だから。

この八牧《やまき》さんを殺した人じゃない人に、殺されたりはしないから。

…………………。

そうだ、やっぱり知っている。

この男の人を知っている。

思い出すと苦しくなる人——それだけじゃない。心を抉《えぐ》り込むように突き刺さっているこれは、痛みとはちょっと違う気がする。

刺さっているこれは、抜いてはいけないもの。もっともっと、心の奥深くにまで刺し込んだ方がいいもの。

刺して刺して、心の向こう側にまで貫《つらぬ》き通して、心に穴を開けたなら。

……開けられたなら。

「優樹、走れ！　彼に背を向けて走れ！」

大音声《だいおんじょう》であった。実際はそんなに大きい声ではなかったのだが、優樹には鼓膜《こまく》を破り脊髄《せきずい》を揺らし脳髄の表面を波立たせるほどの、大きく、強烈で、自分の中の何かを確実《かくじつ》に吹き飛ばす声であった。

「生きるために走れ！」

大田《おおた》のそんな声を、優樹は初めて聞いた。

生きる。

生きる。死なずに生きる。まだ自分は生きている。背中の未知《みち》も生きている。大田真章《さねあき》も生きている。

生きるため。まだ死んではいけない。八牧の仇《かたき》をとる、背中の未知を守る、大田や、虎司《とらじ》、夏純《かすみ》を、目の前にいる脅威《きょうい》から遠ざける。そして。

……そうだ、まだある。とても重要なことがある。忘れているそれらを思い出さなければいけない。

　思い出せない事象《じしょう》。それらは、どうでもいいと放っておけることではない。片倉優樹《かたくらゆうき》という自身を支えている、根幹の記憶《きおく》。それを思い出せなかったら、もはや自分は片倉優樹ではなくなってしまう。

　八牧《やまき》を殺し、虎司《とらじ》を殴り、自分をただひたすらに甚振《いたぶ》り続けるあの山崎太一朗《やまざきたいちろう》というもはや人間ではない人間のことを、思い出さなければいけない。

　自分は間違いなく彼を知っている。そして彼も――あの〝童子斬《どうじぎ》り〟に憑《つ》かれて兇人《きょうじん》になる前は、自分のことを知っていた。そのはずだ。

　このままでは死ねない。

「自分自身のために走れ！」

　片倉優樹として、死ねない。

　だから、走るのだ。

「……みっちゃん、走るからしっかり摑《つか》まって」

　肩の上にいる未知《みち》の気配《けはい》が、ぶるりと震《ふる》えるのがわかった。

　左腕そのものに、渾身《こんしん》の力をためる。左拳《こぶし》を握《にぎ》り締《し》める。この中に潜《ひそ》んでいる、自分を戦いに駆《か》り立てようとしている存在を潰《つぶ》すように。自分を片倉優樹でなくしてしまうものを打ち消すように。力を込め過ぎて、腕の下で細い血管たちが破れていく。それでも、優樹は力を抜かなかった。

「ゆうさん……だ、だいじょうぶ……」

未知の弱々しい声が聞こえる頃《ころ》には、左手は一応普段《ふだん》通りの見た目に戻っていた。噴《ふ》き出してしまった血までは元には戻らないが、優樹の心を侵食しようとしていた強迫観念《きょうはくかんねん》めいたものは薄《うす》くなっている。

「大丈夫、行くよ」

そして、優樹は走り出す。振り向かず、迷わず走り出す。

迷いはしないが、考えなければならない。冷静に、どこへ行って、どこに逃げて、そして——どこで彼と戦うか。走りながら、優樹は思考速度を上げる。

逃げ続けているだけでは、終わらない。戦わなければいけないのは、理解できる。だが、ここは駄目《だめ》だ。いくら〝隔離〟があるとはいえ、こんな市街地であんなに強い相手と戦っては周辺に被害が出ることは間違いない。

人間に危害を加えられないならば人の多い場所で戦うのがいいのだろうが、優樹は最初からそんなことは考えに入れていない。まずは一度六課に戻って、虎司や夏純《かすみ》に事態を伝えてすぐに移動を開始する。

安藤《あんどう》は、できれば早めに家に帰したいとは思う。〝童子斬り〟との戦いで有効に使えるとか、そんな勝手な自分たちの都合を押し付けるのはいけないことだ。この先、何があるかわからないのだから。

安藤《あんどう》は、虎司《とらじ》のアヤカシとしての姿を知った。それでも安藤の態度は何も変わってはいなかった。ごくごく普通の、ちょっと弱気なところもある少し背の高い女子高生。だが、彼女の意志は何と強いのだろう。

意志——安藤の、虎司に対する想《おも》い。それが悲しい結末にならないことを、優樹《ゆうき》は祈るだけだ。アヤカシと人間の関係。この事態が収束《しゅうそく》に向かった後、二人《ふたり》がどうなっていくのかできれば見守りたいものだ。

——今。

今、何かが心に刺さった。ちくりとしたものが。

痛いわけではないが、少し痒《かゆ》い何かが。

その時、今まで何もかもが希薄《きはく》であったものたちが唐突《とうとつ》に戻ってきた。大通りから聞こえてくる車の音、クラクション。生きる人々のざわめき、気配《けはい》。自分がアスファルトを蹴《け》って走る足音。

〝隔離〟を出たのだ。

ほっとしたのも束《つか》の間《ま》、優樹は道路の真ん中にぼんやりと突っ立っている少年を視界に入れた。このまま走り続ければ、彼と衝突《しょうとつ》してしまう。止まるか、進路を変えるか。頭が考えている間に、身体《からだ》が答えを出していた。今は一刻も早く六課に戻らなければならないのだから、止まっている暇はない。

優樹は少しだけ右に進路を変えて、少年の脇《わき》を走り抜けた。


すれ違う一瞬《いっしゅん》。

本当にそれは一瞬のことだった。

優樹は左の眼球を動かして、少年を見ていた。

少年もまた、優樹を見ていた。

視線《しせん》が絡み合う瞬間、優樹はこの少年が誰《だれ》かに似ているような気がした。

とても懐《なつ》かしく感じる、誰かに。


片倉《かたくら》優樹が、左目だけで自分のことを見ていた。

自分を、片倉晃《こう》のことを見ていた。

以前から彼女のことを知っていたし、彼女がどういう存在なのかも知っている。しかし、彼女は自分のことを知らない。名前も知らない。どういう存在なのかも知らない。

その片倉優樹の視界に、ついに入ってしまった。会って、伝えなければならないことはたくさんある。

それなのに一瞬《いっしゅん》、晃《こう》はΩ《オメガ》サーキットのこともキマイラのこともクロスブリードのことも、すべてを忘れた。

自分が死ぬ前に伝えたい、たった一つのこと。

それだけを思い浮かべていた。


「やあ、先天的に眉間《みけん》に皺《しわ》を寄せた鬼斬《おにぎ》りを持った少年。久しぶりじゃないけど久しぶりだね、元気かね。二度と会うことはないかもしれないと思っていたが、またこうして会うとはね。少々急いでいるのでのんびりと話すことはできないが、ここはたぶん君にとって安全な場所ではないから離《はな》れることをお勧《すす》めするよ。君が童子斬《どうじぎ》りを気にするのはわかるが、あれはかなり危険だ。それなりに状況は理解しているだろうから、細かい説明は省《はぶ》く。そうそう、もし君が僕の友人たちに力を貸してくれるというのなら、歓迎《かんげい》するよ。君には君の目的があるだろうから、そんなことはないと思うけど万が一を考えてね。せっかく会えたのだから、もう少しのんびり話したいところだが、残念ながら行かねばならない。くれぐれも気をつけるように。また会うかもしれないが、今度こそ二度と会えないかもしれないけど、元気で」

優樹《ゆうき》の少し後方を早歩き程度の速度でやってきた大田真章《おおたさねあき》が、聞き取ることが難《むずか》しいほどの恐ろしい早口で喋《しゃべ》りながら晃の脇《わき》を通り抜けていく。晃がかろうじて聞き取れたのは、『この場を離れることをお勧めする』の部分だけだった。

「あー、今の君に言いたいことはあるが、本当にこれから忙しくなるので、大変不本意だけど一言だけ言わせてくれたまえ」

遠ざかっていく大田が、振り返る。そんなに言いたいことがあるなら、その長い前置きを飛ばせばいいのにと晃は思ったが、黙《だま》って大田が言おうとしていることを聞くことにした。

「君の生と死は君だけのものだ。死ぬまで、君という一人《ひとり》の存在でいたまえ」

最後の方は距離《きょり》が離れて小さい声となっていたが、晃は確《たし》かに聞いた。

そして、大田真章が自分に伝えたかったであろうことをそれなりに理解する。

（僕の生と死は僕だけのもので、死ぬまで僕でいろ、か……）

自分だけ。思えば、今まで自分だけのことを考えて動いたことはなかった。彼の行動は、いつだって同胞《どうほう》たちのためという大義名分の上にあった。自分がどうにかしなければ、同胞たちは死ぬ。その重圧と共《とも》に生きてきた。やりたいことは、自分と同胞たちをこんな境遇《きょうぐう》に作った〝主〟とその部下たちへの復讐《ふくしゅう》だけだと思っていた。

確かにそれは、自分がやりたいことであった。

だがそれ以上にあったのだ。ずっと心の奥にしまって、考えないようにしていたこと。

それをしに行こう。

それをやり終わって、まだ生きていることができたなら、また自分と同胞たちのための復《ふく》讐《しゅう》をしよう。

先ほどまであった死への恐怖が、驚《おどろ》くほど軽減していた。少々癪《しゃく》に障《さわ》るが、大田《おおた》には感謝《かんしゃ》しなければなるまい。

やろう。今だけはわがままになって、自分のやりたいことだけをやろう。

まずは携帯《けいたい》電話の充電をして、鈴香《すずか》と千堂《せんどう》に伝えよう。

片倉晃《かたくらこう》という存在が、今何を考えてこれからどうしようとしているか。

走り出した晃は、自分が少し笑っていることに気が付いた。

そういえば、自分は生まれてから一度も声を出して笑ったことがなかった。声を出してまで笑いたいことなどなかったから、しかたないかもしれない。だが、今なら笑いたいことがなくても笑える気がした。

「あはははは……」

声を出して走りながら笑う。

馬鹿《ばか》みたいだ。

本当に馬鹿みたいで、そんな自分が滑稽《こっけい》過ぎてますます笑えた。

晃が走るのは、どこかへと続く道。
それは、生へと続く道か。
それとも、死に至る道か。

その先に何があっても、晃は走り続ける。
自分が本当にやりたかったことに向かって、ただひたすらに。
この瞬間《しゅんかん》、晃はあらゆるものから自由だった。
生と死からさえも、自由だった。

# 第十一章
# 進路はあれど退路なし

電灯の点《つ》いていない薄暗《うすぐら》い室内で、安藤希《あんどうのぞみ》は相川虎司《あいかわとらじ》の暖かい毛皮を撫《な》で続ける。虎司が寝ているのだから灯《あか》りを点ける必要はないし、自分の目もすっかり暗闇《くらやみ》に慣《な》れてしまった。窓から差し込んでくる灯りだけでも、虎司の黒い縞《しま》の境い目がわかるほどに。

背中の縞を見つめながら、安藤は色々《いろいろ》なことを考えていた。まずは帰りが遅くなることを伝える電話を家にしなければいけないのだが、どうやってあまり心配をかけないように説明するかが問題である。

同級生と帰る途中に和田掘公園《わだぼりこうえん》を通ったら、よくわからない人が喧嘩《けんか》を売ってきててんやわんや、それで警察《けいさつ》の人に事情聴取《ちょうしゅ》されてしまった。肝心《かんじん》なところは略しているが、これが事実である。こんな説明で納得してもらえるだろうか。

なぜ杉並区《すぎなみく》で起こった事件の事情聴取を渋谷《しぶや》区でされているのか、そう突っ込まれたらどう返せばいいのだろう。大きな鳥の背中に乗せてもらったというのが事実だが、そうすると次は大きな鳥が何者なのかという説明に入らなければならない。

アヤカシ——教科書で習った正式名称を安藤は思い出そうとしたが、どうしても『何とか生物』までしか浮かばない。とにかくその『何とか生物』に連れられて渋谷まで来ることになり、あまつさえ自分の同級生がその『何とか生物』であることまで説明したら、とてつもなく話が長くなりそうな気がする。

不思議《ふしぎ》だ。つい昨日《きのう》まで、自分は普通に学校に通っていた普通の高校二年生だった。同年代の女子より少し背が高いことや、気になっている同級生の様子《ようす》が最近おかしかったことなどの悩みはあったが、それもごく普通の話。眼鏡《めがね》にも三《み》つ編《あ》みのお下げにも、奇妙なことなど何もない、ごくごく普通の女子高生。

そんな自分が、暗い部屋《へや》の中で大きく黒い虎《とら》の背中を撫でている。背が自分より低くて、三白眼《さんぱくがん》で、よく喋《しゃべ》り、よく怒り、よく笑う同級生。……そして自分が好きな人の本当の姿が、この黒い虎。アヤカシという生き物。

世の中、何が起こるかわからないものだ。自分でも把握し切れていないこの現状を、家族にどうやって説明すればいいのやら。

（……ああ、そういえばここ警察で、あの人は刑事さんなんだっけ……）

何も無理して自分が説明しなくともよいのだ。外観《がいかん》や下の階のごちゃごちゃとした部屋を見る限りとても警察には見えないし、虎司が団長と呼んでいたあの片倉優樹《かたくらゆうき》も自分がイメージしている警察官とはほど遠い。

しかし見た目はともかく、話した感じでは自分よりよほどしっかりしていそうだ。あの人に電話を頼んで説明してもらった方が、家族に心配をかけないですむだろう。大田《おおた》という眼鏡《めがね》の人や帆村《ほむら》という綺麗《きれい》な女の人も刑事なのかもしれないが、優樹《ゆうき》が一番話しやすくまともで頼りになりそうだ。安藤《あんどう》は漠然《ばくぜん》とそんな印象を持っていた。

警視《けいし》庁《ちょう》刑事部捜査第六課巡査部長。そう名乗った人は自分より小さく年下に見えた。……そうだ、思い出した。かつて、自分は一度彼女に会っている。四月くらいだろうか、学校に男の人と二人《ふたり》で来た白髪頭の人だ。そして虎司《とらじ》と男の人と三人で焼き肉屋に行ったことを思い出し、ふと何かが心に引っ掛かる。

(相川《あいかわ》くんを殴ってた男の人……あの時、焼肉を奢《おご》ってくれた男の人に似てたかもしれない……気のせいかな……)

気がするだけで別人なのだろうか。虎司と肉と野菜しか見ていなかったが、男の頬《ほお》には傷がなかったと思う。傷は後からついた可能性もあるが、やはり同一人物であると断言できるほどの自信は湧《わ》いてこなかった。

まとまらない考えをだらだらと続けながら、安藤はぼんやりと虎司を見る。もう彼のこの姿に、恐怖だの困惑《こんわく》だのを抱いてはいない。むしろ愛《いと》しいほどだ。いくら虎司が『虎《とら》に見える生き物だけど虎じゃない』と言ったところで、安藤にとっては虎に見えてしまうのだからしかたがない。昔犬を飼っていた時のことを思い出すが、犬というよりは猫に近い気がする。巨大な猫だ。彼があの男の人と殴り合っている時には、猫らしさはあまりなかったが。

しかし猫だと思うと、顔がほころんでしまうくらいに虎司が可愛《かわい》らしく見えた。目を閉じて時たま耳や瞼《まぶた》をぴくぴくさせている様子《ようす》は、心が和《なご》む。その体の大きさの割には狭い眉間《みけん》に指をあてて、ふにふにと撫《な》でまくりたいのをじっと我慢《がまん》する。

寝ると彼は言ったが、きっと目を閉じているだけなのだと安藤は思う。人の気配《けはい》があると眠れないと彼自身が言ったのだから。とても浅い眠りなのかもしれない。本当に寝ているのだったら、色々《いろいろ》な場所に触りまくりたい、などと思う。彼が人としての姿に戻ったら、こんな風《ふう》に触ることはできないだろう。

背中を撫でたり、首筋《くびすじ》に触れたり、鼻の頭にキスをしたり。

思い出さないようにしていたのに、思い出してしまった。……また恥ずかしくなって、体温が上がる。だがそれと同時に、鼻の頭じゃなくてちゃんと口にしておけばよかったかな、などとも考えてしまう安藤である。しかしこの虎の姿だと、口が大き過ぎるためまっとうなキスにならないような気がする。

やっぱり彼が人間の姿をしている時に、改めてした方がいいのだろうか。そこまで考えて、安藤は大きく首を振った。どうやら自分はひどく浮かれているらしい。一応とはいえ、彼も自分のことを好きだと言ってくれたのだ。『好きで喰《く》いたい奴《やつ》』という喜んでいいのか少々疑問に残る言い方ではあるが、それでも嬉《うれ》しかった。

「安藤《あんどう》、何お前悶《もだ》えてるんだよ」

「……え」

自分が虎司《とらじ》の分厚い皮を摑《つか》んで揉《も》んでいたことに気が付き、慌《あわ》てて手を引っ込める。

「ご、ごめんなさい、痛かった？」

「別に、痛くはねえなあ。どっちかってーと、マッサージされてるみたいだしな」

目を閉じたままそう言う虎司に、安藤は安堵《あんど》して再び背中に手を置いた。

「……だからって、揉んで揉んで揉みまくっていいわけじゃねえからな、加減はしろよ」

「う、うん」

安藤は、あまり力を入れないように首の後ろ辺《あた》りの毛皮をつまむと、優《やさ》しくゆっくりと揉み始めた。

「お前、そんなに俺《おれ》に触りてーのかよ」

「……うん、柔らかくてすべしてて、触ってて気持ちいい……こんなに柔らかいのに、あの、あんなに、殴られて……骨とかほんとに大丈夫……？　折れたりしてない？」

「柔らけえつっても、お前が触ってんのは皮下脂肪って奴《やつ》だからなあ。それなりに硬《かて》え筋肉もあるし、心配されるほどやわにできてねーよ。……しっかし、お前は俺触ると気持ちいいのかあ。まあ俺もお前を舐《な》めたり嚙《か》んだりしてる時はちょっと興奮《こうふん》してたけど、今思い返すとやっぱり気持ちよかったしなあ。それと似たようなもんなのか」

舐めたり噛んだり。……何だかちょっといやらしいことを考えてしまう安藤である。だがそれよりもっと気になることが、虎司の言葉の中にはあった。

「相川《あいかわ》くん、あたしの……その、首を噛んだり、顔を舐めたりしてる時、気持ちよかったの？」

「おう、あん時はちっと頭に血が上ってたから、あんまり気が付かなかったけどよう。口ん中に好きなもんを入れるってのは楽しいし気分がいいぜえ。何つーか歯茎《はぐき》とか舌とか……口ん中全体に、いい感触が伝わってくんだよなあ。今度人の皮被《かぶ》ってる時にまたやらせてくれよ。そん時は血が出たり、痛くねえようにすっからさあ」

「……うん…………って、ええええええええ」

何となく返事をした安藤ではあったが、人の姿をした虎司が自分の頬《ほお》を舐めたり首を噛んだりしている光景を想像して、思わず声を上げて仰《の》け反《ぞ》ってしまう。その勢いで虎司の皮が引っ張られ、彼は薄《うす》く目を開いて安藤の方を見た。

「あ、ご、ごめんなさい……」

「痛くねえから気にすんなってば。でも何だよ、お前、俺の皮揉みまくってんのに、その逆は嫌《いや》なのかよ。揉むわけじゃねえけどさ。軽く齧《かじ》るくらいならいいじゃねえかよ、今度は喰《く》わねえからさあ」

「い、い、い、嫌だってわけじゃないのよ……全然、か、かまわないし、その、あ、あのあれなんだけど……」

動揺してどもる安藤《あんどう》の声を聞きながら、虎司《とらじ》は大きく欠伸《あくび》をすると自分の前脚に頭を乗せて再び目を閉じる。

「いいならいいじゃねえか、やらせてくれよ」

もともと細かいことを気にする傾向にある安藤である。虎司のその言葉を聞いて、動揺はさらにひどくなってしまった。

「う、うん、あ、あ、あれなのよ、相川《あいかわ》くんじゃなくて、その、相川くんの虎《とら》さんのままでやってくれた方が、何というかほら、あの、精神的に安心するというか、あの、あんまり変な気分にならないですむというか、あ、あ、あの、変な気分っていうのは、別にそういう意味じゃなくて、変な気分じゃないのよ、いやらしいこととかそういうこととかは、全然まったくこれっぽっちも考えてないのよ、ほんとだからほんと」

勢いよく首を振る安藤の動きに合わせて三《み》つ編《あ》みが揺れていたが、目を閉じている虎司はそれを見ていない。

「わけわかんねえ奴《やつ》だなあ。このままでやると、牙《きば》あ尖《とが》ってるし、舌あざらついてるから、お前が少し痛《いて》えことになっちまうぞ。それにうっかり力が入ったら、痛えどころじゃなくなってそのままお前が死んじまいそうだからなあ。皮あ被《かぶ》ってる時なら、牙も舌もそれなりに人間仕様だからあんまり痛くねえだろうし。それだったら力が入っちまってもたいしたことにゃならねえからよう」

「う、うん………」

虎司には悪気も下心もないのだろう。自分だけが妄想《もうそう》して狼狽《ろうばい》して、馬鹿《ばか》みたいではないか。心を静めようと必死に深呼吸を繰《く》り返し、何とか落ち着いた安藤ではあったが、次の虎司の発言にあっさりと心の平穏《へいおん》は砕《くだ》け散った。

「あーそーだ、胸とか腹とか腕とか脚とかもしゃぶらせてくれよ。ちゃんと痛くねーよにすっからさあ」

「えええええええええええ」

奇声を上げながら虎司の皮から手を離《はな》して後ろに仰《の》け反《ぞ》り、そのまま倒れ込んで動けなくなる安藤であった。

「いちいち叫ぶなよ、うるせえ奴だな。そのかわりっちゃなんだが、お前も俺《おれ》の体を好き勝手していいからよう。撫《な》でても揉《も》んでも引っ張っても噛《か》んでもいいぜえ」

「………い、いや、あの、そういうことじゃなくてね………」

自分が何を困っているかを、どうやって虎司に伝えるか。ひっくり返ったままの安藤が暗い天井《てんじょう》を見上げてうろたえていると、唐突《とうとつ》に視界が虎司の顔で覆《おお》われた。いつの間にか起き上がっていた虎司が、髯《ひげ》と鼻をひくひくさせながら自分のことを覗《のぞ》き込んでいる。可愛《かわい》いなあ、と先ほどまでの動揺も忘れて虎の顔に見入る安藤であった。

「安藤《あんどう》、火蜥蜴《ひとかげ》が置いてった服持ってきてくれや」

珍しく真剣な口調《くちょう》でそう告げると、虎司《とらじ》は部屋《へや》の入り口まで無音で歩いていき前足で器用に扉を開けて出て行ってしまった。安藤はその後ろ姿を転がった状態で見送ると、慌《あわ》てて立ち上がり火蜥蜴——帆村夏純《ほむらかすみ》が置いていった服を捜す。部屋の片隅《かたすみ》にたたまれもせずに放り出されてあったのは、Tシャツ、ジーンズ、トランクスの三点だけだった。もう秋になってしまったこの時期に、これだけでは少し肌寒くないだろうか。

それらを丁寧《ていねい》にたたみ直すと、安藤は虎司の後を追って部屋の外に出た。暗い室内とは違い、廊下には蛍光灯《けいこうとう》の光が満ちている。その明暗に安藤は思わず目を細めて立ち止まった。何となく真っ暗な室内を振り返った後、もう見えなくなってしまった虎司の後をゆっくりと追う。

この瞬間《しゅんかん》、安藤の幸せな時間は静かに終わりを告げる。

それは長く短い、旅ともいえない旅の始まり。


六課に戻ってきたのは、下策《げさく》であったかもしれない。一応周囲に気を配りながら走ってきたが、絶対に尾行をされていないとは言い切れない。もし彼を撒《ま》くことができていなかったら、自分たちの本拠地《ほんきょち》がばれてしまう。ここを襲撃《しゅうげき》されたら、態勢を整《ととの》え直すことはかなり難《むずか》しくなるだろう。電話で夏純たちに危機《きき》を知らせて、自分たちはあの兇人《きょうじん》をひきつけながら逃げ続ける。それが良策なのだろうと、優樹《ゆうき》は階段を駆《か》け上りながら考える。

それでも、この場所に戻ってこなければならない大きな理由が二つあった。一つは戦いの準備を不完全ながらも整えるため。備えは決して万全とはいえないが、ここには色々《いろいろ》な物品が揃《そろ》っている。

「あ、優《ゆう》さん、おかえりー」

未知《みち》を頭にしがみつかせたまま、扉を蹴破《けやぶ》りそうな勢いで六課に入ってきた優樹に、帆村夏純がソファーに座ったままのんびりと返事をする。優樹がこまめに片付けているのに、灰皿にはもう煙草《タバコ》の灰が山盛りになっていた。

「夏純ちゃん、出かける準備。着替えと煙草とライター、必要だと思ったものを小さくまとめて鞄《かばん》につめて。虎《とら》くんの着替えの予備も。それと非常用のリュックがどっかのロッカーに入っていた気がするから、捜しといて。黒っぽい大きなリュックね」

そう早口で伝えると、優樹は未知をおろして右手で彼女の頭を軽く撫《な》でてやった。不安そうに見上げてくる未知にぎこちない笑《え》みを向けてから、隣《となり》の台所に入る。買い物ができていたら今頃《いまごろ》ここで何かを作っていたのだろうか、それともスーパーで豆腐《とうふ》を買うか買わないか大田《おおた》ともめていたのだろうか。

よぎった想像を振り払い、優樹は電灯のスイッチを入れた。蛍光灯が明滅《めいめつ》を繰《く》り返し、完全に灯《とも》った時には既《すで》に冷蔵庫《れいぞうこ》を開けてビール瓶《びん》を取り出していた。指で蓋《ふた》を開けて中身を行儀《ぎょうぎ》悪《わる》くラッパ呑《の》みしながら、シンクの前に移動する。ビールを呑み干したところで、台所用洗剤を使って左手の血を乱暴《らんぼう》に洗い落とした。

この左手。右手を切断した覚えは曖昧《あいまい》だがある。この馴染《なじ》み具合からして、これが昔は自分の右手であったことも間違いない。だが、違うのだ。自分の手だが、自分だけの手ではない。何かが潜《ひそ》んでいるような気がする。

あの、今はない右目のように。だから、自分は抉《えぐ》り出した。得体《えたい》のしれない右目を。……そのはずだ。

(目を抉った時のことも、ちゃんと思い出せない……)

優樹《ゆうき》は左手を自分の意思で握《にぎ》り締《し》めると、右頬《ほお》にこびりついた血も洗い流す。右目の痕《あと》から出血したようだが、傷口らしいものは開いていない。精神の調子《ちょうし》はともかく、身体《からだ》の調子自体は決して悪くはない。吐きそうなほどに殴られた腹の痛みも、今は完全にひいている。骨は折れていないし内臓《ないぞう》も潰《つぶ》れていない。

血を落としたところで、棚から焼酎《しょうちゅう》と携帯用《けいたいよう》ボトル二本を取り出した。未開封の焼酎を開け、こぼさないよう気を付けながら携帯用ボトルに注ぎ込む。二本とも満タンにした後、残った焼酎もそのまま一気に呑み干してしまう。短期間でアルコールを摂取するのは本意ではないが、時間が惜しい。

一息ついたところで自分の酒臭さが気になったが、口臭よりもどうにかしなければならないことが多過ぎた。

携帯用ボトル二本を持って台所を出ると、夏純《かすみ》がボストンバッグの中に煙草《タバコ》や着替えなどを滅茶苦茶《めちゃくちゃ》に押し込んでいる最中だった。普段《ふだん》なら詰め方を注意するところだが、それを気にしていられる状況でもない。

「団長、慌《あわ》ててどうしたよ」

開け放ったままの扉から、黒い虎《とら》が顔を出す。扉の側《そば》にいた未知《みち》が驚《おどろ》いて尻餅《しりもち》をつき、その拍子に壁《かべ》にかけてあったカレンダーが三十度ほど傾いた。

「……あ、ご、ごめんなさい……」

「カレンダーは気にしなくていいから。虎くん、まだ人に戻らなくていいけど、お腹《なか》すいてるようならテーブルの上の豆大福《まめだいふく》でも食べておいて、それと冷蔵庫《れいぞうこ》の牛乳、残り少ないけど空《から》っぽにしといちゃって」

「あいよー」

夏純も虎司《とらじ》も、『なぜそんなことをするのか』という理由を訊《き》き返したりはしなかった。優樹の言うことを信じているから、そしていつもより少し早口だったからだ。優樹が早口で用件を伝えるなど、滅多《めった》にない。滅多にないことが起きている。ならば、今は緊急《きんきゅう》事態が進行中であるということに他《ほか》ならない。

そんな時に、いちいち理由を問《と》い質《ただ》して時間を無駄《むだ》にはできない。だから虎司は尻餅をついたままの未知《みち》の脇《わき》を早足で通り抜け、テーブルの上に置いてあった豆大福《まめだいふく》にかぶりついた。ビニールの包装がついたままだが、彼の前足はそれを剝《は》がせるようにはできていない。ゴミ箱を引き寄せて、口の中のビニールを直接吐き出す。

「……何だか、慌《あわた》だしいね。状況が状況だからしかたないかな」

優樹《ゆうき》より少し遅れて戻ってきた大田真章《おおたさねあき》は、尻餅《しりもち》をついたままの未知を見下ろして「ふむ」と小さく息を吐いた。大田のため息に恐怖を感じたのか、未知は壁《かべ》沿《ぞ》いに後ずさり彼から五メートルほど離《はな》れた場所でやっと立ち上がる。

「こらこら幼女……」

「先生、ガスの元栓《もとせん》閉めてきてください。それとここを出る時にはブレーカーを落としといてください」

防虫剤の臭《にお》いがたっぷりとついた冬物のぶ厚いコートを羽織《はお》りながら、優樹は大田にも指図《さしず》をした。秋物を通り越して冬物にしたのは、内ポケットにボトルを入れるためといざ出血をした時に目立たないためだ。

「出かける前に元栓を閉めるのは確《たし》かに大事なことではあるが、ブレーカーを落としてほしいと君が頼むという事実を、少し考察する必要があるね」

一通り自身の身支度《みじたく》を終えた優樹が、部屋《へや》の片隅《かたすみ》で立ち尽くしている未知の涙や鼻水でべたついた顔をティッシュで拭《ふ》いてやっている。それを見ながら、大田は台所に行ってガスの元栓を見る。間違いなく閉めたことを確認《かくにん》すると、大田は眼鏡《めがね》を外《はず》して大して汚れてもいないレンズを拭き始めた。

ブレーカーを落とす。京都《きょうと》に行っていた時でも、夏に五人で島へ繰《く》り出した時でも、もっと過去の記憶《きおく》を遡《さかのぼ》っても、優樹がこの建物のブレーカーを落としたことは一度としてなかったことを大田は知っている。帰ってきた時にすぐに冷えたビールを飲むために、冷蔵庫《れいぞうこ》の電源はいつだって入れておく必要があったから。

それなのに、優樹はブレーカーを落とせと言う。

眼鏡をかけ直し、大田は冷蔵庫の扉を開けて中身を確認した。中には二本の缶コーヒーと三本の缶ビール、そして開封された牛乳が一本に消臭剤。冷凍室には氷のみ。牛乳以外に腐るような物が入っていないのは、果たしてただの偶然《ぐうぜん》なのだろうか。

「んだよ、鳥頭《とりあたま》。牛乳飲むんかよ」

牛乳パックを持ち上げてその残量を確認していると、口の回りに大福の餡《あん》をこびりつかせた虎司《とらじ》が台所にやってきた。

「いや、飲まないよ。牛乳は好きでも嫌いでもないから飲めと言われれば飲まないこともないけど、今はその必要性はまったくないからね」

「お前の好き嫌いは訊《き》いてねえから、飲まねえならよこせや」

虎司は後脚で立ち上がると大田の差し出した牛乳パックを前脚で挟むように受け取り、そのまま大きく口を開けて中身を直接喉《のど》に流し込んだ。冷蔵庫《れいぞうこ》に残ったビールと、餡《あん》で汚れていた虎司《とらじ》の口元が牛乳で白くなるのを見比べながら、大田《おおた》は考える。

これから優樹《ゆうき》たちは、行かなければならない。どこに行くのか、だいたいの方向性は優樹にもわかっているはずだ。少し声をかける必要はあったが、今の優樹は自分が見たかった彼女に戻るための努力を始めている。彼女に根付こうとしている〝モノ〟に打ち勝つのは尋常《じんじょう》ではない。それでも優樹は、自分自身のことは自分でどうにかするだろう。

当面の問題は、これからの道程《みちのり》にあたって未知《みち》と安藤《あんどう》の人間二人《ふたり》をどうするかだ。優樹は未知を連れて行く決心はそれなりにできているようだが、安藤に関してはまだ迷っているように大田には見えた。

しかし大田は安藤を同行させるべきだと思っていた。〝童子斬り《どうじぎ》〟に対する盾《たて》、という理由は、実はさして重要なものではない。人間を傷付けないという不文律《ふぶんりつ》に縛《しば》られているとはいえ、もはやあれは大田の知っている〝童子斬り〟ではなくなってしまっている。彼がもう少し知恵をつけているとしたら、人を殺さずとも排除する手段を確立《かくりつ》しているだろう。そうなってしまったら、未知にも安藤にも盾としての利用価値はなくなる。むしろ激化《げきか》するであろう戦闘《せんとう》においては、足手まといになる可能性が高い。

それでも、未知と安藤にはこの短い旅路に同行する理由がある。

未知には八牧《やまき》と優樹との、安藤には虎司との絆《きずな》があるから。

それはすぐに切れてしまう儚《はかな》いもの。死してなお切れない強固なもの。

「虎《とら》くん、安藤さんのことは好きかい」

牛乳を飲み終わって舌で口の回りを舐《な》めている虎司に、大田は訊《き》いた。

「好きだぜ」

即答されたことを、大田は不思議《ふしぎ》に思わなかった。虎司と安藤の学校生活の中で、二人がどうやって絆を結んできたのかを大田は知らないし、知ろうとも思わない。だが、二人には時間をかけて緩《ゆる》やかに結ばれたであろう絆がある。

そして、八牧や優樹と結ばれた未知との絆。それは最初、未知の方から勝手に結ばれた絆だった。拾われた、優《やさ》しくされた、食事をくれた、自分のいる場所をくれた。与えられたものに対して未知が唯一《ゆいいつ》二人に差し出すことができたもの。それは、二人に依存し絶対的な信頼を一方的に寄せるという、身勝手に結ばれた絆。

だが、八牧は最期《さいご》に未知を道連れにしてまで、自分の生き残る可能性を広げようとはしなかった。それは、彼が未知と結んだ絆。未知が忘れない限り結ばれ続ける絆。

優樹は未知から絆を結ばれたことにより、色々《いろいろ》な意味で自我《じが》を保っていられる。放置しておいたら、すぐに死んでしまう存在。未知という足手まといを守る。それは、優樹にとっては自分の命を守るよりも遥《はる》かに大事で重いこと。未知を守るためには、自分が生きていなければならないのだから。

優樹《ゆうき》が普段《ふだん》の優樹でない今、未知《みち》がいることで自身の命も支えている。これは悲しい絆《きずな》かもしれない。

命でしか繋《つな》がっていない、寂《さび》しい絆。

「……まあ、好きとか喰《く》いたいとか、今はどうでもいいこった。これからザッキーをどうにかしに行こうってんだろ。あいつをどうにかしねえと、おちおち学校にも行けねえわな。気合入れねえとなあ」

空《から》っぽになったパックを前脚で器用にたたみごみ箱に放り込むと、虎司《とらじ》は台所を出て行こうとした。その背中に、大田《おおた》は質問を投げかける。

「安藤《あんどう》さんは連れて行くのかい」

大田の問い掛けに虎司は振り返ることはせず、ただ尻尾《しっぽ》で床《ゆか》を叩《たた》いた。

「あーん？　何で俺《おれ》らとザッキーの殴り合いに安藤が出てくんだよ。あいつを連れて行く理由なんか俺にゃあこれっぽっちもねえわな。鬼斬《おにぎ》りとかいうのの盾《たて》にするってんならお断りだ。死ぬとか死なねえとかそういう問題じゃあねえぞ、俺が嫌《いや》なものは嫌なんだよ、ふざけたこと言ってんじゃねえぞ鳥頭《とりあたま》、その頭、齧《かじ》っちまうぞこら」

顔はこちらを向いてはいないが、虎司が牙《きば》を剥《む》き出している気配《けはい》が伝わってくる。彼のその苛立《いらだ》ちは、大田にとっては興味深《きょうみぶか》いものであったが、じっくりとそのことを問《と》い質《ただ》していられる状況でもない。

そんな状況であっても、訊《き》かずにはいられないことがあった。

「君にとって安藤さんとはどういう存在なのかな？」

「……これから殴り合いしに行こうってのに、そんなめんどくせえこといちいち考えてられっかよ。どういうもこういうもねえやな。まあ簡単《かんたん》に言っちまえば喰《く》いてえけど喰えねえ奴《やつ》だな。俺ぁお前みてえにこれは何あれは何とか、考えたりしねえわな。どーせ考えるんなら、ザッキーとの殴り合いに勝つことでも考えろや。……ありゃ強《つえ》えよ。俺が弱《よえ》えってことにしといても、強えわなあ」

虎司らしい答え方ではある。だが『喰いたいけど喰えない』という台詞《せりふ》は、虎司らしからぬ答えだ。その矛盾《むじゅん》した答えに、大田は大きく頷《うなず》いた。

「そうだね、今は君たちと僕は前に進んだ方がいいね。たまには、僕も若い頃《ころ》のように深く考えないでみようかな」

まだ自分がシームルグと呼ばれていなかった時のことを思い出し、大田は苦笑《にがわら》いをする。その大田の笑い声に、虎司は不愉快《ふゆかい》そうに耳をひくつかせた。

「お前の若い頃ってのは、えれえ想像しにくいな。お前が火蜥蜴《ひとかげ》くらいなーんも考えなかったら、それも気味が悪いもんだぜな……っと、おう安藤、来たか。あー、お前のぶんの大福《だいふく》とっといてやりゃよかったかなあ、全部食っちまったぜ。まあ腹減ってるならそこら辺にある落花生《らっかせい》でも食っとけよ、たくさんあっから」

「その落花生《らっかせい》の所有権は僕にあると思うのだがね」

「気にすんな」

虎司《とらじ》が台所を出るのと、安藤《あんどう》が六課に入ってきたのはほぼ同時であった。安藤はロッカーを片っ端から開けている夏純《かすみ》を見て、机で何かを書いている優樹《ゆうき》を見て、そしてそのコートの裾《すそ》を掴《つか》んでいる幼女――未知《みち》を見た。未知もまた安藤の存在に気が付くと、表情を強張《こわば》らせてコートの陰に隠れてしまう。……子供に怯《おび》えられるほど、自分は怖い外見をしているのだろうか。

少し傷付く安藤だったが、それよりも気になることがあった。

「大福《だいふく》とか落花生はいいんだけど……相川《あいかわ》くん、顎《あご》の下が白くなってる」

「あー、牛乳飲んだからなあ」

虎司は前脚を舐《な》めて湿らすと、その脚で口の回りを拭《ぬぐ》った。二、三度それを繰《く》り返すと、牛乳の痕跡《こんせき》はすぐになくなる。その虎司のしぐさに、安藤はなぜかときめいてしまった。

テーブルの側《そば》に置いてある自分の鞄《かばん》に近付いた安藤は、そこから携帯《けいたい》電話を取り出して虎司の写真を撮《と》りたい衝動《しょうどう》に駆《か》られる。あの凜々《りり》しくも可愛《かわい》らしい姿を写真に収めて、待ち受け画面にしてしまいたい。彼が人間の姿をとっていた時には、考えただけでも恥ずかしくなって実行できなかったが、今ならやれそうだ。

だが結局、安藤は鞄を開けなかった。……部屋《へや》の空気が緊張《きんちょう》している。さして鋭《するど》いとはいえない安藤でも、この状況で虎司の写真を撮る気にはなれない。

「……さて、一通り準備もできて全員揃《そろ》ったところで話を始めましょうか」

片倉《かたくら》優樹が机から顔を上げて、部屋をぐるりと見回した。安藤にはこの時、自分より小さいはずの優樹がなぜか大きく見えた。


一通りの準備。それは兇人《きょうじん》と成り果てた山崎太一朗《やまざきたいちろう》と戦う準備だけではなかった。六課に戻ってきたもう一つの大きな理由。それは母親に送ろうとしていた小包と手紙にある。小包には通帳と印鑑《いんかん》、それと——自分が今まで大事にしてきたもの、これからもずっと大事にしたかったものが入っている。

左手が右手になる少し前から、この小包は梱包《こんぽう》されていた。どうして、こんな風に自分にとって大事な物をまとめて小包にしたのか。そしてそれを、母親に送ろうとしていたのか。

その自分の心境を、優樹は心の片隅《かたすみ》で何となくではあるが悟っていた。その悟りを肯定も否定もせず、優樹はただ自分が母に送りたいと思った物をまとめた。本当は現在腰に差しているナイフも、小包に入れる予定であった。このナイフの出所を覚えてはいないが、これもまたとても大切な物であるような気がする。親に刃物を送るのはさすがに気がひけたので、身に着けておくことにしたが。

大事なものは、常に自分の側に置いておくか、自分の信頼する誰《だれ》かに預かってもらうのがいい。

しかし梱包《こんぽう》して伝票に実家の住所を書き込んだ後、優樹《ゆうき》は本当にこれを送っていいのか迷った。小包だけでは心配をかけるだろうから手紙も書いたのだが、下書きしてみたら遺書《いしょ》にしか見えない内容になってしまっていた。

急いで清書をしてみたものの、結局遺書のような内容であることに変わりはなかった。書いている途中に右手が震《ふる》えて便箋《びんせん》が破れたり、またも右目から血が落ちて汚れてしまったり、ますます読んだ人間が不安になる手紙が完成した。書き直したかったが、これ以上時間をとってもいられないのでそのまま封筒に入れる。

実家の住所と母の名前が書かれた封筒。今さらながら、自分が本当に子供らしくない子供であったことを思い出す。若白髪と呼ばれるようになってから、自分の心は普通の子供たちより早く老成を始めてしまった。

今起こっている事態をすべて解決し、その時自分が本当に片倉《かたくら》優樹として生きていられたなら、母に会いに行こう。

そして――どこにいるかは知らないが、父にも会いに行こう。

小さく痙攣《けいれん》を起こしている左の右手を胸の辺《あた》りに持ち上げ、二の腕に瘤《こぶ》と血管が浮き上がるほどの力を込める。足元にいる未知《みち》が不安げにしているのを見下ろし、少し笑いながら右手でその頭を撫《な》でてやった。

　この子も、やがては親と向き合わなければいけないのだろう。自分とは違う意味で。その時、自分はこの子に何かしてやれるのだろうか？　しかし『その時』に至る前にやらねばならないことがある。

　優樹は血で汚れた右目の周囲を拭《ふ》いて包帯を巻き直しながら、六課内にいる全員を左目で見回した。

「……さて、一通り準備もできて全員揃《そろ》ったところで話を始めましょうか」

　全員で、生き残るための話を始めよう。

　それが無理だったら。

　自分以外が生き残れるようにがんばろう。

　人間二人《ふたり》、アヤカシ三人、二重雑種一人《ダブルブリッドひとり》。

　警視庁《けいしちょう》刑事部捜査第六課分署に集《つど》った六人が一堂に会するのは、これが初めてだった。

　優樹はビールの缶を右手に持ち、脚の上に小包と手紙を乗せて床《ゆか》に直接あぐらをかいている。その左には夏純《かすみ》が捜し出した非常用リュックが置かれ、右隣《どなり》では未知が優樹のコートを摑《つか》んで腕に顔を埋めている。時たま周囲をおどおどと見回し、またすぐに顔を伏せるという挙動を続けていた。

二人《ふたり》が座っている側《そば》の机上《きじょう》に、帆村夏純《ほむらかすみ》は腰をかけていた。二十代後半の女性に見える彼女ではあるが、まだ十一年しか生きていない。その本分《ほんぶん》は、燃《も》える蜥蜴《とかげ》である。火と煙が側にあることを好む夏純が今吸っている煙草《タバコ》は、少々癖《くせ》のあるジタンという銘柄《めいがら》だ。灰で山盛りになった灰皿を抱え、じっくりと煙を味わいながら一本一本に時間をかけて吸っている。足元には彼女が適当に詰め込んで膨《ふく》れ上がったボストンバッグが置かれていた。

夏純が吐き出す煙の届かない窓際《まどぎわ》に、人の皮を被《かぶ》っていない虎司《とらじ》が座っている。狛犬《こまいぬ》と見間違うような座り方をして微動《びどう》だにしないその虎司の横には、自分の鞄《かばん》と虎司の服を抱えた安藤《あんどう》が立っている。家に帰りが遅くなる電話をしてほしいと頼みたいのだが、場の雰囲気に呑《の》まれて何となく言い出せない安藤であった。

開け放たれた玄関の扉、そこを塞《ふさ》ぐように大田《おおた》は立っている。全員分の靴の向きを揃《そろ》え自分の靴を既《すで》に履《は》いている大田は、腕組みをして室内と室外どちらにもすぐに移動できる場所に仁《に》王立《おうだ》ちをして、優樹《ゆうき》の左目を見《み》据《す》えていた。

「さて、とりあえず状況の説明から入ります。私たちはこれから移動を開始して、八牧《やまき》さんの仇《かたき》であり、虎《とら》くんを殴り、私を殴った、今は人ではなくなってしまった人と戦いにいかなければなりません」

「……団長、やられたんか」

虎司が姿勢を変えないまま、口の中でぼそりと呟《つぶや》く。

「さっき買い物に行く途中でね……一方的に殴られたよ。たぶん二回くらいは殴り返せたけどね。で、その隙《すき》にここまで逃げてきた」

左の右手で。あの時彼と自分との距離《きょり》が離《はな》れていたのは、この手が拳《こぶし》を作って殴り倒したのだろう。この手には、おそらく彼を打ち倒せる力がある。それどころか、優樹自身を殺してしまうほどの力が。

左拳を握《にぎ》り締《し》め、優樹はコートの袖《そで》に腕を引っ込める。そんな優樹を未知《みち》は悲しそうに見つめ、大田はただ静かに見守っている。何も言わずに。

「おー、俺《おれ》がぼっこぼこにぶん殴られまくったってえのに、二発もやり返したのはすげえなあ、さすが団長」

「んー、優《ゆう》さんが殴られたってことは、あのちんぴら近くにいるってことじゃない。すぐに捜して喧嘩《けんか》しに行こーよ優さん」

「うん、そのために用意をしたんだけどその前に……安藤さん」

「は、はい」

優樹が窓際にいる安藤を振り返ると、彼女はびっくりした表情で隣《となり》にいた虎司の首の皮を摑《つか》んでいた。夏純が煙草を取り出し指で火を点《つ》けるのを視界の隅《すみ》に入れながら、優樹は安藤を見る。

「さっき言った通り、私たちは出かけなければなりません。……あなたには色々《いろいろ》とご迷惑《めいわく》をかけました。夕食でも一緒《いっしょ》にと思っていたんですが、残念ながらそういう状況ではなくなってしまいました。ご家族には私の方から連絡を入れますから、電話番号を教えてください。話し合いが終わったら渋谷駅《しぶやえき》までお送りします。今日《きょう》あったことはご家族には適当にごまかして伝えますから、できれば虎《とら》くんのこととかは内密に。……今後とも、学校での虎くんのことをよろしくお願《ねが》いします」

振り返ったままの体勢で、優樹《ゆうき》は軽く頭を下げる。その優樹に、安藤《あんどう》は慌《あわ》てて虎司《とらじ》の皮から手を離《はな》し顔の前で手を振った。

「あ、いえ、その、おかまいなく……で、その、家に連絡していただけるのは、あたしも頼もうと思ってたんでこちらからもお願いしたいんですけど、あの……」

「すまねえなあ安藤、飯でも食わせてやりたかったんだけどなあ。また今度俺《おれ》が焼き肉奢《おご》ってやらあ。あー、いつだったか食いに行ったとこあったじゃねえか、九十分食い放題。あそこ連れてってやるぜえ」

「相川《あいかわ》くん……」

言おうとしていた言葉を遮《さえぎ》られ、安藤は虎司の三白眼《さんぱくがん》ではなくなっている丸い瞳《ひとみ》を見つめた。虎司は、優樹の右手にあるまだ開封されていない缶ビールを見ていた。優樹の隻眼《せきがん》は、安藤と虎司を見ていた。未知《みち》は何も見ないように、顔を優樹の右腕に押し付けていた。夏純《かすみ》は、自分が咥《くわ》えている煙草《タバコ》の先端を見つめていた。大田《おおた》は、この部屋《へや》にいる全員を見ていた。

視線《しせん》のまったく嚙《か》み合わない彼らと彼女らの均衡《きんこう》を破ったのは、安藤だった。

安藤は虎司を見て、夏純を見て、大田を見て、優樹を見て、優樹に隠れている未知を見た。

そしてもう一度虎司を見る。

虎司は、安藤を見ていない。

「……あの、その男の人と戦いに行くのに、あたしも何か」

「ねえ、何もねえ。お前はとっとと帰って飯食って歯ぁ磨《みが》いて風呂《ふろ》入って宿題やって眼鏡《めがね》拭《ふ》いて寝やがれ」

安藤の言葉がすべて終わる前に、虎司がきっぱりと断言する。この時も虎司は安藤を見ようとはしなかった。

「あ、あの」

「団長よお、鬼斬《おにぎ》りってえもんの弱点が人間だってんなら、そこら辺にいる奴《やつ》適当にぶん捕まえてやりゃあいいじゃねえか。ちびっこいのもいやがるしよう」

ちびという言葉が自分を示していることを知っている未知がぴくりと震《ふる》えたが、虎司にはどうでもよいことだった。

「団長がそこらの人間捕まえんのやりにくいってえんなら、俺がやっからさあ。安藤は普通に帰してやってくれよ。まあ団長が、俺たちの殴り合いに安藤連れてこうなんて馬鹿《ばか》なことはしねえとは思ってるけどさあ」

「……うん、そうだね、無理に連れて行こうなんて考えてないよ」

「あったりめーだ」

安藤《あんどう》に首を摑《つか》まれたまま、虎司《とらじ》はその首を上下に大きく振る。しかし優樹《ゆうき》が次に発した言葉に、頭の動きが止まった。

「安藤さんがついてきたいって言うんなら、それを止める気はあまりない」

「馬鹿《ばか》言ってんじゃねえぞ、こら、団長！」

立ち上がった虎司は優樹に詰め寄るために前進しようとしたが、安藤が首の皮を力一杯摑んでいるのに気が付いて足を止めた。安藤の力で虎司の歩みを物理的に阻《はば》むことなど、できるわけがない。しかし虎司は、彼女の手を無視して前進することができなかった。安藤の手を首から振り払うなど、簡単《かんたん》なのに。

虎司は安藤を見ないで、優樹を見ていた。優樹の表情はいつになく真剣で、眼球のない落ち窪《くぼ》んだ右目の痕《あと》がさらに悲壮感《ひそうかん》を増している。

「おかしいぜ団長。あの鬼斬《おにぎ》りてえ奴《やつ》は、そりゃ人間を殺したり殴ったりするもんじゃあねえのかもしれねえ。だからって、安藤を盾《たて》みてえに使うてえのは、俺《おれ》ぁ納得いかねえよ、ああいくもんかってんだこんちくしょう！」

「そうだろうね……」

優樹は大きく息を吐いてから、虎司とその隣《となり》に立つ安藤を交互に見た。優樹だって未知《みち》や安藤をあの〝童子斬り《どうじぎ》〟の前に立たせるというのは本意ではない。人間を傷付けないようにできているとはいえ、本当にそう言い切れるのか優樹は疑問を持っている。

〝童子斬り〟はアヤカシを殺すために生きているはずなのに、虎司も自分も殺さなかった。既《すで》に彼は、〝童子斬り〟が本来厳守《げんしゅ》しなければならないルールを侵《おか》している。ならば、〝童子斬り〟は人間を殺さないというルールをこれからも守ってくれるのか、保障などどこにもない。

普段《ふだん》の自分なら、決してこんな決断はしないだろう。今日《きょう》会ったばかりの人間の女子高生を避けることのできない戦闘《せんとう》に巻き込むなど、力ずくで阻止《そし》するはずだ。だが、優樹は安藤の意思に選択《せんたく》を委《ゆだ》ねることにした。

……本当は委ねてなどいないのに。安藤が出す答えなど、もう虎司にも優樹にもわかっているのに。

だからこそ、虎司は吼《ほ》え猛《たけ》る。安藤が何を言おうとしているか、わかってしまったから吼え猛る。

「そうだろうねじゃねえよ！　俺ぁ」

「相川《あいかわ》くん！」

安藤の悲鳴に近い呼びかけに、虎司は思わず口を閉ざす。安藤の大声を聞くなど、体育祭以来のことだ。自分が黙《だま》ってしまったことに戸惑《とまど》った虎司だが、すぐにもう一度口を開こうとする。

その時、安藤《あんどう》の腕が虎司《とらじ》の首を抱え込んだ。床《ゆか》に膝《ひざ》をつき、顔を虎司の首筋《くびすじ》に埋めて両腕を彼の太い首に回す。

「相川《あいかわ》くん、ありがとう。心配してくれて。でも、あたし、今は相川くんの側《そば》を離《はな》れたくないの。あの怖い男の人に相川くんが殴られてる時、とても嫌《いや》で、悲しかったから……」

とても嫌で悲しかったから、安藤はあの時虎司の前に立った。『助けることができる』『立つだけでいい』という、電話越しに聞こえてきた根拠《こんきょ》のわからない助言に耳を傾け、その通りにした。本当に助けられたのかは、あまり実感は湧《わ》かなかったが。

「これからまた喧嘩《けんか》しに行って、また相川くんが殴られた時に、あたしがそれを止められるなら止めたいの。それに、今……」

今ここで虎司と別れてしまったら、二度と会えなくなる気がしてならない。あの男の人に、虎司が殴り殺されるのを自分が阻止《そし》できるなら、とても嬉《うれ》しい。

虎司は知らないだろうが、自分はいつだって彼に救われていた。弱気だった自分が、少し前を向いて歩けるようになった。同年代の女子より背が高いというコンプレックスを、緩和《かんわ》してくれた。彼のおかげで、それなりに楽しかった学校生活がとても楽しいものになった。自分のことを少し好きになれた。

そして何より、相川虎司という存在を好きになることで、安藤は幸せな気持ちになることができた。

他者から見たら、これはただの一時の気の迷いなのかもしれない。……恋は麻薬《まやく》みたいなものだと言ったのは誰《だれ》だろう。自分はその麻薬のせいで、興奮《こうふん》しているのだろうか。だから喧嘩——大田《おおた》は殺し合いというたいそう物騒《ぶっそう》な言葉を使ったが、命の危険があるかもしれない場所に自ら進んで同行しようとしているのか。

それでも。麻薬でも何でもいい。安藤は、虎司の命の危機《きき》が去るまでは彼と一緒《いっしょ》にいたいと心から願《ねが》う。

今、そう願っている自分に、嘘偽《うそいつわ》りは何もないのだから。

「……けっ、まったくよう……」

うつむいて床を睨《にら》む虎司とその首にしがみついている安藤を見て、優樹《ゆうき》は何とも言えない気持ちに襲《おそ》われた。大陸から泳いでやってきた黒虎《くろとら》と、少し背が高い女子高生。彼と彼女の間にある目に見えないもの。

虎司が人間と良好な関係を築《きず》いているのは、嬉しい。しかし嬉しい以外にも何かがある。心にずしりと響《ひび》いてくるそれは、痛くも苦しくもない。

（あー……そうか……羨《うらや》ましいんだ……）

羨ましい。アヤカシである虎司と、人である安藤。虎司の本当の姿を見て知って、彼が危地《きち》に赴《おもむ》こうとするのに自《みずか》らの危険を顧《かえり》みずに共《とも》に行こうとする安藤。彼女の虎司に対する、まっすぐな想《おも》い。

それが、ひどく羨《うらや》ましい。優樹《ゆうき》は、自分が深く関《かか》わってきた人間たちとの関係を改めて思い返してみた。母親、赤川《あかがわ》、未知《みち》、それと——。数こそ少ないが、それらの人たちと自分の関係は二十数年の人生においてはそれなりに良好といっていいものだった。優樹にも人間とよい関係を築《きず》いた実績《じっせき》はある。

しかし。

虎司《とらじ》と安藤《あんどう》の間にある絆《きずな》は、優樹が築いてきた人間たちとの関係とはどこか違う。何がどう違うのか、言葉でうまく表現することができない。しかし虎司と安藤を見ていると、なぜか切なくなってくる。嬉《うれ》しく、羨ましく、そして真綿《まわた》で締《し》め付けるように、じわじわと優樹の心を縛《しば》り上げていく感覚。

だが、確《たし》かなことがある。この二人《ふたり》の絆を、ここで引《ひ》き離《はな》してはいけない。今離れてしまったら、お互いに後悔するだろう。だから優樹は、安藤の意志を尊重する。この絆は、虎司の命と心を強く強く支えるから。

二人のこの関係が、これからもずっと続けばいい。そのためには生き延びなければならない、全員で。虎司も、安藤も、夏純《かすみ》も、大田《おおた》も、未知も。……できれば、兇人《きょうじん》となった彼にも。

「……あたしも行かせてください、お願《ねが》いします。足手まといになりそうだったら置いていってくれてかまいません。……しばらく家に帰れないようなことになっても、いいです。色々《いろいろ》と……その、覚悟とかしましたから……」

優樹は、安藤を見た。虎司にしがみついたままの安藤もまた、優樹を見ていた。気弱そうな表情をしている、と優樹は安藤のことを思っていた。虎司の名を呼んだ時を除けば、その声には力も張りもない。弱々しいとまでは言わないが、時たま消えいってしまいそうに語尾が掠《かす》れる。

だが優樹は、安藤の覚悟を知った。

安藤の覚悟。それは、命をなくす覚悟。一時の勢いで生まれただけの覚悟なのかもしれない。だがその覚悟を持つことがどれほど難《むずか》しいかを、優樹はよく知っていた。

ある意味で恐ろしい人間なのかもしれない、安藤希《のぞみ》は。

自分のように命を危機《きき》に晒《さら》され続ける人生を歩んできたわけでもない、ごくごく普通の生活を送ってきたであろう女の子。普通に学校に行って、部活などをして、それなりの学校生活を謳歌《おうか》していた彼女の、日常の歯車を狂わせるきっかけとなってしまったのは、相川《あいかわ》虎司という人ではない虎《とら》。

彼との出会いは、安藤希にとってどういうものだったのだろう？

優樹は久しぶりに人間らしい好奇心を持っている自分に気が付いて、苦笑《にがわら》いをした。最近の自分が考えていることといえば、本当に殺伐《さつばつ》としたことばかりで、混濁《こんだく》した意識《いしき》を引っ張り上げるのに精一杯だったから。

「ありがとう、安藤さん。大丈夫、ご家族には多少心配をかけるようなことになるかもしれませんが、事態をちゃんと収拾《しゅうしゅう》してご自宅までお送りしますよ、虎《とら》くんが」

「んだよ、俺《おれ》かよ」

首にしがみついている安藤《あんどう》の顔を、虎司《とらじ》は見た。この部屋《へや》に入って、彼は初めて安藤の顔を見る。——怖かった。安藤を、自分たちと山崎太一朗《やまざきたいちろう》との殺し合いにこれ以上巻き込むのが怖かった。何がどう怖いのか。安藤を盾《たて》にするのに抵抗があるとか、安藤が危険だとか、それも理由ではあるが、最大の理由は別である。

もしも。もしも自分が殺し合いの中で殺されてしまったら。……今までの自分なら考えなかったことを、虎司は考える。彼は強く、自分は弱い。この実力差を少しでも縮《ちぢ》めるためには、自分は何も考えない方がいい。よけいなことを考えると動きが鈍《にぶ》る。それは殴られ続けて理解したことだ。

安藤が側《そば》にいると、虎司はよけいなことを考える。安藤のことを考えるのは楽しい。喰《く》ったらどんな味がするかを想像するのは、彼女のことをとりあえず喰わないと決めた今でもやっぱり楽しい。安藤との今までと変わらぬ学校生活を送ることを想像するのも楽しい。修学旅行のことを考えるのも楽しい。その楽しさは、今は不要だ。

そして考えたくはないが、自分が万が一にも命を落としたら死に逝《ゆ》く様を安藤に見られたくない。死に様は、安藤に限らず誰《だれ》にも見られたくはないが。

もっとも恐ろしいのは、死に掛けている時側に安藤がいたら、自分は彼女を齧《かじ》ってしまうかもしれない。瀕死《ひんし》の自分が何よりも優先《ゆうせん》するであろうもの、それは肉に対する欲求だと虎司は漠然《ばくぜん》と感じ取っている。きっと自分は、そこらへんにある肉っぽいものを噛《か》み締《し》めながら死ぬのだろう。

安藤がいたら、彼女を噛み、その肉を喰らう。それが一番怖い。生きるためならまだいいが、死《し》に際《ぎわ》に安藤を喰らうなどまっぴらごめんだ。そんなことになるなら、自分の肉でも喰らって死んだ方がましだ。

しかし、安藤は共《とも》に行くと言う。覚悟があると言う。そして事件が解決したら、自分が安藤を家まで送ることまで決まっているらしい。

「あーめんどくせえけどしかたねえなあ、がんばるかー」

安藤が自分の命を守りたいと思っている。虎司も安藤には傷一つ負ってほしくないと思っている。ならばそうならぬように、がんばらねばなるまい。

「そうだよ、がんばるんだよ、虎くん……それと……未知」

何だかよくわからない話をしている。優樹《ゆうき》たちの話をぼんやりと聞き流していた未知《みち》は、突然自分の名前を呼ばれて飛び上がるほど驚《おどろ》いた。しがみついていた優樹の腕から手を離《はな》して、またも尻餅《しりもち》をつく。

いつも呼ばれている『みっちゃん』ではなく、『未知』と呼ばれた。八牧《やまき》がつけてくれた、本当の自分にしたい名前。

「そんなに驚《おどろ》かなくていいのに……」

「ご、ご、ごめんなさい……」

「謝《あやま》らなくてもいいから」

未知《みち》が立ち上がるのに右手を貸してやりながら、優樹《ゆうき》は彼女の意思も確認《かくにん》することにした。答えはわかっているようなものだが、それでも彼女の口から言葉を聞く必要があった。

「……みっちゃん、あたしたちはこれから八牧《やまき》さんを殺した人と戦いに行くの」

「……………うん」

いつもの呼び方に戻ったことに安心した未知は、優樹の右手を抱え込みながらその隻眼《せきがん》を食い入るように見つめた。必死で、縋《すが》りつくような視線《しせん》。だが、そこには安藤《あんどう》と同じ覚悟が既《すで》にあることを優樹は理解した。

「ちょっと危険なことになるだろうから、怖いならここにいて皆が帰ってくるのを待っててもいいし、あの髯《ひげ》……は今はないか、ほら、江戸川《えどがわ》で会った背の高いおじさん、あの人はいい人だから……」

「つ、つれてって、おいてかないで、い、い、いっしょ、いっしょにいかせて」

優樹の言葉を遮《さえぎ》って、未知が身体《からだ》を押し付けてくる。そう言うと思ってはいた。これは儀式《ぎしき》のようなものだ。

「さ、さ、さいごまで、ゆ、ゆうさんといっしょにいさせて……」

掠《かす》れた声を上げる未知の頭を、優樹は右手でそっと撫《な》でてやった。

「うん、大丈夫、ちゃんと一緒《いっしょ》にいようね」

未知の言う『さいご』が『最後』なのか『最期《さいご》』なのか、優樹にはわからないし、言った未知も細かい言葉の違いなど知らないだろう。どちらにしろ、優樹は未知と一緒にいるとは言ったが『さいご』までとは言わなかった。

それは優樹のささやかな言葉の抵抗だった。『最期』まで、一緒にいるわけにはいかないのだから。

本当に『最期』の時が来てしまったら、未知を下ろす。それは、八牧が死の直前に取った行動であることを優樹は知らない。

「それじゃ、ちょっと前置きが長くなったけど、私が今考えている行動予定を言います。代案、意見などがあったらそのつど口に出しちゃってくださいね。あまり時間のかかりそうなことはできませんけど」

優樹は未知、虎司《とらじ》、安藤の順番に視線を送り、その次に夏純《かすみ》を見た。今までの話を聞いていたのかいないのか、相変わらず煙草《タバコ》をのんびりと吸い続けている。夏純はいつだってマイペースだ。燃《も》える炎と煙草さえあればどこでも生きていけそうな彼女は、怒りは知っていても悲しみは知らないと言う。

今もきっと怒っている。笑ったり、喜んでいたりするのはすぐにわかるが、夏純の感情では怒りがもっともわかりにくい。今は怒りを我慢《がまん》していて、彼――兇人《きょうじん》と出会ってしまったら、その怒りはどこまでも燃《も》え上がっていく。八牧《やまき》の死体を見た時のように、また青い炎と化してしまうのだろうか。

優樹《ゆうき》と視線《しせん》が合ったことに気が付いた夏純《かすみ》は、恐ろしい喫煙量のくせにヤニのない歯を口の中から覗《のぞ》かせながら笑《え》みを返す。いつもと何も変わらない夏純だ。

その夏純に笑みを返して、優樹は座ったまま身体《からだ》ごと玄関に向きを変えた。そこには大田真《おおたさね》章《あき》がいた。腕組みをしたまま、まったく動かずにただひたすら玄関に立ち尽くしている。その視線は、優樹にのみ向けられていた。

今までの会話の流れにまったく口を挟むことなく、静かに話を聞いている大田。それは常ならば有り得ないことだ。どんなに切羽《せっぱ》詰《つ》まった状況であろうとも、大田はいつだって話の腰を折り、どうでもいい雑談《ざつだん》に聞こえるような話を続け、どうでもよさそうな話の中に大事なことを織《お》り交ぜ、こちらが一を言えば百を返す。大田はそういう性格だ。

その大田が、黙《だま》っている。黙って話の成り行きを見守っている。優樹は改めて、今が緊急《きんきゅう》事態だということを思い知った気がした。

「先生……」

優樹の呼びかけに、大田は頷《うなず》いた。頷いただけだった。いつものように『何だい優樹、これからのことを考えているのかい。君は僕のことをよく考えてばかりいるというが、今は君の方

がよほど深く色々《いろいろ》と考え込んでいるんじゃないのかな』とは返してくれない。

これは、緊急《きんきゆう》事態を通り越して異常事態だ。早く話を進めなければなるまい。優樹《ゆうき》は温くなり始めている缶ビールのプルトップを開けて、一口呑《の》んだ。

「……これから、私たちが目指す場所、それは……」


「鈴香《すずか》さん、もう少ししたら僕は死ぬと思いますので、よろしくされるのは大変ご迷惑《めいわく》でしょうが、どうぞよろしくお願《ねが》いいたします」

コンビニで充電器を買い、少しかさばるそれを携帯《けいたい》電話につけた片倉晃《かたくらこう》がまず連絡を取ったのは、彼の大切な同志の一人《ひとり》である上村《うえむら》鈴香であった。理由は違うが、自分と同じく〝主〟への復讐心《ふくしゆうしん》を持つアヤカシであり、クロスブリードという組織《そしき》を支える三角の一人だ。外見は三十代の女性だが、その実年齢《じつねんれい》は千年近い。

渋谷駅《しぶやえき》にほど近い既《すで》に閉店しているとある銀行の前で、忙《せわ》しげに行き来する人々を横目に晃は携帯を握《にぎ》り締《し》める。電話をかけるのに適した環境《かんきよう》とはほど遠い、生きる人々が数え切れないほど通り過ぎていくこの場所で、あえて晃は電話をしていた。

『……電話をかけてきて、最初に言う言葉がそれ?』

騒音《そうおん》の中でも、晃の聴力《ちようりよく》は問題なく鈴香の声を聞き取れる。その声だけでは、鈴香が何を考えているのかは今一つ把握しづらい。実際に目の前で会話したとしても、鈴香の表情はわかりにくいからたいして変わらないかもしれない。それでも晃は、できれば鈴香と顔を合わせて話をしたかった。

きっと、これが最後の会話になるだろうから。

「すいません、寿命が来てしまいました。具体的な日数までは把握できませんが、一ヶ月はもたないことは確実《かくじつ》な気がします。今まで本当にお世話になりました。クロスブリードという組織の目標を果たせないまま死ぬのは大変遺憾《いかん》ではありますが、許してください」

晃の言葉はあまりにも唐突《とうとつ》であり、言われた人間は間違いなく戸惑《とまど》うものである。しかし彼の電話先にいるのは普通の人間ではない。だから、彼女からの返答も唐突かつ単純なものであった。

『今からそちらに行くから。どこにいるの？』

「いえ、それはやめてください。万が一のことを考えると危険です。今、童子斬《どうじぎ》りは六課の方向に移動しています。先ほど片倉《かたくら》優樹と戦闘《せんとう》になったようですが、彼女は逃走し一度六課に戻ったようです。もうしばらくしたら、次の戦いが始まるでしょう。状況によっては、僕も参加する予定です」

『……渋谷にいるのね』

鈴香は細かいこちらの情況を訊《き》こうとはしていない。それは晃にはありがたいことだ。だから、自分も用件だけを伝える。

「来ないでください、鈴香《すずか》さん。どうかその場で、僕の頼みを聞いてください……できれば、僕の同胞《どうほう》たちを……」

『晃《こう》、言ったでしょ。あなたが死んだら、もうクロスブリードは終わるのよ。……私か、千堂《せんどう》氏のどちらかが死んだとかなら、まだもったでしょう。でもあなたがいなくなったら、私は千堂氏とうまくやっていくことはできないし、する気もないわ。千堂氏も同じ考え。いくら共通の目標があって共通の言葉を喋《しゃべ》って語り合うことができても、無理なものは無理なの』

鈴香にしては珍しい、まくし立てるような口調《くちょう》だった。

「鈴香さん……」

人である千堂とアヤカシである鈴香。その二人《ふたり》を結び付けていたのは、人でもアヤカシでも二重雑種《ダブルブリッド》でもない、キマイラの自分。できそこないのまがいもの。

創《つく》られた命。

「わかりました……でも、せめて同胞たちに僕の死を伝えてください」

『……少し抜けているわ、晃。あなたが同胞と呼んでいる彼らは、あなたと比べたら本当にどうしようもない生き物たちよ。そのあなたが寿命を迎えようとしている。キマイラたちの中でもっとも強くて頭がよくて、ついでに性格も悪くなくて若いのに年寄りじみてるけどそれなりに可愛《かわい》らしいと言えないこともないあなたに寿命が来ているのに、あなたより遥《はる》かに劣っている彼らに寿命が来ていないわけがないじゃないの』

自分の同胞たちが貶《おとし》められていることを怒るべきか、自分に対する褒《ほ》め言葉《ことば》らしきものがあったことに礼《れい》を言うべきか。逡巡《しゅんじゅん》した結果、結局晃はどちらの話題にも触れなかった。

自分が死んだら、同胞も死ぬ。ずっと前からわかっていたはずだったが、それに対する備えをしようともしなかった。そんな余裕などどこにもなかった。今日《きょう》も明日《あした》も明後日《あさって》も生きていたい、その願《ねが》いに間違いなどない。

だが明日や明後日を生きるためには、まず今日を生き延びなければならなかった。

その『今日』という時間を生きるのに、必死だったから。

『あなたにとっては、同じ境遇《きょうぐう》で生まれて同じ境遇から抜け出してきた、大切な同胞なんでしょうけどね……とにかく、あなたが死ぬというのはわかったわ。やっぱりあなたは優秀《ゆうしゅう》なのね、死期を悟ることができたんだから。普通のアヤカシは一年くらい前に気が付くものだから、一ヶ月前というのはちょっと遅いけど』

「……そう、ですか」

自身の正確《せいかく》な寿命を、自身の心と身体《からだ》が教えてくれる。それはアヤカシなら誰《だれ》もができることと。死期を知り、死ぬ準備をし、それを当然のように受け止める。それが自分にも、あっさりとできた。

自分はアヤカシではなく、キマイラという存在なのに。

『あなたが場所を教えてくれないなら、こちらから捜しに行くわ。あなたのやりたいことは邪《じゃ》魔《ま》しないから気にしないでちょうだい』

「それはやめてください。危険です。あれは、本当に恐ろしいモノになってしまいました。もう手に負えないところまできています」

『晃《こう》、あなたは知らないでしょうけど』

その言葉を紡《つむ》いだ鈴香《すずか》がどんな表情をしていたのか、見たかった。晃は心底から思う。

『大切な仲間が寿命を迎えようとしているのを、遠くからただ見ていられるアヤカシなんていないのよ。自分が死ぬ姿を親しい者たちに見せたくないと思うのもアヤカシ、友の死に目に会いたいのもアヤカシ。私はあなたの死に立ち会うわ。何が何でもね』

大切な仲間——鈴香が、そう言った。長い時を生きてきたアヤカシの鈴香と、十年しか生きていない人間もどきなキマイラの晃。利害のみで行動を共《とも》にしていたはずの自分たち。晃は鈴香を信頼していたし、鈴香にもそれなりに信用されているとは感じていた。

だが、言葉にして聞くとその感動は格段に違った。

「……ありがとうございます。あなたにそう思われていたことが、とても嬉《うれ》しいです。僕は、あなたのことをよき友で、よき仲間だと思っています……僕の同胞《どうほう》たち以上に、あなたのことを信頼していました」

『それはとても光栄だわ』

鈴香の返事は短かった。だが、きっと彼女は知っている。晃にとって『同胞以上』と表現することがどれほど重いかを。

「……これから千堂《せんどう》さんにも遺言《ゆいごん》を残しておこうと思います。もう僕から鈴香さんに伝えることは一つだけです……今まで、本当に」

『その言葉は、あなたに会って直接言ってもらうことにするわ。それじゃ晃、あなたは、あなたが本当にやりたかったことをやりに行きなさい。……また後で会いましょう』

そう言って、電話は鈴香の方から切られた。晃は苦笑して一度携帯《けいたい》電話を閉じると、右手の〝鬼斬《おにぎ》り〟を地面について大きく息を吐いた。鈴香は気が付いていた。自分がもう復讐《ふくしゅう》を成すために生きていないことを。それに気が付いたのに何も言わずにいてくれた鈴香に、晃は心から感謝《かんしゃ》する。

寿命を悟った自分が遺言を残したいと思った相手が、鈴香と千堂だけだと言うのが我《われ》ながら不思議《ふしぎ》でもある。彼にとって自分の命よりも大事なはずの同胞たちの声を聞こうとは、まったく思わなかった。むしろ聞きたくなかったのかもしれない。その理由を、晃は深く考えたくはなかった。

あらためて千堂に電話をかけようとした時、今まで〝童子斬《どうじぎ》り〟がいるであろう方向を指し示していた〝鬼斬り〟が、一瞬《いっしゅん》だけ震《ふる》えた後反応を示さなくなった。〝童子斬り〟が、〝隔離〟を発動させているのだ。あれを使われると、近距離《きんきょり》でなければ〝童子斬り〟の正確《せいかく》な居場所を探知できなくなる。

電話をしまうと、晃《こう》は人の群れを早足で駆《か》け抜けていく。最後に〝鬼斬《おにぎ》り〟が指し示した方向へと。鈴香《すずか》に言《い》い損《そこ》なった言葉を言い、千堂《せんどう》に電話をかけることができるか不安だが、行かなければならない。

自分が死ぬ前に。片倉優樹《かたくらゆうき》が死ぬ前に。そして伝えなければならない。

伝えたい、たった一つのことを。


「私たちが目指す場所、それは海です」

「えええええええええー！　うみいいいいいいいいいい!?」

優樹の言葉に大声で抗議《こうぎ》の叫びをあげたのは、夏純《かすみ》である。安藤《あんどう》と未知《みち》はその夏純の大声に驚《おどろ》き、虎司《とらじ》は小さく欠伸《あくび》をして、大田《おおた》はゆっくりと頷《うなず》いた。

「何で海よー!?　あたしが海というか水が駄目《だめ》なこと優《ゆう》さんだって知ってるくせにー！　海なんてやーよー！」

「夏純ちゃんが苦手《にがて》なのはわかってるけど、たぶんそれが一番いい場所のはずなの……ですよね、先生？」

優樹の問いに、大田は頷きながら腕組みをといた。どうやら説明するのを手伝《てつだ》ってくれる気はあるようだ。優樹はほっとしたが、自分の身勝手な考えに少し苦笑いをする。普段《ふだん》は大田に何も喋《しゃべ》らず静かにしてほしいと思っているのに、今は彼がいつもの調子《ちょうし》で喋ってくれるのを心待ちにしているのだから。

「その通り。これから対峙《たいじ》するであろう鬼斬り……正式名称である童子斬《どうじぎ》りと呼ぼうか。あれは水と土と光を養分にして生きている。しかし水は、地面と空から得るものでなければならない。そしてあまりにも大量の水分に全身を浸《つ》からせてると、その動きは鈍《にぶ》ることになる。……植物に大量の水を与え過ぎると枯れてしまうようにね」

珍しく雑談《ざつだん》を入れずに必要なことだけを話す大田に違和感を覚えながら、優樹は自分の考えが間違ってないことに確信《かくしん》を深めた。

「川や湖だと行動不能に陥《おちい》るまでにそれなりの時間を要するが、海水に浸けてしまえばそうもいかない。自力で這《は》い出てくることも恐らくは不可能だ。海に彼を放り込んでしまえば、人間に引き上げられない限り永久に海の底に沈むことになるだろう」

「……というわけなんだよ、夏純ちゃん。怖いだろうけど、我慢《がまん》してよ」

夏純は眉《まゆ》を顰《ひそ》めると、まだ半分以上残っていた煙草《タバコ》を自分の掌《てのひら》で揉《も》み消し、新しい煙草を取り出して自分の指から直接火を点《つ》けた。彼女のその行為を見て安藤が「あ……」と小さく声を上げ、それに虎司が「気にすんなや安藤、火蜥蜴《ひとかげ》にとっちゃあ火が水で水が火みてえなもんなんだからよ」と答えてやる。

「しっかしまあ、えれえ強《つえ》えけど、水が苦手《にがて》たあ意外っちゃ意外だな。まあ俺《おれ》らだってずーっと長《なげ》えこと水ん中入っていたら、息できなくて死んじまうけどよう」

「だが彼を海の中に放り込むというのは、恐ろしく至難《しなん》の業《わざ》だよ。そのための手法をアドバイスすることが、今の僕にはできない。彼の強さは君も優樹《ゆうき》もわかっているはずだ、がんばって考えなさい」

大田《おおた》の台詞《せりふ》に、虎司《とらじ》はつまらなさそうに喉《のど》を鳴らす。

「けっ、いつもなら無駄《むだ》なことをべらべら喋《しゃべ》くりまくるくせに、無口でいやがんのなあ鳥頭《とりあたま》。まあ殴り合いなんて勢いよ。俺とか団長とかが気合と勢いで殴ったればどーにでもなるさ。火《ひ》蜥蜴《とかげ》も気合いれやがれよー。鬼斬《おにぎ》りだか童子《どうじ》斬《ぎ》りてえもんは、水につけたら死んじまうんだってよ。お前みたいなもんだと思えば楽じゃあねえか。まあお前が海に落っこちないように気をつけにゃいかんだろうけどよう」

「あー怖いこと言わないでー」

火の点《つ》いた煙草《タバコ》を咥《くわ》えたまま頭を抱えて左右に振る夏純《かすみ》に、優樹は頭を掻《か》いた。彼女のこの反応は想定内であったから驚《おどろ》きはしないが、これでは話が進まない。

「……なら、ここで待ってる？」

「それとこれとは話は別よ。怖いのと行かないのは違うもの。ほら、人間が怖い映画とか怖い話が好きなのと一緒《いっしょ》なのよ、水怖いし嫌いだけど」

そう言うと夏純は煙を大きく吐き出して、また吸い込んだ。その様子《ようす》は、一見するといつも通りの夏純である。その指先が少し震《ふる》えているのを優樹は見逃さなかったが。

「……まあとにかく、海に行きます。彼はアヤカシを殺すためだけに生きているらしいから、私たちが移動すれば、勝手についてくるだろうという希望的観測《かんそく》に基づく行動ですが」

本当に希望的観測に過ぎない。だから優樹は大田の方を見て彼の意見を聞くために押《お》し黙《だま》る。

「うん、それは正しいと思うよ」

自分の予測を大田が裏打ちしてくれるのは、とても心強い。だが、大田の台詞《せりふ》が一言で終わるのが恐ろしい。優樹は沈黙《ちんもく》を続けて彼がまた喋り出すのを待ったが、室内にはただ静寂《せいじゃく》が流れていくのみである。

「で、海って言ってもどこ行くんだよ。まあ泳ぎに行くわけじゃねえんだから、どこだっていいんだろうけどよお」

その静寂を破ったのは、後脚で耳をかきながら目を瞬《しばたた》かせる虎司であった。

「ああ、うん……ここから単純に一番近いのは、浜松町《はままっちょう》……竹芝桟橋《たけしばさんばし》辺《あた》りなんだけど、それだとちょっと人の数が多過ぎるから駄目《だめ》だね」

「何でだよ。奴《やつ》ぁ人間殴れないんだろ？　人間がたくさんいるとこで殴り合った方が向こうさんもやりにくいんじゃやね」

「……それはもっともだけど、人間に迷惑《めいわく》かけるのは避けたいし、それに人目があったら虎《とら》くんや夏純《かすみ》ちゃんがやりにくいでしょうが。人の皮被《かぶ》ったままで戦うつもりなの？」

「あーそれがあったかー」

虎司《とらじ》の言う通り、人間がたくさんいた方が〝童子斬《どうじぎ》り〟はやりにくいだろう。しかしそうなったら、大きな騒動《そうどう》になってしまうことは避けられない。事後処理のことを考えると、人目を避けた方がいい。彼が〝隔離〟を使ってしまえば人目など関係なくなるのだろうが、敵の能力に頼って今後の方針を決定するわけにはいかない。

この期《ご》に及んで〝事後処理〟のことを考えている自分に、優樹《ゆうき》は苦笑してしまう。浦木《うらき》や飯田《いいだ》に後のことを丸投げしてしまえば、もっと楽なのだろう。全部任せてしまったところで、二人《ふたり》とも文句を言うような性格ではない。それがわかっていても、そうはできないのが片倉《かたくら》優樹だった。

「遠くの海に行けばいいんだろうけど、そこまで行く余裕もないしね。で、東京湾《とうきょうわん》で近くて人のいなさそうなところを考えたんだけど、やっぱり埠頭《ふとう》かな」

「おう、刑事物でドンパチする時のお約束の場所じゃねえか。さすが団長、刑事みてえじゃねえか」

「一応とはいえ、本当に刑事なんだけどね……」

こんな状況でも大口を開けて笑う虎司を見て、その隣《となり》にいる安藤《あんどう》も僅《わず》かに笑《え》みをこぼす。緊《きん》張感《ちょうかん》のないその光景に優樹も小さく笑ったが、すぐに表情を引《ひ》き締《し》めた。

「埠頭と一言で言ってもいくつかあるわけだが、どこにするんだい？」

大田《おおた》が口を開くのがこんなに待ち遠しいとは思わなかった。その彼の問い掛けに、優樹は自分の考えている候補地を挙げる。

「芝浦《しばうら》か品川《しながわ》がいいかなと考えています。他《ほか》にも考えましたけど、ちょっと遠いですから。芝浦は、あの辺《あた》りは確《たし》か住宅地もあった気がするんですよね。品川だと一番近い駅が天王洲《てんのうず》アイルで、渋谷《しぶや》からだとりんかい線《せん》で行けるみたいです。どっちも実際には行ったことがないから、正直よくわからないんですけどね。そもそも埠頭なら人がいないだろうって言うのも、もしかしたら私の思い込みかもしれないし」

「ふむ……いや、君の考えは概《おおむ》ねよい方向だよ。埠頭に夜景を見に行く人々もいるから誰《だれ》もいないとは言い切れないが、人間が少なく広い空間だ。少々昔のことであるとはいえ、埋め立てられた土地であるのもいい。本当の土がない場所では、鬼斬《おにぎ》りの力は多少なりとも落ちるからね。今日《きょう》と明日《あした》は晴天だが、本当は曇《くも》りが一番いい。しかしそこまでは高望みできないから、妥協《だきょう》するしかないね。芝浦と品川、どちらもさして変わらないが、あえて言うなら品川かな。すぐ近くに警察署《けいさつしょ》もあるよ。水上《すいじょう》警察だけどね」

「はあ……」

とても複雑な気分で優樹は大田の話を聞く。無駄話《むだばなし》をしない大田はありがたいはずなのに、この心にぽっかりと何かがあいたような気分はなんなのだろう。急いでいる時にどうでもいい話をされて、『先生、そういう話は後にしてくださいね』と注意する。それが自分たちの普段《ふだん》の会話のはずだ。

……ああ、なるほど。普段通りでないということは、こんなにも不安で、気になって、戸惑《とまど》いを覚えるものなのか。自分も普段通りの自分ではないことで、大田《おおた》たちを不安にさせたりしていたのだろうか。虎司《とらじ》や夏純《かすみ》はともかく、大田が不安になるなど有り得ないような気もするが。

「……優樹《ゆうき》」

「はい、何でしょう」

大田は、先ほどから優樹だけを見ていた。玄関の境い目に立ち、出入り口をその身体《からだ》で塞《ふさ》ぎ、この部屋《へや》から誰《だれ》かが出て行くのを阻《はば》み、そしてこの部屋への侵入者を防いでいる。その姿に、優樹はなぜか八牧《やまき》を思い出した。自分たちが集まっている時、大抵《たいてい》八牧は入り口の側《そば》にいた。彼はいつだって用心深く猜疑心《さいぎしん》に溢《あふ》れていて、見えない敵を相手にいつも警戒《けいかい》していた。仲間たちを守るために。

「覚悟はいいかね?」

何の、覚悟だろう。死ぬ覚悟だろうか、生きる覚悟だろうか。優樹が戸惑っていると、大田は玄関に置いてある全員分の靴を拾い上げた。それらを床《ゆか》を滑《すべ》らせて、各自の足元に見事なコントロールで設置する。

そして大田は自分の靴紐《くつひも》をきつく縛《しば》り直してから、眼鏡《めがね》を外《はず》して胸ポケットに入れていたケースの中にしまった。

「さて、床が汚れることは考えずに全員靴を履《は》こうか。虎《とら》くんの靴は安藤《あんどう》くんが持っていなさい。自分の荷物を持って虎くんの皮を掴《つか》むのを忘れずに。夏純、優樹も荷物を持ちなさい。君たち、酒はしっかり呑《の》んだかい、お腹《なか》はすいてないかい、煙草《タバコ》は十分に吸ったかい？」

優樹も、虎司も、夏純も、大田のその行動になぜ、と問い返さなかった。

「みっちゃん、靴履いて」

優樹は残っていた最後の缶ビールの蓋《ふた》を指で強引に引っぺがすと、一気に口の中に流し込んだ。隣《となり》でうろたえている未知《みち》を尻目《しりめ》に、手早く自分の靴を履いてから未知にも靴を履かせてやる。一度コートを脱いでから未知を背負うと、紐で軽く縛った。きつく縛った方がいいだろうがいざという時のことを考えなければならない。その上にまたコートを羽織《はお》り直す。

「少し暑いかもしれないけど、我慢《がまん》しといてね」

未知は黙《だま》って頷《うなず》く。声をかけられない限り、自分は黙っていた方がいい。それに優樹たちの話は難《むずか》し過ぎてよくわからない。ただ、八枚を殺して優樹を殴ったあの男の人をやっつけに行き、それに自分も連れて行ってもらえることはちゃんと理解していた。

「安藤よー、俺《おれ》の着替えと靴をちぃとお前の鞄《かばん》の中に入れといてくれや。もーちょいしたら皮被《かぶ》るんじゃねえかなっと思うけど、もうちょいこのまんまだわ」

「うん……」

空気が重くなった、ように安藤《あんどう》には感じられる。目の前が少し暗い。目の病気を患《わずら》っているわけでもないのに。蛍光灯《けいこうとう》だって明るいまま……と思ったら、なぜかちかちかと点滅をしていた。

「安藤、準備できたら俺《おれ》ん背中に乗れや」

「うん……ってえええええええ」

虎司《とらじ》の黒い背中をまじまじと見つめる安藤である。確《たし》かに彼の大きな背中は、自分一人《ひとり》くらい乗っても平気そうだ。だが、いきなり乗れと言われても抵抗がある。

「もたもたしてっと、お前の首筋《くびすじか》噛みついてひきずりまわすぞこら。タオル持ってるだろ、俺の首に巻いてそれ摑《つか》んでしがみつけ。俺の皮摑《つか》んでるよりゃ楽だろうよ。俺はお前を落とさねえように一応は気を付けてやっから、お前は鞄《かばん》落とさねえようにしやがれよ。それなかったら、お前全裸《ぜんら》の俺と歩くことになんだからな……まあ今の俺もある意味全裸っていやあ全裸だけどよ、毛皮を着てるけどな」

……そうだった。今気が付いてしまったが、虎司は何も服を着ていないのだった。何となく虎司の尻《しり》に視線《しせん》がいってしまいそうになる安藤である。すぐにそんな自分が恥ずかしくなり、慌《あわ》てて虎司の指示通りにタオルを彼の首に巻きつけ、「……失礼します」と軽く挨拶《あいさつ》をしてから、その背中に跨《また》がった。

白馬に乗った王子様ならぬ黒虎《くろとら》に乗った女子高生。……何のロマンもメルヘンもないな、と虎司に内心詫《わ》びる安藤であった

「安藤さん」

「は、はい」

横座りの方がロマンがありそうだけど落ちる可能性を考えたら跨るのが正解かな、などと虎司の首を撫《な》でながら考えていた安藤は、いつの間にか目の前にいた優樹《ゆうき》に話しかけられてびくっとしてしまう。

背の低い、右目に包帯を巻いた白髪の人。どう見ても自分より年上には見えない人。だが、ここでは彼女を中心にして物事が動いているように感じた。

「虎《とら》くんのこと、よろしくお願《ねが》いします。……これを預かってください」

そう言って優樹が安藤の手に握らせたのは、剝《む》き出《だ》しのままの一万円札数枚であった。

「すいません、包む暇《ひま》がなくて。当面の交通費にでもしてください」

「え、あ、あの……何であたしに……」

「夏純《かすみ》ちゃんだと燃《も》える可能性があるし、虎くんに持たせるよりは確実《かくじつ》だからです……目的地は品川埠頭《しながわふとう》近辺、渋谷駅《しぶやえき》からだと埼京線《さいきょうせん》でりんかい線《せん》直通の電車があったと思います。何らかの理由により行けなかったら芝浦《しばうら》埠頭近辺。どちらも無理な場合は、とにかく海のある方向へ。自分の命が危ないと思ったら、すぐに逃げて。そして、虎くんが危ないと思ったら彼に逃

げることを言ってください。この子は頭に血が昇ると、前へ進むことしかできなくなるから」

「ひでえ言い方だな団長、俺《おれ》ぁそこまで単純にゃあ……まあ、できてるたあ思うけどちったあ自重するぜ」

牙《きば》を剝《む》き出して笑う虎司《とらじ》につられて安藤《あんどう》も笑う。その時、優樹《ゆうき》に背負われてコートの中から顔だけ出している幼女と目が合った。

未知《みち》と呼ばれている幼女を、安藤は知らない。未知もまた、安藤希《のぞみ》という名前の女子高生を知らない。正式な自己紹介をされたわけではない。ただここに来てしまって、ここで出会ってしまった、何の接点もなく、会話を交わすこともなかった二人《ふたり》。今この瞬《しゅん》間《かん》にも、二人の関《かか》わりといっていいものは何ひとつ存在していない。

そんな二人に、共通していたもの。

（……この子は、この人を……片倉《かたくら》さんのことが大好きなんだろうなあ……）

（……この、めがねのせのたかいひとは……にくととらのひとがすきなんだなあ……）

内心に思い浮かべていたのは、似たような想《おも》い。

幼女が二重雑種《ダブルブリッド》に、女子高生が黒いアヤカシに寄せた想い。

しかし彼女らは自分たちの考えていることが一致していることなど知る由《よし》もなく、お互いに視《し》線《せん》を逸《そ》らす。

「戦って、逃げて、生きて、死ぬ旅路を往《ゆ》く覚悟だ！」

大田《おおた》真章《さねあき》の大音声《だいおんじょう》。

その声は、まさに一陣《いちじん》の豪風《ごうふう》となって部屋《へや》全体を駆《か》け巡った。虎司と、夏純《かすみ》と、安藤と、未知が思わず目を閉じて顔を伏せる。

静かに、緩《ゆる》やかに、確実《かくじつ》に。網《あみ》を広げて六人の生命を捕らえようとしていた〝隔離〟の澱《よど》んだ気配《けはい》。それが丸ごと、大田の一声で吹き飛ばされていく。

誰《だれ》もが立《た》ち竦《すく》む中で、優樹は動いていた。そして彼女がまずやったことは窓を大きく開け放ち、そして。

「虎《とら》くん、ちゃんと受け身とって！　足でも電車でもいいから品川埠頭《しながわふとう》行くんだよ！」

安藤を乗せた虎司の巨体を持ち上げて、窓から投げ落とすというものだった。

「え、ちょっ……」

「んだあ⁉　奴《やつ》が来てるんじゃねえのかあああ！」

二人の悲鳴と怒声《どせい》の残響《ざんきょう》が残っているうちに、優樹は荷物を担《かつ》いで廊下の方を見ていた夏純の首根っこを引《ひ》っ摑《つか》んだ。

「いい？　ちゃんと虎くんと安藤さんと一緒《いっしょ》に海へ行くんだよ。……後から絶対に行くから。こっち一段落したら、電話するから」

夏純は、抵抗しなかった。これからここにちんぴらが来て、優樹や大田と戦うのだろうということは理解した。そして優樹《ゆうき》は、自分たちに海へ行けと言った。後から行くとも言った。

納得できない心を、すぐさま夏純《かすみ》は押し込んだ。優樹がそう言うのだから。ただそれだけの理由で、夏純は心の奥底に燃《も》える怒りを抑え込むことができる。

「……わかった、ちゃんと来てね、優《ゆう》さん。来なかったら、燃えそうなもの手当たり次第に燃やしちゃうからね」

夏純の体が熱《あつ》くなっているのが、右手を通じて伝わってくる。

「大丈夫……さあ、虎《とら》くんたちと行って。そして待ってて」

「はいさー！」

優樹が夏純を放り落とす。夏純は窓枠を蹴《け》って、自ら勢いをつけて地上へと降りて行った。

夏純が地面に着地するのが見えたと思ったその時。

あらゆる気配《けはい》が希薄《きはく》になった。下にいる夏純の姿は、視界に入っているはずなのにもう認識《にんしき》することができない。

「先生……！」

優樹は大田《おおた》を振り返る。〝隔離〟の範囲《はんい》に取り込まれた以上、近距離《きんきょり》であっても大田の姿を知覚することはできないかもしれない。それでも優樹は叫びながら、大田が立っているであろう玄関の方を見る。

「やあ、優樹」

そこには、腕組みをしたままの大田真章《さねあき》が先ほどと同じように立っていた。背中にいるはずの未知《みち》の命さえ、もはや集中しなければ感じ取ることができないのに、大田がそこにいる気配には苦しくなるほどに圧迫される。

眼鏡《めがね》を外《はず》した大田の目。猛禽《もうきん》の類《たぐい》に似た、鋭《するど》く怜悧《れいり》なその瞳《ひとみ》。見慣《みな》れているはずのその目は、しかしいつもの大田とは違っていた。

その理由を、優樹は自身の肌で感じ取る。

今、彼は大田真章としてではなく、霊鳥《れいちょう》シームルグとして立っているからだ。

「僕は傍観者《ぼうかんしゃ》だ。生きるアヤカシも生きる人間も、死ぬアヤカシも死ぬ人間も、ただひたすらに口だけ出して、後は見ていたかった傍観者だ。……それなのに、今は言葉を紡《つむ》ぐだけではなく声をも出してしまっている。もはや傍観者と胸を張って名乗ることに戸惑《とまど》いを覚えてしまうこの自分自身が、僕はとても悲しく、寂《さび》しく、そして苛立《いらだ》たしい。しかしこれが僕自身の意思だ。僕が自分から望んで自身を縛《しば》り付けているものを、僕の意思で弛《ゆる》め、それを苛立たしく思いながらもそうせずにはいられない僕自身の意思だ」

「先生……」

悲しく寂しく苛立たしいと大田は言うが、その表情はほとんど動かなかった。しかし、その唇の端は僅《わず》かに上がっている。大田は笑っているのだろうか。優樹には、それをはっきりと読み取ることはできなかった。

「行きたまえ優樹《ゆうき》、短く、長い、海への旅に。……彼は、あと一人《ひとり》のアヤカシを殺して止まる童子《どうじ》斬《ぎ》りではあるが、あれは柔軟かつ独特の思考を以《もっ》て動いている、恐るべき兇人《きょうじん》だ。一人のアヤカシを殺す前に、多くのアヤカシを傷付けることだろう。まだ完全に把握できたわけではないが、ここに君らと僕が残っているより僕だけが残っている方がいい。そして、僕と君たちが共《とも》にこの場所から去ってはいけないと、僕は判断した。だから君たちは早く行きたまえ」

大田《おおた》の考えがわからないことは、いつだってあった。しかし今は心底から、彼が何を考え、何をしようとしているのかわからない。まさか、彼はここで山崎太《やまざきた》一朗《いちろう》を迎《むか》え撃《う》つつもりなのだろうか。たった一人で。

……有り得ないのに、彼が戦うことなど。大田真章《さねあき》はいつだってそうなのだ。戦いを挑《いど》まれたら逃げる。仲間がいても逃げて、遠くから傍観《ぼうかん》する。最初から戦いの場にいることさえ、なかった。

いつだって、傍観を貫《つらぬ》き通していたはずなのだ。

「さあ」

短く促《うなが》す言葉。大田がこんなにも短い言葉で話せることを、優樹は知りたくなかった。彼がどうでもいいことを長々と喋《しゃべ》っている時にこそ、自分たちの平穏《へいおん》があったという事実を知ってしまったから。

知らずにいられれば、どれほどよかっただろう。

知ってしまった以上は、もう遅い。

「……先生は、ここで何をするつもりなんですか？」

そう訊《き》かずにはいられなかった優樹に、大田は表情を崩す。それは優樹のまったく知らないシームルグではなく、彼女のよく知る豆腐《とうふ》と落花生《らっかせい》が大好きで、どうでもいいことをどうでもよく喋り続け、そしてたまに大切なことを言う大田真章だった。

「僕が何かをするわけないじゃないか」

それに答えようとした優樹だが、今までよりさらに強くなった〝隔離〟の気配《けはい》に思わず目の前が暗くなる。

「お行儀《ぎょうぎ》がいいな、ちゃんと一階の扉から入ってきたよ、彼は……さあ、行きなさい優樹、そして幼女。君たちの生と死は、君たちだけのものなのだから」

「……はい」

優樹はリュックを担《かつ》ぎ、机の上に置いてあった帽子を被《かぶ》り、そして――床《ゆか》に落ちている小包と手紙に目をやった。母親に宛《あ》てた手紙。そして大事なものしか入っていない小包。

どうするか迷った優樹が出した結論《けつろん》、それは。

「先生、よろしく頼みます……すべてを」

何と言えばよかったのだろう。何を頼めばよかったのだろう。逡巡《しゅんじゅん》した優樹の口から出たのは、受け手である大田《おおた》に判断を委《ゆだ》ねる曖昧《あいまい》な言葉だった。

「漠然《ばくぜん》としたその頼み方は僕の好むものではないが、引き受けよう、君が頼みたかったであろうことすべてを」

だが、その優樹《ゆうき》の曖昧な願《ねが》いに、大田真章《さねあき》ははっきりと答えた。

優樹はかかとを合わせて直立不動の体勢を一度取り、深々と大田に向かって頭を下げる。

もしかしたら、これが最期《さいご》なのかもしれない。

脳裏《のうり》を、〝何か〟が走った気がした。その〝何か〟を無視して、優樹は頭を上げると同時に回れ右をして窓の外へと飛び出していく。

「……さて、よろしくされてしまったな……」

優樹は『すべてを』と言った。彼女が何を言いたかったのか、何を言おうとしていたのか。

優樹自身にさえわからなかったことを、大田は知っていた。

「だがそれでも僕は、あの小包と手紙を書かれた宛先《あてさき》に送ることがないように傍観《ぼうかん》したいものだね。そして、ブレーカーを落とさないことを宣言させてもらおう。落としてしまったら、大変縁起《えんぎ》がよろしくない気がするよ。縁起など担《かつ》がないこの僕が、珍しいことだ。……やあ、山《やま》崎《ざき》太一朗《たいちろう》くん。お久しぶりではないけれど気分的にお久しぶりと言いたいので、お久しぶり、元気かい」

階段を一歩一歩踏《ふ》みしめて、ゆっくりとではないが急いでもいない歩調《ほちょう》で彼はやってきた。

兇人《きょうじん》、山崎太一朗。大田の姿を認めても慌《あわ》てた様子《ようす》を見せずにただ歩き続け、そして彼はついに、警視庁《けいしちょう》刑事部捜査第六課分室の玄関前に立った。約四ヶ月ぶりにやってきたその場所を見ても、彼の表情に動きなどありはしない。

しかし扉が開け放たれているとはいえ、彼と六課を遮《さえぎ》るモノはいた。

太一朗に背を向け、腕を組み、自身の仲間たちが飛び出していった窓をただ見続けている大田真章がいた。

「君の目的は何となくわかった気がしないでもないが、どうも今一つ確信《かくしん》がもてない。そのためには、君や君を取り巻くものたちをもっと傍観していなければならないのだが、もはや僕は傍観者ではない気がしてならないよ。一応、声のみを出しているということで自分を納得させているが、これ以上出してしまったらもう本当に傍観者ではないな。いっそのこと傍観者であることを諦《あきら》めるという選択《せんたく》もあるのだろうが、それもまた無理の一言だ。今も僕は、どうやって君や彼女らの旅の結末を傍観しようか、大変悩んでいるのだよ、君」

淡々《たんたん》と彼の口から紡《つむ》がれる言葉の調子は、優樹が先ほどまで聞きたいと思っていた、いつものだらだらとなかなか本題に入ってくれない大田の口調だった。しかし今それを聞いているのは、身も心ももはや空虚《くうきょ》でしかない山崎太一朗しかいない。

大田《おおた》が喋《しゃべ》り続けている間、その背後で太一朗《たいちろう》は右の拳《こぶし》をゆっくりと握《にぎ》り締《し》めていた。小指から一本ずつ握っていき、最後に親指で締める。腰を捻《ひね》り、右腕を引き、低く、低く、力を溜《た》めて構《かま》える。

太一朗の背中が反《そ》り、大田の背中と向き合う。大田は一度大きく頷《うなず》くと、静かに目を閉じた。

「……なるほど、その君の渾身《こんしん》の拳を僕の背中に叩《たた》き込もうというのか。なるほどなるほど。そんな大振り、普通は避けられてしまうものだが、現在僕は君に背中を向けて、動く気配《けはい》も見せず立ち尽くしている。殴っても避けない。そういう確信《かくしん》を得たから、君はそういう実戦ではなかなか使いにくい構えをしているわけだ。……冷静だ。鬼斬《おにぎ》りに憑《つ》かれている人間にそんな思考があるはずもないのに。ほら、やはり今も君は恐ろしいほどに考えている。僕の呼吸の継ぎ目を狙《ねら》って殴りかかろうとしている。呼吸の瞬間《しゅんかん》に殴られるのは、少々効くからね……」

静寂。

そして、兇人の兇悪極《きょうあくきわ》まりない拳が、大田の背中、その背骨に向かって深々とめり込んだ。

腕が空気を切る音を遥《はる》か後方に追いやって、大田の背骨はぎしりぎしりと。

軋《きし》んだ音を立てることはなかった。

大田は表情を変えず、腕組みを崩すことなく、一歩も動かない。

一歩たりとも動かない。

大田の背中――それは、もはや背中という言葉で表しきれない、奇妙な形を成していた。筋肉とは言いがたいいびつな形をした肉の瘤《こぶ》たちが、彼の服を内から破ってびくびくと異様に波打っている。背筋《せすじ》と呼ぶにはあまりにも大きく、ぶ厚く、不整合《ふせいごう》な肉の塊《かたまり》が幾重にも重なり、太一朗の拳を完全に止めていた。

「うーん、背筋にはなかなかに自信があるんだけど、ちょっと痛かったかもしれないよ、君。それにこれをすると、服が破れるから困ってしまうんだな。服を脱いでからすればよかったのだろうが、君は脱ぐまで待ってくれそうにないからね。万が一にも君が正気に戻るようなことがあったら、服の代金を弁償《べんしょう》してほしいものだよ」

奇怪《きかい》に、そして異常に膨《ふく》れ上がったその背中以外、大田の外見は普段《ふだん》と何ら変わらない。その差異が、より彼の外見を著《いちじる》しく不可思議《ふかしぎ》なものにしていた。

しかし大田の背後にいる兇人は、彼のその背中を見ていなかった。

太一朗は大田の肉にめり込んだ拳を抜き、また同じように構えた。……少し違う。先ほどより下がり、さらに構えを低くし、腰を捻る。腕に力を込める。彼の右腕には、血管の代わりに〝童子斬《どうじぎ》り〟の根たちが幾重にも浮かび上がっていた。

「なるほど、退《しりぞ》いて別の道を行き直すことをしないのかい、君は？　どうしても僕を打ち倒して前に進みたいようだね。……そして童子斬《どうじぎ》りをこの期《ご》に及んで攻撃《こうげき》に使わないところを見ると、君の思考は本当に僕の想像している最悪のパターンに陥《おちい》っているのかな……それはとても寂《さび》しく、悲しいことだよ、山崎太一朗《やまざきたいちろう》くん」

その肉と骨を以《もっ》て、彼の意志を貫《つらぬ》くのみ。
その口から、言葉を紡《つむ》ぐのみ。
立ち、語り、見るのみ。
進みも退《しりぞ》きもしない大田真章《おおたさねあき》は、ただ立ち尽くすのみ。

「山崎太一朗、君の生と死は、君だけのものじゃないのか！」

その言葉を、山崎太一朗という人間に刻《きざ》み込む。
それは、シームルグという神の言葉。
神の腹の底から、神の喉《のど》を通り、神の舌から発せられた言葉。
神の肉と骨から放たれ、兇人《きょうじん》の肉と骨を侵す言葉。

進むことしかできない兇人。
その先に死と絶望しかなかったとしても。
進むことしかできない。
死と絶望にまで辿《たど》り着いたら、それは止まる。
退くことはできない。

進路は、もはや一つしかない。
退路は、もはやどこにもない。

# 第十二章
# 冒涜と傍観と忘却と

寿命が来ました。余裕ができたら電話します。できなかったらすいません。今までお世話になりました。ありがとうございました。

件名が無題のままの短いメールを読んで、最初に千堂昭子《せんどうあきこ》がしたのは老眼鏡《ろうがんきょう》を外《はず》すことだった。目を閉じ、椅子《いす》の背もたれに全体重をかけると彼女は自身の額《ひたい》に手をやった。そこには七十年以上の年を刻《きざ》んだ皺《しわ》があり、額に触れている骨張った手や変色している爪《つめ》、乾いた肌にも、老いが現れている。実年齢《じつねんれい》よりは若く見える方ではあるが、それでも七十七年生きた事実には何の変わりもない。

思えば、生きている間ずっと『財《ざい》を成す』ことに心血を注いでいた。自分も亡《な》き夫も家族たちも。金はあってもつまらない生き方だ、と評されたことがある。しかし自分たちの作り上げた会社が、危《あや》うい橋を渡りながらも大きくなっていくのを実感するのは生《い》き甲斐《がい》でもあった。

そうやって成した財を、現在の自分は得体《えたい》の知れない生き物たちが得体の知れない生き物たちと戦うことに費《つい》やしている。これは金の無駄遣《むだづか》いか、ただの金持ちの道楽《どうらく》か。クロスブリードという組織《そしき》を金で支えている千堂は、短いメールを読んでそんなことを考える。視界が滲《にじ》んでいるのは、年のせいだ。まったく年をとりたくないものだ。

この国の平均寿命にはまだ達してはいないし、肉体が衰《おとろ》えているとはいえ健康な千堂ではあるが、老衰《ろうすい》で死を迎えることは常に頭の中にあった。寿命で死ぬ覚悟というのは、それなりにできているとは思う。

だがそれでも、前以《まえもっ》て死が訪れることを知ったら自分は平静ではいられない気がする。慌《あわ》てふためくか、周囲の人間に当たり散らすか、ただひたすらに落ち込むか。座して静かに死を待つなどとてもできそうにない。

それなのに、十年しか生きていない子供が寿命が来たとメールを送ってくる。差出人の『片《かた》倉晃《くらこう》』という文字が、別の名前だったらよかったのに。千堂は顔中の皺を寄せて目頭《めがしら》を押さえた。

『あなたも覚悟しておきなさい』

彼の仲間たちが老衰で死んでいくのに対して、千堂が晃に言った言葉。あの時自分で言っておきながら、千堂はそんな覚悟ができるわけがないと思っていた。七十七年生きてきた自分に何とか達成できたことが、十年しか生きていない子供にできるわけがない。

……いや、少し違う。晃《こう》がそんな覚悟をしなければならない日が来ないように。そんな自分の願望《がんぼう》の裏返し。彼の同胞《どうほう》たちがどれほど早死にしようとも、彼にだけは長く生きてほしかった。せめて自分の死を看取《みと》れるくらいには。

(何を考えているのかしら、私は)

自分の家族ではなく、晃に自分の最期《さいご》に立ち会ってほしいと思うなど、おかし過ぎる。出会ってほんの数年しか経《た》っていない人間ではない生き物を、家族よりも信頼しているなんて。

そこまで考えて、千堂《せんどう》は首を振った。自分が信じ、愛《いと》おしいと思い、長く生きてほしいと願《ねが》ったのは、人外《じんがい》の生き物たちに創《つく》られた短命で粗悪《そあく》で憎悪と絶望しかしない、人外の生き物ではない。

片倉《かたくら》晃という一人《ひとり》の存在を、千堂は信じ、愛おしく思い、長く生きてほしいと願った。しかし、その願いもどうやら無駄《むだ》でしかなかったようだ。

十歳で老衰《ろうすい》とは、冗談《じょうだん》にしては笑えなさ過ぎ、真実にしては悲し過ぎる。

その悲しい事実を、片倉晃は短く素っ気ないメールで伝えてきた。よほど切羽《せっぱ》詰《つ》まった状況におかれているのだろう。彼がこんな短い遺言《ゆいごん》ですませるわけがない。『僕の同胞たちをよろしくお願いします』という無駄な言葉や、自分に対する謝辞《しゃじ》をもっと並べるはずだ。短い付き合いでもそれくらいはわかる。

遺言。十歳の少年が七十七歳の老婆《ろうば》に遺言を残すという皮肉。

悲しい。片倉晃というキマイラが死を迎えようとしていることが悲しい。他人の死にもう悲しむことなどあるまい、自分の死さえもはや悲しくなどない、そう思っていたはずなのに、涙が出そうなほどに悲しい。

千堂は右手で顔を押さえたまま、左手を電話の上に置いた。晃と話をしたかった。なぜ彼が自身の死を確信《かくしん》してしまったのか、訊《き》きたかった。彼が自分に何を伝えたかったのかを、彼の口から聞きたかった。

何よりも、自分が彼に対して感謝《かんしゃ》していることを、自分の言葉で伝えたかった。

それがもっとも大事だということに、千堂はたった今気が付いてしまった。

人間の自分と、キマイラの片倉晃と、本当の化け物の上村鈴香《うえむらすずか》。自分たちは一つの些細《ささい》な目的のために、些細な組織《そしき》であるクロスブリードを構築《こうちく》していた。自分は金は出したが、それ以外はほとんど何もしていない。晃と鈴香の目的――〝主〟とかいう化け物とその信奉者《しんぽうしゃ》たちを排除することと、千堂の目的は似ているようで微妙《びみょう》にずれていた。

千堂にとっては、〝主〟とその取り巻きがこの国の中枢《ちゅうすう》からいなくなれば、それでよかったのだ。特異遺伝因子《いでんいんし》保持生物などという化け物たちに人間らしい権利を与える法律。化け物どもが定めた、化け物どもの法律。そして千堂が期待した時には、何の役にも立たなかった法律。千堂の孫を意味もなく殺した醜悪《しゅうあく》な生き物を、裁かなかった法律。あの殺人鬼は、裁かれるのではなくただの被験体《ひけんたい》となって生き、そして死んだだけだった。それは、法で裁かれるよりは苦痛に満ちた生と死であっただろう。

それでも、千堂《せんどう》は納得ができなかった。化け物どもが国を動かしていることも、連中が勝手な法律を作り上げたことも、自分たちで作った法をいとも簡単《かんたん》に無視することも。ゆえに、千堂はクロスブリードに金を出した。理不尽な化け物に対するささやかな抵抗のつもりだった。

しかし今、千堂にとってクロスブリードは色々《いろいろ》な意味でどうでもいいものになろうとしている。片倉晃《かたくらこう》がいなくなったら、この組織《そしき》は瓦解《がかい》する。それは自分と――そしてもう一人《ひとり》、鈴香《すずか》がよくわかっていることだろう。

人間である自分とアヤカシである鈴香は、初めて会った時から反《そ》りが合わなかった。何が悪いのかと訊《き》かれると、はっきりとした理由はない。種《しゅ》の違いとか年齢《ねんれい》の差とか性格が違うとか、色々理由を挙げることもできる。簡単《かんたん》に言ってしまえば、『相手のことが気に入らない』それに尽きる。

それは鈴香も同じだったようで、自分たちはろくに会話をしたことがない。間に立っていたのはいつも晃だった。些細《ささい》な伝達事項にも晃を介していた自分たちが、彼抜きでうまくやっていけるわけがないし、その気力もない。

思えば、クロスブリードの三角は嫁《よめ》と婿《むこ》と姑《しゅうとめ》のような関係だった。気が付けば自分を姑、鈴香を嫁のポジションに当てはめているその事実に、千堂は苦笑する。実際には、鈴香の方が遥《はる》かに年上であるのに。こんな自分たちの間に立つ晃は不満をこぼすことなく、ただ自身の同《どう》胞《ほう》たちの身を常に案じていた。あのできそこないの命たちを。

キマイラを貶《おとし》めることは晃を貶めることと同義なのだが、それでも千堂は彼以外のキマイラを嫌《けん》悪《お》し侮《ぶ》蔑《べつ》していた。晃と同じように創《つく》られたはずの彼らは、自身の生を嘆《なげ》き、自身の創《そう》造《ぞう》主《しゅ》を恨み、自身の死に恐怖し、それらの感情をうまく扱うことができていなかった。晃だけがそんな彼らを支え、まとめ、生かしていくことができたのだ。

晃がいなくなったら、どうせあの連中も長くは生きられまい。もし本当に晃がこの世を去ったとしたら、千堂はすぐにでもしかるべき施《し》設《せつ》に連絡を入れて、彼の同胞たちを元の境《きょう》遇《ぐう》――実験動物の地位に追いやるつもりだった。

（あの連中がいなかったら、あの子ももう少し自由に生きられたでしょうに……）

こんなにも片倉晃に肩入れをしている自分を、千堂は笑う。

晃はいつだってろくに笑いはしなかった。気《き》難《むずか》しい顔をして、眉《み》間《けん》に皺《しわ》を寄せて、いつだって自分と同胞たちを生み出した創造主への復《ふく》讐《しゅう》を考えていた。

もっと楽しいことを、教えてやればよかったのに。しかしそんな思いさえも、どうせエゴでしかないのだ。自分たちは、利益と目的だけで結びついていたのだから。晃に対するこの思いは、どうせ薄《うす》っぺらい同情でしかない。そうでなければおかしい。

それなのに、なぜ自分の目から涙が溢《あふ》れてくるのだろう。

まだ晃《こう》は死んでいない。少々不穏《ふおん》なメールが届いただけで、彼はまだ生きている。死んでなどいない。だいたい寿命が来たというのも、もしかしたら彼の思い違いなだけで、まだまだ生きていけるかもしれないのに。

彼が死ぬことを想像するだけで悲しくなる。久しく泣いた覚えがないのに、目の奥が熱《あつ》くなる。もう干《ひ》乾《から》びてしまったと思っていたものが湧《わ》き出てくる。

千堂《せんどう》は静かに、声を押し殺して泣いた。こんな涙など何の意味もない。『晃のために泣いている』という事実に、自身で満足するためだけに泣いているのだ。何と心のこもらない、どうでもいい涙なのだろう。

もう素直に泣くこともできないのだ、自分は。年を取れば幼稚《ようち》になるともいうのに、自分はこんな時でさえ泣くのを拒《こば》もうとしている。

それを知った千堂は、笑おうとした。ティッシュで顔を拭《ふ》き、乾いた唇を湿らせて端を無理やり吊《つ》り上げて笑顔《えがお》を作る。面白《おもしろ》くもないのに笑うのがこんなにも辛《つら》いということを、千堂は久しぶりに思い知る。七十七年生きたところで、理解したくないことなどいくらでもあるのだ。

泣きながら笑おうとしていた千堂の行為を中断させたのは、卓上に置いてある電話から流れてきた静かなメロディだった。

晃かもしれない。勢いよく顔を上げて受話器を取り上げようとした千堂だったが、液晶画面に並んでいる電話番号は晃のものではなかった。むしろ、今はあまり会話をしたくない相手の電話番号である。彼女との話は、晃とその同胞《どうほう》たちにとってはありがたくない内容であるはずだから。

普段《ふだん》ならすぐに出たであろう電話に、千堂はしばし迷った。逡巡《しゅんじゅん》したのは八秒。受話器を持ち上げると、千堂は自分の声が震《ふる》えないよう細心の注意を払ってから声を発した。

「………もしもし」

『こんばんは、東京都《とうきょうと》特別保健所の堀内《ほりうち》です。いつもお世話になっております。今、お時間よろしいでしょうか』

「……ええ」

本当なら、晃から電話がかかってきた時のためにも長話はしたくない。だが取引の常連であり、大切な情報源でもある彼女を無碍《むげ》にするわけにもいかなかった。

堀内という一個人と彼女が勤める職場《しょくば》には、よくキマイラの遺体《いたい》を卸《おろ》している。日本がいかに他国よりアヤカシが多く、それらの死体、もしくは生体情報を入手しやすいとはいえ、実験《じっけん》用動物として潤沢《じゅんたく》に流通しているわけではない。

キマイラという合成生物もまた、実験素材としては貴重だ。千堂は死んだキマイラたちを、企業や大学の研究機関《きかん》に売却していた。そうやって得た売却金は、生きたキマイラたちを生かしクロスブリードの活動資金にもなっていた。

『命は金で買えるし、金は命で買える』

これもまた、千堂《せんどう》が晃《こう》に言った言葉。千堂はキマイラの生きる命を金で買った。そしてキマイラの死んだ命を売って、金を得た。それなのに、晃の命は金で買えない。数十年貫《つらぬ》いてきた持論《じろん》がこうもあっさりと覆《くつがえ》されることに、千堂はうんざりする。

キマイラの命で得られる金は結構な額《がく》であったが、需要と供給を比べると前者が遥《はる》かに勝《まさ》る。そのため相場《そうば》——千堂はそれなりに秘密裏《ひみつり》に取引をしていたが、その筋《すじ》の者にはある程度知れ渡っていた——以上の額を提示してまで、キマイラを欲しがる者はいた。しかし千堂は、金額の大きさよりも研究のすんだ遺体《いたい》を、なるべく原形を留《とど》めたまま返却してくれる相手を選んで売っていた。

内臓《ないぞう》や脳髄《のうずい》を抜かれて、体がつぎはぎだらけになったとしても、埋葬《まいそう》できないよりはまし。ほとんど中身の残っていないキマイラの遺骸《いがい》を晃に返す時、千堂は気休めにそんなことを言った気がする。あの時、晃がどんな顔をしていたか千堂は見ていなかった。見たら、自分は後悔してしまいそうだったから。

「……残念ですけど、今はあなた方に売れる物はないわよ」

晃の遺骸を売ることを、千堂は最初から除外している。たとえ自分のエゴであろうと、晃だけは人間らしく葬《ほうむ》ってやりたい。

「それとも、報告してくれることでもあるのかしら」

『はい、いくつかあります。まず一つ目ですが、Ω《オメガ》サーキットが彼らの手から離《はな》れました。これからどうなるかは、わかりません』

「……………そう」

彼女の話を、千堂は聞かなければならない。クロスブリードの三角としてでも、晃の寿命を憂《うれ》う老婆《ろうば》としてでもなく、一投資家の千堂として。

堀内《ほりうち》の告げた簡潔《かんけつ》な言葉に、千堂も簡潔な返事で答える。二十年以上継続されてきた、粗悪《そあく》な生き物を生み出しては殺すという生命への冒涜《ぼうとく》。それが唐突《とうとつ》に終わった理由を、千堂は知らないし知りたくもない。ただ一つ間違いないのは、晃の同胞《どうほう》がこれ以上産み出されることは二度とないという事実。

……そうではないのかもしれない。化け物たちが化け物たちを創《つく》るのに飽《あ》きただけの話で、今度は人間が化け物を創り出す番なのかもしれない。

それは、あまりにも傲慢《ごうまん》なことだ。

千堂は人間という種《しゅ》が犯しかねない傲慢と、自分たちクロスブリードが排除しようとしていた〝主〟という化け物の傲慢に恐怖した。十年も生きられない半端な生き物を創り出し、弄《もてあそ》び、あっさりと手放す。そこに何の目的も成果も、千堂には見出《みいだ》すことができなかった。自分のことを〝主〟と名乗るだけあって、自身を神とでも思っているのだろうか。彼を傲慢と罵《ののし》れるほど、千堂も清廉《せいれん》な生き方をしてはいないが。

Ωサーキットに関《かか》わっている堀内とこうして連絡を取り合っていること自体、晃や鈴香《すずか》を裏切っているのだから。もっとも彼女とΩ《オメガ》サーキットの関係を知ったのは、最近のことであるが。

「化け物たちの考えていることというのはさっぱりわからないわね……」

そんな化け物たちがこの国の中枢《ちゅうすう》にいたという事実に、千堂《せんどう》は戦慄《せんりつ》する。……そしてなお恐ろしいのが、彼らがいじくったこの国が悪い方向に進んでいないことだ。

この国は平和であり、発展を続けてきた。大阪《おおさか》条約のせいかアヤカシの研究が諸《しょ》外国よりも進んでいることで、アドバンテージを得ていることの方が大きい。あの未知の生き物たちの研究がより進めば、それはあらゆる面において恩恵《おんけい》をもたらす可能性がある。

この国の繁栄《はんえい》の一部は、間違いなくアヤカシたちが創《つく》り出し、担《にな》ってきたのだ。何とも皮肉な話である。

『それと調査《ちょうさ》の件、最終的な結論《けつろん》を出せました。……残念ですが、あと数年もったらいいほうかと。こんな結果で申《もう》し訳《わけ》ありませんが……』

「…………そう」

今日《きょう》だけで、ここ数十年分の絶望を一度に味わった気分だった。寿命も数年くらい縮《ちぢ》んだ気がする。

この寿命を、一年でも晃《こう》に与えることができればよかったのに。

千堂は堀内《ほりうち》に聞こえないようにため息を吐《つ》いてから、受話器を握り直す。この長くなりそうな電話をしている間に、晃の状況が落ち着くことを祈り、彼が万が一にも命を落とさないことを願《ねが》う。

――自分はいったい、誰《だれ》に祈っているのやら。誰かが願いを叶《かな》えてくれることなどあるわけもないのに。

都合のいい時だけ、普段《ふだん》は見向きもしない不確実《ふかくじつ》な〝何か〟に縋《すが》る自分のエゴを、千堂は密《ひそ》やかに笑う。

泣くよりは、笑っていたかったから。

〝童子斬《どうじぎ》り〟の気配《けはい》がまったく感じられなくなったことに、片倉《かたくら》晃は少々焦《あせ》りを感じていた。気配を感じられないということは、未《いま》だに〝隔離〟を発動中なのであろう。しかし、その〝隔離〟が支配する空間に近付いている感覚もない。

本家本元《はんけほんもと》の空木《うつろぎ》ならともかく、〝童子斬り〟に憑《つ》かれている人間が作り出した小規模《しょうきぼ》な〝隔離〟なら、近付けばわかる自信が晃にはあった。先ほどだって察知できたのだから。その中に侵入できるかどうかは、また別の話だが。

それにしても、あの兇人《きょうじん》の行動はどうにも予測し難《がた》い。そんなことを考えながら、晃は神経を研《と》ぎ澄《す》ましながら歩き続ける。

アヤカシを殺すという大前提に縛《しば》られているのは間違いないが、彼は今まで対峙《たいじ》した相川虎司《あいかわとらじ》も片倉優樹《かたくらゆうき》も大田真章《おおたさねあき》も、殺してはいない。そして自分から退《しりぞ》いたかと思えば渋谷《しぶや》にまでやってきて戦いを挑《いど》み、今は最後に確認《かくにん》した方向から察するに、逃げた片倉優樹と大田真章を追走して捜査第六課に向かっている。

まさかとは思うが、兇人《きょうじん》——あの山崎太一朗《やまざきたいちろう》は〝童子斬《どうじぎ》り〟に完全には支配されてはいないのだろうか？　アヤカシを殺さないために、今も必死に正気を保とうとしていて、それで奇行に走っているのだろうか。

あの〝童子斬り〟の本能に、ただの人間が抗《あらが》えるとは思えない。しかし本来なら相川虎司《あいかわとらじ》を殺してすべてが終わっていたのに、未《いま》だに彼は生きてこの街を彷徨《さまよ》っている。その目的は、アヤカシの殺害でしかないはずだ。

生きて、というのは少し違う。もはや彼は死んでいるに等しい。創造主《そうぞうしゅ》たる空木《うつろぎ》がそうであるように、生ける屍《しかばね》でしか有り得ない。本当に、何と恐ろしいものを造ってしまったのだろう、空木というアヤカシは。

しかし今は、その空木の力を借りなければならない。第伍《ご》世代拾六号《じゅうろく》。この国に、もしかしたら世界中に散らばっているのかもしれない、枯れては枝分かれを続ける〝鬼斬《おにぎ》り〟のうちの一本。そして彼が今追っているのは、枝分かれの最初の一本にして自然には決して枯れることのない〝童子斬り〟。

戦ったら、勝ち目などない。そんなことは十二分にわかっている。無論《むろん》、真《ま》っ当《とう》に戦う気など晃《こう》にはない。勝てる相手と戦い、勝てない相手からは逃げる。負けるとわかっている時に戦わない自分は、臆病《おくびょう》なのだろう。鈴香《すずか》は『臆病な方が長生きできる』、千堂《せんどう》は『逃げることができるのは勇敢《ゆうかん》な証拠《しょうこ》』と言ってはくれていたが。

今だって、逃げることを考えている。しかし逃げずに、真っ当ではない方法で戦うことも晃は先ほどから模索《もさく》し続けている。死の予感を持ってしまったあの時から、ずっと。

自分は冷静である。だが、自棄《じき》になってもいるのだろうか。自身の心情を、今一つ理解できない。生への執着と、死への覚悟。目的を達成するまで何が何でも生きていたいと思うと同時に、命を賭《か》けて戦うことをまったく厭《いと》わない自分もいる。

そんな覚悟を携《たずさ》えて、片倉晃は警視庁《けいしちょう》刑事部捜査第六課分署の入り口に立った。本当なら、ここに来る必要はもはやないのかもしれない。〝童子斬り〟も〝隔離〟の気配《けはい》も、この近辺から感じ取ることはできない。外観《がいかん》に荒れた様子《ようす》はなく、戦闘《せんとう》が行われた痕跡《こんせき》も感じ取ることはできない。ここで時間を潰《つぶ》すよりは、闇雲《やみくも》にでも歩き続けた方が〝童子斬り〟を見付けられる可能性が高いだろう。

しかし晃は、その建物の内へと続く扉に手をかけた。鍵《かぎ》のかかっていなかったその扉はあっさりと開き、蛍光灯《けいこうとう》が上階へと続く階段をぼんやりと照らしている。中に入って扉を閉めた晃は恐ろしいほど静かなこの建物内に、一人《ひとり》のアヤカシがいることを〝鬼斬り〟を介《かい》して知った。それ以外に、生き物の気配は何も感じられない。あの兇人の気配も、もちろんない。

静寂《せいじゃく》が支配する中、晃《こう》は〝鬼斬《おにぎ》り〟を握《にぎ》り締《し》めて薄暗《うすぐら》い階段を上り二階へと向かう。この上にいるであろうアヤカシを、自分は知っている。そして彼なら現在の状況を訊《き》けば、教えてくれるだろう。気配《けはい》や足音をことさら消したりはせず、晃は早くもなければ遅くもない足取りで進んだ。

この建物を訪れるのは初めてだが、間取りはだいたい把握《はあく》している。警視庁《けいしちょう》刑事部捜査第六課というほぼ名ばかりの部署で、名ばかりの巡査部長が暮らしていた部屋《へや》の場所を、晃はよく知っていた。

その入り口に立った晃は、開け放たれた扉とそこから見えた室内の光景に、息を呑《の》むことになる。

見覚えのある一人《ひとり》の男が、うつ伏せになって倒れている。その上半身はなぜか裸で、肩甲骨《けんこうこつ》の間にひどく不自然な窪《くぼ》みがあった。人間の拳《こぶし》くらいの大きさをしているそれは、背骨にまでめり込んでいるようにも見える。普通の人間なら背骨が折れて死んでいるのではないかと疑うほどの、歪《いびつ》な痕《あと》。

しかしそれ以上に歪な背筋《せすじ》が、晃の眼下にはあった。不自然に膨《ふく》れ上がったその肉の塊《かたまり》は、壁《かべ》となって彼自身を守っている。ぶよついた脂肪とはかけ離《はな》れた、巨大な筋肉。背中の筋肉のみがやたらと突出し、他《ほか》の部分は晃が以前見た彼のままなのが、なおのこと異様である。

彼が人間ではないことを知っている晃は、静かに声をかけた。

「生きているのはわかりますが、何らかの手当てが必要なほどに傷ついているのでしょうか。急いではいますが、手当てが必要なら僕でできることならしますよ」

「…………ふむ」

しばしの沈黙《ちんもく》の後、返答なのかそうでないのかが曖昧《あいまい》な声が彼から洩《も》れる。

「やあ、少年。二度と会わないかもしれないと思っていた君と先ほどすれ違い、そしてまたこうして三度目の邂逅《かいこう》を果たしてしまったね。ちょっとした縁《えん》を感じないでもないよ、僕は。しかし、君もなかなか冷静な少年なのだね。ちなみに現在の僕の状況を簡潔《かんけつ》に説明するならば、背骨にかなり大きなひびが入っている。正直に言うならば、自力で起き上がるのが辛《つら》いくらいには痛い。ゆえに、こうして動かず倒れ伏したままでいるというわけだ。肉体的にこんな痛い思いをするのは久しぶりだよ。あまりにも久しぶりなので、なるほどこれが痛みか、と少々感《かん》慨《がい》にふけっていた次第だ。痛みで感慨にふけるなんて言ったら、常に痛みと共《とも》にあった僕の友人はたいそう気を悪くするかもしれないがね。痛み無き生など有り得ないが、自ら進んで痛みを享受《きょうじゅ》しなくてもいいだろう。どうかね、君は肉体的な痛みに対してはかなり鈍感《どんかん》な性質《たち》のようだが、やはり痛い思いをするのは嫌いかね。ああ、この問いの仕方はよろしくないな。訂正しなければいけないね」

よくもまあ、倒れたままでこんなにも長い台詞《せりふ》をろくに息継ぎもせずに言えるものだ。そういう意味では感心するが、長々と付き合っているほど暇《ひま》でもない。

「その姿勢のままの方が楽なら、僕は手を貸しません。床《ゆか》ではなくソファーで横になりたいとか、飲み物がほしいとか、開いたままの窓を閉めてほしいとか、僕が現在短時間でできることならしますから、率直かつ簡潔《かんけつ》に言ってください」

それでも無視できないのが、晃《こう》の性《さが》なのかもしれない。

「……少年、その心遣《こころづか》いに大田真章《おおたさねあき》は感謝《かんしゃ》する」

先ほどまでの長台詞《ながぜりふ》とは裏腹《うらはら》に、短い返事と共《とも》に大田真章はひどくゆったりとした動作で立ち上がった。ややおぼつかない足取りでソファーに辿《たど》り着くと、静かに腰を下ろしてから背もたれに体を預ける。大田の膨《ふく》れた背筋《せすじ》が無音で収縮《しゅうしゅく》していくのを眺めながら、晃は呟《つぶや》いた。

「……自分で立って、歩けるじゃないですか」

「立ち上がるのが辛《つら》いくらいに痛い、と言っただけだよ。辛くて痛いから立てない、とは僕は言っていないじゃないか。しかし君が僕に助けの手を差し伸べようとしてくれたことに、僕は素直に感謝するよ。そして君がまだ僕に何かしてくれようと思っているのなら、床に落ちている小包と手紙を拾って、小さな冷蔵庫《れいぞうこ》が載《の》っている机の上に置いてほしい。それから手数だが台所のほうの冷蔵庫を開けて中に入っている缶コーヒー二本と缶ビール二本を、僕の目の前にあるテーブルの上に置き、そして僕の向かいにあるソファーに座ってくれたまえ」

まったく、こんな時だと言うのによく喋《しゃべ》るし回りくどい物言いをするアヤカシだ。そう思いながらも、晃は大田の願《ねが》いを叶《かな》えてやることにした。室内をざっと見渡しても、これといって荒らされた様子《ようす》はない。だが開け放たれたままの窓と、床に転がっているビールの空《あ》き缶《かん》や大田が着ていたであろう服の残骸《ざんがい》、それに僅《わず》かにだが床面に残る靴の跡が、この狭い空間で何かがあったことを示している。

ここにあの兇人《きょうじん》が訪れ、大田真章の重厚極《きわ》まりない背筋《せすじ》を抉《えぐ》り、薙《な》ぎ倒していったのだ。

だが床に倒れ伏していたその大田は、今では落ち着き払ってソファーに腰を下ろし、晃を自身の対面へと誘っている。もし本当に今が非常事態ならば、彼は自分を引き止めたりはしない。そんな確信《かくしん》が、なぜか晃にはある。

三回しか会ったことのない彼。傍観者《ぼうかんしゃ》を名乗り、異常によく喋るシームルグというアヤカシ。饒舌《じょうぜつ》過ぎるほど饒舌な、その口から吐き出される言葉には無駄《むだ》があまりにも多い。しかしこの短い会話の中で、晃は大田真章の言動の一部を信じていた。彼の言葉には、そう思わせる力がある。無駄なことはできれば省《はぶ》いてほしいものだが。

だから晃は、落ちている小包と手紙を拾い上げる。見る気はなかったのだが、視界に入ってしまった差出人と宛名《あてな》に釘付けになる。やや乱れた筆跡で書かれた差出人の名前は、片倉優樹《かたくらゆうき》。宛名は彼女と、そして自分と同じ名字《みようじ》を冠する女性の名前。その名前を、晃は知っている。

一瞬《いっしゅん》動きの止まった晃だが、軽く頭を振ると言われた通りに小包と手紙をそっと机の上に置いた。空き缶を拾って部屋《へや》の隅《すみ》にあるごみ箱に入れてから、大田が指し示した台所へ向かい、冷蔵庫の扉を開ける。缶コーヒー二本と缶ビール二本。それ以外には何も入っていない。

〝鬼斬《おにぎ》り〟を脇《わき》に挟み片手で二本ずつ缶を持つと、晃《こう》は大田《おおた》が座っているソファーまで歩いていった。窓を閉めるのを忘れたが、冷たい空気が流れ込んでいた方がいいような気がした。

ソファーに深く腰掛けている大田真章《さねあき》は、歩いてくる晃の方を見ていなかった。彼が見ていたのは、ソファーの前に置いてあるテーブル上の落花生《らっかせい》である。その落花生が載《の》ったテーブルを挟んで設置してあるソファーに、晃は浅く腰を下ろした。〝鬼斬り〟の先端を床《ゆか》に付き、両手で軽く握《にぎ》り締《し》める。

「で、僕に何の話でしょうか。一刻《いっこく》を争うほど急いでいませんが、あまり無駄《むだ》に時間を潰《つぶ》すわけにもいかないのですが」

「とりあえずコーヒーでもどうかね、少年。ビールでも構《かま》わないが」

謹《つつし》んで遠慮《えんりょ》する。そう言いたかった晃だが、少々喉《のど》が渇いている。それにコーヒーは嫌いではない。

「いただきます」

晃は会釈《えしゃく》をすると、自分が持ってきた缶コーヒーのうち一本を手に取ろうとした。しかしラベルの『ブラック無糖《むとう》』の文字に気が付き、思わず手が止まる。正直なところ、晃は砂糖を入れないコーヒーが飲めない。コーヒーの香りや味は好きなのだが、そこに微量《びりょう》でもいいから甘さが含まれていることが前提である。

「ブラックは苦手《にがて》かい。台所には砂糖があるからそれを入れてもかまわないが、その冷えたコーヒーにはなかなか溶けないだろうね。そしてガムシロップは、残念ながら存在しない。ここの住人はコーヒーを淹《い》れることはあってもそれを冷やして飲まないし、冷やしたところでそれに糖分を足すことを好まないからだ」

大田の台詞《せりふ》の途中から、晃は缶を開けて一口飲んでいた。苦い、と味覚は拒否をするが、喉は水分を要求している。やけになった晃は、百九十ミリ入ったそれを一気に飲み干して空《あ》き缶《かん》をテーブルの上に置いた。

「……ごちそうさまでした」

「そんな飲み方はよろしくないとは思うよ」

「急いでいますから……で、僕に何かお話があるのなら簡潔《かんけつ》にお願《ねが》いします。長くなるようでしたら僕は行きます」

「それは違う、話があるのは僕じゃないだろう」

落花生に向けられていた両眼が、ゆっくりと晃へと移動した。細く、鋭《するど》く、そして鈍《にぶ》い光を放つその視線《しせん》に射貫《いぬ》かれた晃は、自身の体が硬直しそうになるのを理解する。手に持っている〝鬼斬り〟が一瞬《いっしゅん》だけ大きく震《ふる》え、そしてまったく動かなくなった。

異常なまでに膨張《ぼうちょう》した背筋《せすじ》は既《すで》になく、正面から見る大田は肉厚などとはお世辞にも言えぬ痩身《そうしん》だ。上半身に何も着けないまま、細く長い両腕を広げて背もたれに載せている大田の姿は、横柄《おうへい》で傲慢《ごうまん》なものに見えなくもない。

いや、まさしく傲岸不遜《ごうがんふそん》なのだ。彼が自分を見る目は、冷たいくせになぜか優《やさ》しさに溢《あふ》れている。これは憐《あわ》れみなのか。見下されているように感じる自分がおかしいのか。身長がだいぶ違うとはいえ、座っている以上それほどの高低差はないはずなのに。

「僕に訊《き》きたいことがあるのは君だ、先天的に眉間《みけん》に皺《しわ》を寄せ、無糖《むとう》のコーヒーを飲むと皺が伸びる、生と死の狭間《はざま》に迷い、そして前へ進む少年。僕が君に話すんじゃない。君が僕に訊きたいことがある。そうだろう?」

断定された。強い口調《くちょう》というわけではない。静かな、そして抑揚《よくよう》のない物言い。それなのに、圧倒されてしまう。

聞かなければならない。彼の言葉を、全身全霊《ぜんしんぜんれい》を以《もっ》て聞かなければならない。

神の啓示《けいじ》を受け取るように、厳粛《げんしゅく》に受け止めなければならない。

……そうだ、ある意味では確《たし》かに彼は〝神〟なのだ。現在の人間の基準では特異遺伝因子《いでんいんし》保持生物。だが過去の人間の基準に従えば、伝説の中にある不死の霊鳥《れいちょう》シームルグ、鳥類の王にして神の化身。

心の底から湧《わ》き出て全身を支配しているのは恐怖ではない、畏怖《いふ》だ。圧倒的な存在感で自分を上から見下ろしている彼。アヤカシを打ち倒すために創《つく》られた〝鬼斬《おにぎ》り〟が、今は沈黙《ちんもく》を決め込んでいる。

〝鬼斬り〟でさえ殺せないアヤカシなのかもしれない、彼は。

「さあ、君が訊きたいことを、存分に僕に問いかけてきたまえ。僕が答えていいと思ったことを、すべて君に話そうじゃないか。何も訊きたいことがないと言うのならば、この缶ビール二本を持って、君の行きたい、君が行かねばならないところへ行くといい」

唐突《とうとつ》に、肉体と精神への圧迫感が引いていった。先ほどまで晃《こう》を押さえ付けていた神気《しんき》のようなものは、霧散《むさん》している。目の前にいるのは晃が見たことのある大田《おおた》真章《さねあき》であり、ただの目付きの悪い細身の男でしかない。

「……あなたのことが、先ほど一瞬《いっしゅん》だけ神のように見えましたよ」

晃が思わず洩《も》らしたのは、彼に対する問いではなく純粋な感想であった。

「何だ、僕を神と認識《にんしき》するのかい、君は。神と呼ばれたことは何度かあるけど、僕自身で神だと名乗ったことはないんだけどね。神のように見える、か。神とは何か、という話を僕とする気はあるのかい」

「いえ、まったくありません」

「ならば」

大田は首を回しながら、晃を見下ろす。

「君の訊きたいことを訊いてみたらどうだね、少年」

このアヤカシは、神のように傲慢で、そして気まぐれで、狡猾《こうかつ》なのかもしれない。どこまでも力強く、そして、果てしなく晃を見下げた瞳《ひとみ》。

訊《き》きたいことを訊いてみろ、と神は言う。しかし神は、答えたいと思ったことを答えると言う。知っていることを話すとは言わない。神は、答えたくないことは答えない。神は、真実を話すとは言わない。

しかし、この神は――シームルグは嘘《うそ》はつかない。この神のようで神とは似て非なる生き物は、偽《いつわ》らない。

だから、晃《こう》は訊いてみた。

「あの童子《どうじ》斬《ぎ》りに憑《つ》かれた兇人《きょうじん》を、僕の力で殺す方法を教えてください」

「あらゆる可能性を考慮《こうりょ》しても、君とその鬼斬《おにぎ》り一本では、彼を殺すことは不可能だね」

あっさりと断言されたことに、落胆《らくたん》したりはしなかった。すぐに質問の仕方を変える。

「では、僕以外の協力者、状況、道具などがあれば、可能だということでしょうか。可能ならばその方法を示唆《しさ》してください」

「第一の手段は、彼より強い存在を彼にぶつけること。しかし僕の知る限り、あれの創造者たる生ける屍《しかばね》と、もう一人《ひとり》……かつて童子斬りに敗れた、傲慢《ごうまん》で横暴《おうぼう》な古《いにしえ》の鬼神《きしん》しか思いつかない。そしてそのどちらとも、君に協力してあれに立ち向かってくれる可能性は皆無《かいむ》に等しい……あの二人《ふたり》は身勝手な生き物だから、勝手に出てきて、勝手に帰って、勝手に死んでいくかもしれないがね」

その二人というのは、晃にも心当たりがある。どちらも自分を助けてくれそうな生き物ではない。生き物ですらないかもしれない生き物だ。

「……僕は可能な方法を示唆していただきたいのであって、無理な方法を提示されてそれを却下してほしいわけではありません」

晃の無感情な言葉に、大田《おおた》はソファーに沈み込んだまま大げさにため息を吐《つ》いてみせる。

「君は、僕のことを神のようだと言ったわりには、神のようには扱ってくれないのだね。崇《あが》めてほしいなどとは言わないけど、もう少し優《やさ》しい受け答えをしてくれると僕は嬉《うれ》しいよ」

「それなりに急いでいますから」

あくまで素っ気ない晃の言葉である。確《たし》かに大田真章《さねあき》に〝神〟を感じはしたが、敬意は表しても接し方まで大きく変えるつもりはなかった。

「では、君ができるであろう方法を提示しよう。その前に一つ確認《かくにん》しておくけど、童子斬りではなく、それに憑かれている人間――元人間か、それを殺す方法なんだね？　童子斬りを破壊《はかい》するとか、憑かれている人間を助ける方法ではないのかい？」

大田の表情は、真剣であるくせにどこか揶揄《やゆ》しているようにも晃は感じる。

「あの山崎太一朗《やまざきたいちろう》とかいう人間の命はどうでもいいことです。彼が死んで、寄生できなくなった童子斬りを手に入れるのが僕にとって大事なことですから」

「あれを欲しいという君の意思には少々異論《いろん》を挟みたいと思わないでもないが、今は置いておこうかな。で、彼を殺す方法だが、君にできそうなのは海に放り込むことだろうね。それ以外にもあるけど、君にはよほどよい条件が整《ととの》わない限り無理かな」

海。圧倒的な力を持つ〝童子斬《どうじぎ》り〟の、弱点らしい弱点。しかし彼を海に誘い出す方法が問題だ。〝童子斬り〟と戦う方法を模索《もさく》しようとした矢先、晃《こう》は大田《おおた》の発言に身を震《ふる》わせた。

「ああ、あと一人《ひとり》のアヤカシを殺せば彼は自然に死ぬけど、それはあまり期待しない方がいいんじゃないかな。次に彼が殺すのはアヤカシじゃないから、その結果がどうなるかまでは少々予測をつけにくいのでね……いや、彼女が死ねば彼は満足するだろうから、やはり死ぬのかな。うーん、どうだろうね」

「……それは、どういうことですか」

アヤカシを殺すためだけに創《つく》り出された〝鬼斬《おにぎ》り〟にして〝童子斬り〟。それが殺すのはアヤカシ以外にあってはならない。

それなのに、目の前にいるシームルグは、〝童子斬り〟がアヤカシを殺さないという。

「彼が次に殺すのは、二重雑種《ダブルブリッド》の片倉優樹《かたくらゆうき》以外に有り得ないからだ」

大田真章《さねあき》が目を閉じたのは、なぜなのだろう。

笑いもせず、怒りもせず、悲しみもせず、ただ静かな表情の大田を、晃もまた静かに見つめる。だが、内心が静かではいられないことを自覚していた。

自分が死ぬ前に、片倉優樹に会って伝えたいことがある。

片倉優樹が死ぬ前に、会って伝えたいことがある。

ならば〝童子斬り〟に憑《つ》かれた哀《あわ》れな青年が彼女を殺す前に、自分が彼を殺さなければならない。

「……でも、どうして彼がアヤカシを殺さないで二重雑種の彼女を殺すと、断言できるのですか」

山崎太一朗《やまざきたいちろう》の行動は確《たし》かに不可解だ。相川虎司《あいかわとらじ》を殺さず、大田真章を殺さず、だが先ほど行われたであろう戦いで、片倉優樹も殺さなかったはずだ。

しかしシームルグは、『山崎太一朗が片倉優樹を殺す』と言い切った。

「その理由を聞きたいかね、眉間《みけん》に皺《しわ》を寄せた少年」

「聞きたいです。そして今さらですが、僕の名前は片倉晃です」

本当に今さらだ。だが、晃は唐突《とうとつ》に名乗りたくなってしまった。この神のようなアヤカシに、自分の名前を知り、そして覚えておいてほしくなった。

もう二度と生きては会えないであろう、長命にして饒舌《じょうぜつ》な、この大田真章と名乗るアヤカシに。

晃の名乗りを聞いた大田は、閉じていた目を再び開けて彼を見つめた。鋭《するど》く、何者をも射貫《いぬ》くその視線《しせん》を、晃は受け止める。

「僕の名前は大田真章、そしてシームルグという。知っているだろうけど、僕もまた改めて名乗ろう、片倉晃くん。しかし君のことは長らく少年と呼んでいたわけだし、せっかくだから晃少年と呼ぶことにしようかな」

「……好きにしてください」

「うん、好きにさせてもらうとも。……さて、君が訊《き》きたいことならば、僕はそれに答えよう、晃《こう》少年。山崎太一朗《やまざきたいちろう》という名前の今は人間とは呼べない生き物が、どうして童子斬《どうじぎ》りの意思を捻《ね》じ曲げてまで、偶然《ぐうぜん》か必然か君と同じ名字《みょうじ》の、苦しく、辛《つら》く、ごくまれに幸福な生を送ってきた片倉優樹《かたくらゆうき》という名前の二重雑種《ダブルブリッド》を殺そうとしているのかを」

背もたれを掴《つか》んでいた大田《おおた》の右手が、ゆっくりとテーブルの上にある落花生《らっかせい》の袋に伸びた。落花生を一つだけ取り出すと、彼はそれを口には運ばずに掌《てのひら》に乗せて見つめた。

投げ落とされた瞬間《しゅんかん》、相川虎司《あいかわとらじ》は多少混乱していた。よくわからないが、六課に彼——今や兇人《きょうじん》と成り果て八牧《やまき》を殺し虎司を叩《たた》きのめし、明確《めいかく》な敵となってしまった山崎太一朗が迫っていたはずだ。全員で殴りかかれば、手っ取り早い。それなのに優樹は彼を窓から投げ落とし、品川埠頭《しながわふとう》に行けと言う。

落ちる途中で壁面《へきめん》に爪《つめ》を引っ掛けそのまま六課に逆戻りしようとした虎司ではあったが、すぐに背中にしがみついている安藤《あんどう》のことを思い出した。素早《すばや》く体勢を整《ととの》え、四肢を地面へと揃《そろ》える。ほぼ無音で着地すると同時に関節を曲げ、乗っている安藤にできるだけ衝撃《しょうげき》が伝わらないように努める。肉球が伝えてくる地面の冷たさと、どこか澱《よど》んだ空気に触れた髯《ひげ》が、虎司に冷静な思考を促《うなが》していた。

六課に戻るか、海を目指すか。明確な結論《けつろん》を出す前に、虎司の足は走り出していた。方向など知らない。だが人目に触れないように、助走をつけて手近のビルの壁面を駆《か》け上る。屋上に跳《と》び上がったところで、方角を確認しとりあえず東を目指す。速度を緩《ゆる》めることなく、建物の屋上や屋根を伝い、ただ走る。

背中はいつもより重いが、身体《からだ》は普段《ふだん》よりも格段に軽かった。殴られた痛みは、既《すで》にほとんど残っていない。重さよりも感じるのは、安藤の生きた温かさ。彼女の熱《ねつ》が触れている部分はそう多くはないのに、なぜか全身が温かくなってくる。冷たい風を全身に受けているのに、状況は決してよくはないのに、虎司はひどく爽快《そうかい》な気分だった。

自分が海の方に向かって走っているのはわかるが、ここがどこかはわからない。目の前に広がるのは巨大な建造物の森林で、空の星たちは都会の汚れた空気と眩《まばゆ》い人工の光のせいでろくに見えない。

それなのに、気分は最高だった。このままどこまでも走り続けていられたら、どれほど気持ちがいいだろう。どこまでも、どこまでも。

海さえも駆け抜けて、ただひたすらに。

しかし虎司のそんな心に水を差したのは、他《ほか》ならぬ背中の安藤だった。風に乗って消えてしまいそうな声で「相川《あいかわ》くん……」と呟《つぶや》かれ、虎司《とらじ》はとりあえず人気《ひとけ》のまったくないビルの屋上で静かに立ち止まった。

「何だよ安藤《あんどう》よう。何か用があるなら手っ取り早く言いやがれ」

「……えっと……ここ、どの辺《あた》り？」

「んなもん、俺《おれ》が知るわけねえだろうがよ。とりあえず東っぽい方角に向かって走ってたぜぇ。真《ま》っ直《す》ぐ行きゃあ、いつか海着くだろうよ」

それだけ答えて再び走り出そうと構《かま》えた虎司だったが、安藤が背中から降りてしまったために断念せざるを得なかった。晴れた日に屋上で日向《ひな》たぼっこをしていたような温かさがなくなってしまい、背中だけではなく身体《からだ》も急激《きゅうげき》に寒くなっていく。

鞄《かばん》を地面に置いて大きく深呼吸をした安藤は、鼻の頭に皺《しわ》を寄せた虎司の表情に気が付きうろたえてしまう。そんな彼女が反射的に縋《すが》ってしまったのは、虎司の背中の毛皮だった。

「え、ええっと……ちょ、ちょっと待ってね……落ち着いて、落ち着いてね相川くん、これからのことを相談《そうだん》したいなって思うんだけど……あ、毛皮掴《つか》んでごめんなさい……」

「お前が落ち着け」

安藤に背中を掴ませたまま、虎司は尻《しり》と長く太い尻尾《しっぽ》を地面に付けて座り込んだ。ひんやりとしたコンクリートの感触が伝わってくるのに比例して、高揚《こうよう》した気分も低下していく。面白《おもしろ》くないな、と虎司は思ったが口には出さずにぐい、と牙《きば》を剝《む》き出した。

「で、落ち着いたんなら、お前が言いたいことを短くまとめて言ってみやがれってんだ、こんちくしょう」

いかにも不機嫌《ふきげん》そうな虎司の顔を、今度はさして怯《ひる》まずに見返すことができた安藤であった。猫だと思えばどうということはない。これが普段《ふだん》の虎司であったなら、数十秒はうろたえ続けていただろう。

「えっと……片倉《かたくら》さんが品川埠頭《しながわふとう》に行くように言ってたでしょ。相川くん、品川埠頭がどこにあるか知ってるの？」

「海ならどこでもいいって言ってたじゃねーかよ」

「……そうじゃなくて、品川が駄目《だめ》なら芝浦《しばうら》埠頭で、それも駄目だったらどこの海でもいいっていう話だったと思う……最初はまず、品川埠頭に行った方がいいんじゃやない？」

「海が見えたら、そっから品川埠頭とやらを目指せばいい話じゃねーの？」

「どこにあるのかもわからないのに目指せ……」

急に安藤の言葉が途切《とぎ》れたため、虎司は何事かと彼女の顔を見返した。虎司の毛皮から手を離《はな》した安藤は右手で口元を覆《おお》い、慌《あわ》てたように彼に背を向ける。

「何だあ、安藤。具合でも悪いんか、それとも腹でも減りやがったか。まさか、俺の背中で乗《の》り物酔いでもしやがったんか。まあ馬ほどは乗り心地《ごこち》はよくねえだろうけど、そんなに揺れてたか？」

「…………違うの、ちょっとくしゃみが出そうになっただけ」

「何だ、そんなことか。寒いんなら、俺《おれ》の胸の下辺《あた》りにでも手ぇ突っ込むか？　背中とか頭よりは体温高《たけ》ぇから、少しはあったまるんじゃねーの」

くしゃみが出そうで出ないというのは、鼻の奥がむず痒《がゆ》いものだ。しかし虎司《とらじ》の言葉に、安《あん》藤《どう》はそのむず痒さすら忘れて虎司を見つめてしまう。

今まで背中にしか視線《しせん》がいっていなかったが、改めて見ると首の下から胸にかけての黒い毛はふさふさとしている。背中の毛はビロードのように滑《なめ》らかな手触りだったが、あの辺りはどんな感触なのだろう。そんなことを考えている場合ではないという事実をすっかり忘れて、安藤は虎司の胸毛を凝視《ぎょうし》した。

「……あ、じゃ、あの、お言葉に甘えて……」

「あーもー、やっと追いついた。虎《とら》くん走るの早いわー相変わらず」

「ふげらっ」

何とも奇妙な叫び声をあげて尻餅《しちもち》をついた安藤を不思議《ふしぎ》そうに見下ろしたのは虎司と、どこからともなく出現した帆村夏純《ほむらかすみ》であった。

「よう火蜥蜴《ひとかげ》。人の皮被《かぶ》ったまんまじゃあ、そりゃ俺の足にゃついてこれねえだろうなあ。皮脱ぎゃよかったじゃねえかよ……安藤、とっとと立ち上がりやがれ」

虎司は夏純がいきなり現れたことに驚《おどろ》きもせず、尻餅をついたままの安藤の顔を覗《のぞ》き込む。

その近さに顔面《がんめん》を紅潮《こうちょう》させた安藤は、慌《あわ》てて立ち上がると虎司から少し離《はな》れた。

「だって、脱いだら荷物も燃《も》えちゃうじゃない。服の替えがあっても、燃えちゃったら意味ないし。だからちゃんと足で跳《と》んできたの」

「そか……じゃとりあえず海行くかー」

「おー」

無邪気《むじゃき》な表情で拳《こぶし》を突き上げる夏純と、表情のよくわからない虎司の顔を見比べて、安藤はおずおずと口を挟む。

「えっと……帆村さん、相川《あいかわ》くん」

「はーい、なーに女子高生さん」

「んだあ？」

「どうやって海へ行くかとか、片倉《かたくら》さんやええと……大田《おおた》さんと連絡とるかとか、そういう相《そう》談《だん》はしなくてもいいんですか？」

「あー、そういうこともしないといけないの？　優《ゆう》さんとか大《おお》さんとかはほっといてもちゃんと平気だろうし、落ち着いたら連絡するって言ってたし、海行けーって言われたんだから適当にそこら辺の海行っておけばいいんじゃないの？」

「だよなあ、安藤はほんと、細かいことばかり気にしやがるなあ」

どうにも楽天的な二人《ふたり》の言動に、安藤は頭を抱えたくなった。六課にいた時のそれなりに深刻《しんこく》な空気は、どこに行ってしまったのだろう。一応戦うとか倒すとか殺すとか、殺伐《さつばつ》とした状況は現在も進行中のはずなのに。

『よろしくお願《ねが》いします』と言った優樹《ゆうき》の言葉を、安藤《あんどう》はしみじみと噛《か》み締《し》める。しかし虎司《とらじ》が大雑把《おおざっぱ》なことはわかっていたからいいが、この夏純《かすみ》という女性が虎司以上に適当な性格をしているとは思わなかった。自分より年上でしっかりしていそうに見えるのに。夏純が自分より年下であることまでは、さすがに察することのできない安藤であった。

とりあえず、ここは自分が何とかしなければなるまい。

「えっとですね、まずはここがどの辺《あた》りで、品川埠頭《しながわふとう》までどうやって行くかを……」

「適当に走る」

「女子高生さんに荷物持ってもらって、飛ぶ」

「……それだと、時間かかるじゃないですか」

「やっぱそれなりに急いだ方がいいよなあ、急げって言われた気はしねえけど。だったら走った方が速《はえ》えやな」

「そうそう」

「あの、結構距離《きょり》があるから、走るよりは電車でそれなりに距離を稼《かせ》いだ方がお二人《ふたり》とも疲れないですむでしょうし、それに相川《あいかわ》くん、さっきお腹《なか》すいたけど食欲ないって言ってたじゃない。大福《だいふく》食べてたけど、まだお腹すいてるならお金預かってるからちょっとご飯食べた方がいいし……その、人の皮、を被《かぶ》った方がいいだろうし……」

虎司と夏純が自分のことを凝視《ぎようし》していることに気が付いた安藤は、その視線《しせん》の力強さに口を噤《つぐ》んだ。すっかり忘れていたが、この二人は人間ではなくアヤカシという生き物なのだ。自分の考えなど、その人間外の力の前では無意味なのかもしれない。

「あ、あの……ごめんなさい」

「んだあ、お前何謝《あやま》ってやがんだこんちくしょう。言いたいことがあるならしっかり言いやがれっていつも言ってるだろうがよ……で、お前の言いたいことをまとめるとあれか。俺に皮被って飯食って、んでもって電車だか何だかに乗って品川埠頭近くの駅まで行って、そっから走ったり飛んだりしろってか」

「うん、たぶん……それで、片倉《かたくら》さんは渋谷《しぶや》からりんかい線《せん》で新木場《しんきば》方面って言ってたけど、ここ渋谷駅からだいぶ離《はな》れてるみたいだし、相川くんが東に進んだってことは、埼京線の駅はこっちにはない……ような気がして……ええっと地下鉄ならあった気がしたから、それで適当なとこまで行かないと、駄目《だめ》……なんじゃないかな……と……」

「うん、だいたいわかった」

必死で東京都内《とうきようとない》の地図を思い出しながら喋《しやべ》る安藤を遮《さえぎ》ったのは、緊張感《きんちようかん》のない夏純の声であった。担《かつ》いでいたバッグを乱暴《らんぼう》に降ろすと、中身を漁《あさ》り始める。

「とりあえず、虎《とら》くん皮被って服着なさいよ」

「あいよ」

どうやら自分の提案は受け入れられたらしい。ほっとすると同時に、こんなにもあっさりと了承されたことに不安を覚える安藤《あんどう》でもある。しかし夏純《かすみ》の『皮を被《かぶ》って服を着ろ』という言葉に、ぎょっとして虎司《とらじ》の方を見た。

虎《とら》の姿をしていた虎司。それが徐々《じょじょ》に変容していっている。黒い毛が静かに抜け落ち、黒い皮膚《ひふ》が現れる。どういう仕組みかはさっぱりわからないが、獣《けもの》の顔と身体《からだ》が縮《ちぢ》んでいく。その光景に息を呑《の》んだ安藤は、変わりゆく虎司に慌《あわ》てて背を向けると目を瞑《つむ》った。

「……何だあ、安藤。気持ち悪《わり》ぃかよ」

「いや、だって……あ、相川《あいかわ》くん、人の姿になるってことは……その、は、は、裸ってことだし……」

「お前、さっきまで散々《さんざん》裸の俺《おれ》の皮摑《つか》んだり、揉《も》んだり、背中に乗ってたりしてたじゃねえかよ。今頃《いまごろ》何言ってんだ？」

虎司に乙女心《おとめごころ》を理解してもらうのは難《むずか》しそうだ。安藤はしっかりと目を閉じたまま、彼が『人の皮』を被るのを待つ。

唐突《とうとつ》に、安藤は寒さを感じた。秋の夜だから寒いのは当たり前なのだが、先ほどまではあまり感じなかったのに、今はひどく肌寒い。

ぐっと拳《こぶし》を握《にぎ》り締《し》めた安藤は、これからのことに思いを馳《は》せる。これからどうなるのか、海に着いたらどうなるのか。
目を閉じた安藤の視界は、ただ暗かった。

化け物の考えていることはわからない。千堂《せんどう》の言葉を、堀内《ほりうち》は内心で同意しつつも少し違うことを考えていた。彼らは考えるとか考えていないとか、そういうものとは程遠《ほどとお》い場所にいるような気がする。……それとも、あの浦木良隆《うらきよしたか》というアヤカシがあまりにも異常過ぎたのだろうか。

人間から見れば、異常極《きわ》まりない存在である特異遺伝因子《いでんいんし》保持生物――アヤカシ。職業柄《しょくぎょうがら》、一般人よりはアヤカシを知る機会《きかい》の多かった堀内であったが、その中でもあれは異質過ぎる生き物だった。アヤカシを研究対象として愛していると豪語《ごうご》できる堀内でも、あの浦木の前では萎縮《いしゅく》するしかなかった。

アヤカシという生き物の研究が始まって、一世紀も経過《けいか》してはいない。堀内が大学を卒業後にこの道に進んだのは、従来の生物を覆《くつがえ》す生き物に対する好奇心だった。溢《あふ》れんばかりの生命力を持ち、異能力を操《あやつ》り、人間を超越した奇怪な生き物。

その生命の秘密をすべて解明できたなら、どれほど素晴《すば》らしいことだろう。それは、虚弱《きょじゃく》な人間が生きる手助けとなってくれるはずだ。幼かった娘を病《やまい》で亡《な》くしそれが原因で夫と離婚《りこん》をした後は、堀内《ほりうち》はますます仕事と研究に没頭していくようになった。

何をしたところで、娘が生き返るわけでもないのに。……あの二重雑種《ダブルブリッド》は、生き返ったが。生と死を操作《そうさ》しようとした自分の行為を、反省はしていない。ただ、羨《うらや》ましかった。片倉優樹《かたくらゆうき》という二重雑種も、死んで再び生き返ることができるのだろうか。

(堀内さん、私に死んでほしいとか考えてないでしょうね?)

かつて、優樹が堀内に問うた言葉だ。その問いに自分は、『そこまで考えてはいない』と返した。それは本当だ。興味《きょうみ》こそあれど、彼女には長く生きてほしい。研究対象として貴重であるから、ただそれだけではない。

死ににくい〝子〟として産み落とされた優樹が、死ににくい〝娘〟を産み落とした彼女の母が羨《うらや》ましかった。

二重雑種の片倉優樹。今、彼女は何をしているのだろう。

四ヶ月ほど前にΩ《オメガ》サーキットというある〝計画〟に関《かか》わるようになった堀内は、時たま彼女のことを思い出す。

人でもアヤカシでもない彼女。だが人でもアヤカシでも、二重雑種でもないモノたちが、この世界には存在していた。

それを堀内に教えたのが、浦木《うらき》という名前の奇妙なアヤカシだった。彼はΩサーキットに協力しろと自分に言った。Ωサーキットとは何なのか。そう問うた自分に、浦木は笑って答えた。

まったく動かない笑顔《えがお》で話す彼が、堀内は心底から恐ろしかった。

『大したことじゃありませんよ。頑丈《がんじょう》で強い生き物を創《つく》る計画です。それだけの話です。速い馬を産ませるために、父母の配合を考えたりするのと同じようなことですよ』

そう言って笑った浦木の言葉を、堀内は心の中でのみ否定した。全然違う。サラブレッドを産ませることとは、わけが違う。Ωサーキットの研究資料を見た堀内は、心底からそう思った。

だいたい〝彼ら〟は、ろくに考えてもいないのだから。

肌色《はだいろ》をしたぶよぶよの肉の塊《かたまり》、試《し》験管《けんかん》の中でただひたすらにぷかぷかと浮かぶ臓器《ぞうき》らしきもの、頭のようなものがあり、胴体のようなものがあり、手足のようなものがある、それでも生き物とは言《い》い難《がた》い形をした〝何か〟。

普通の人間が生理的に受け付けないものに耐性のある堀内だったが、もはや生きているとは思えないそれらが、〝生きている〟と知った時にはさすがに驚愕《きょうがく》した。

どう見ても生きてはいない。それなのに、〝彼ら〟は生きた反応を示してくる。人間が近付けば動く。目も耳も鼻もないのに。

触れれば嫌《いや》そうにもがいて、逃げようとする。逃げるためのまともな足も手もないのに、体らしきものをよじらせて動こうとする。

人間の力でメスを入れることはできず、切れたとしても悲鳴はあげない、あげるための口がない。しかし血は流す。赤くはない血。白く、黄色《きいろ》く、どろりとした奇妙な液体を流す。その切断面を観察《かんさつ》していると、すぐに再生を始める。傷口は綺麗《きれい》に塞《ふさ》がる。綺麗とはお世辞にも言えない〝何か〟たちなのに。

そして、特に何もしていないのに突然動かなくなる。何をしても反応を示さなくなる。切っても血を噴《ふ》き出さなくなる。尋常《じんじょう》ではない生命力は、唐突《とうとつ》に失われ、〝それら〟は死ぬ。

堀内《ほりうち》は驚《おどろ》いた。驚いただけだった。その研究成果を、むしろ素晴《すば》らしいことだと思った。実《じっ》験用《けんよう》の鼠《ねずみ》、犬、猫等《など》の生き物と、〝これら〟。違いは、自然の生き物であるか否か、ただそれだけだ。戸惑《とまど》うことなどない。

そう考える自分が、人間としてはよろしくないのであろうこともわかっていた。昔は『技術の発展は世界をよい方向に導《みちび》き、研究のためにはある程度の命を犠牲《ぎせい》にするのは仕方のないこと』などと自分に言い聞かせなければやっていられなかったものだ。今はいちいちそんなことを考えようともしない。

久しぶりに思い出したのが、〝これら〟を見た時である。

〝これら〟はおぞましく、不気味で、人の踏み込んではいけない領域である。しかし、〝彼ら〟は人間ではなく、〝これら〟もまた人間ではない。

浦木良隆《うらきよしたか》は、〝これら〟をキマイラと呼んでいた。

希臘《ギリシア》の神話に登場する怪物の名前にして、その不可解な姿から『わけのわからないものごと』の喩《たと》えにされることもあるキマイラ。確《たし》かに、理解不能な生き物だ。これらを〝生き物〟と本当に評していいのかは疑問だったが。

『一応人間らしい形をした生き物もできたんですが、しかしどうも短命だったり精神に問題があったり、あげくの果てには集団脱走です。まったく困ったものですよ』

まったく困っていなさそうな口調《くちょう》で浦木は笑った。このアヤカシはいつだって笑っていた。むしろ笑い以外の表情を見せることがなかった。

『そういうわけなので、頑丈《がんじょう》でまともな思考ができて耐用年数がせめて人間並みにある生き物を創《つく》る手伝《てつだ》いをしてください』

どういうわけなのかは、訊《き》こうとは思わなかった。興味《きょうみ》がなかった。ただ、この表だっては決してできない計画には心を奪《うば》われた。こんな計画に参加するような人間がどれほどいるのか気になったが、意図的なものか他《ほか》の協力者と顔を会わせることはなかった。倫理《りんり》に反する研究をしている事実を、参加者同士であっても知られたくない。それは堀内も同様であったため、ありがたかった。

生き物を創る。雌雄《しゆう》の正常な交わりから生まれるものではないモノを創る。命を弄《もてあそ》ぶその行為に、堀内は手を染めた。その手始めに、Ω《オメガ》サーキットが創り出したキマイラたちを研究することから着手した。

……知れば知るほど、恐ろしい計画だった。〝彼ら〟は、『こうしたらどういう結果が出るか』をまるで考えていないような卵子と精子の組み合わせ、細胞《さいぼう》や遺伝子《いでんし》の操作《そうさ》を行い、失敗作を平然と作り上げていた。成功のためにある程度の失敗はつきものだが、失敗を避けるための努力を〝彼ら〟はろくにしていなかった。

なぜもう少し考えないのか、浦木《うらき》に問うと彼はこう答えた。

『失敗作やイレギュラーから、とんでもないモノが生まれることもあります。何でも試してみた方がいいじゃないですか。失敗は成功の母、と言ったのは昔の人間じゃないですか。失敗したところで、困るのは失敗作だけですよ』

その結果が、これだ。本来ならば、生き物として生を受ける前に死んでしまう。そんな生き物たちを強引に生み出したのは、他《ほか》ならぬ〝彼ら〟の異常過ぎる組織《そしき》細胞たちだった。

自分も人間としては異質な方だとは思っていたが、Ω《オメガ》サーキットを深く知るほどに明かされる事実にはさすがに頭が痛くなった。

この計画は、どんな方向から見てもおかし過ぎる。生命の冒涜《ぼうとく》という言葉だけでは足りない、あまりにもおぞましい計画。

――だがこの計画よりも、浦木良隆《よしたか》というアヤカシの方がよほど恐ろしい〝何か〟であることを、堀内《ほりうち》は理解した。

『Ωサーキットを好きにしていいですよ』

そう言った浦木の顔は、やはり笑っていた。彼の表情は、いつだって動きはしない。本当に笑っているのかもわからない表情で言い放たれた言葉に、堀内は何と返していいのかわからずただ黙《だま》り込む。

『おや、言葉が足りませんでしたか。私たちはΩサーキットを放棄《ほうき》しますから、世間に公表するなり、企業や他《ほか》の国に売るなり、自費で続けるなり、すべて忘れて墓場《はかば》まで持っていくなり、好きにしてもいいですよ、と言いたかったのです』

どれほどの資金と生命がΩサーキットという計画の中で失われていったのか、見当もつかない。だが莫大《ばくだい》なものが犠牲《ぎせい》になったであろうことは、容易に想像がつく。金や命だけではなく、それに関《かか》わった自分のような人間たちの心血。

それを、浦木良隆はあっさりと投げ捨てる。彼がこの計画の責任者なのかは定かではない。しかし彼も、この計画を遂行すべく邁進《まいしん》していたであろう人物のはずだ。それを、彼は放棄した。何の未練もない表情で笑いながら。

『いいのですか？』

こんなことを訊《き》いても、まともな答えなど返ってこないだろう。しかし訊かずにはいられなかった。

『何が、です？』

表情の変わらぬ浦木の白い左目が動いた、ような気がしたがたぶん気のせいだ。

『あなたが言った、頑丈《がんじょう》でまともな思考ができて人間並みに寿命のある生き物はまだ創《つく》れていないし、創《つく》れる目処《めど》もたっていないのに、計画を破棄してもいいのですか?』

『いいんです』

何という、どうでもよさそうな返事だろう。彼にとって、この計画はその程度の存在でしかなかったのだろうか。

そんなことはないはずだ。こんなにも恐ろしい計画がどうでもいいわけがない。

それなのに、浦木《うらき》は平然と笑う。

『あなたに納得してもらうための説明をする気はないので、ここから先は想像でもして自己完結しておいてください。キマイラを持って帰ってもかまいませんよ。小さくて管理の楽なモノは人気があるでしょうから。お早めに』

——それで終わり。

何とも奇妙な四ヶ月だった。堀内《ほりうち》が得たものは大きかった。しかし同時に、心に大きな穴が開いた気もする。自分の心にもまだ失うようなものがあったことを知り、自嘲《じちょう》した。

『で、あなたはどうするつもりなの?』

電話口から聞こえてきた老女の声に、堀内は一度頭を振って浦木のことを思考の片隅《かたすみ》に追いやった。今は自分一人《ひとり》で抱えるにはあまりにも大きな秘密を、せめて千堂《せんどう》と共有したかった。千堂とは、キマイラの遺体《いたい》売買を通じての知り合いである。千堂が売るキマイラは人間の形をしているものばかりで、浦木が見せた提供資料の中には現物として存在しなかったものだ。なるべく原形を留《とど》めて返却してくれれば、値段は相談《そうだん》する。そこに千堂のセンチメンタリズムがあることを想像した堀内は、最初彼女を侮蔑《ぶべつ》していた。こんなことをしているくせに、何をいい人ぶっているのだろう。老人の感傷《かんしょう》を堀内は嘲笑《あざわら》っていたが、彼女とそれなりの情報をやりとりするようになったある日、『まだ生きているキマイラがどれくらい長く生きられるか、できる範囲《はんい》で調《しら》べてほしい』と言い出した時からその感情は変化し始めた。

千堂が提供した毛髪。人型キマイラのデータは、もらった資料の中にあったはずだ。堀内はその毛髪と遺伝子《いでんし》情報が一致するデータを探し、そして驚《おどろ》いた。形式番号0413と記載されていたその人型キマイラは、失敗作の多かったΩ《オメガ》サーキットの中でもっとも優秀《ゆうしゅう》な生命体だった。浦木の言う人型キマイラの集団脱走を扇動したのも彼らしい。堀内が驚いたのは彼の優秀さではなく、彼を形成している遺伝子細胞《さいぼう》の出どころだったが。

だが自分の興味《きょうみ》よりも依頼を優先させることにした堀内は、0413の資料を徹底的《てっていてき》に調べ上げた。そしてわかったことは、どう水増ししても十二年は生きられないであろうという結果であった。彼が生誕《せいたん》して既《すで》に十年経《た》っている。あと二年といったところか。

生まれる前に死んでいた者や、数日しか生きられない者よりはまし、などと堀内は思わなかった。実験《じっけん》動物になるために生まれてきたといっても過言ではないキマイラが長生きしたところで、いったい何になるというのだろう。

途中経過を伝えた時、千堂《せんどう》は『あの子は……』と小さく呟《つぶや》いたのがひどく印象に残っている。悲しいような苦しいような、諦《あきら》めたような諦めていないような。複雑な思いの入り混じったその短い呟きを、堀内《ほりうち》は自分自身で体験《たいけん》したことがある。

娘が、死んだ時だ。

0413がどんな容姿《ようし》をした人型キマイラなのかまでは、資料がなかった。しかし堀内は彼が子供であり、千堂がその子供にそれなりの愛情を注いでいるのだと判断した。あんな生き物でも、子供なら可愛《かわい》いのかもしれない。むしろ、不完全でどうしようもない生き物だからこそ、愛せるのかもしれない。親が子供に愛情を傾けるように。

その気持ちを、堀内はよく知っている。それ以来、堀内と千堂は取引以外の会話もそれなりにするような間柄《あいだがら》へと変化していった。

「私が入手した資料は、全《すべ》て千堂さんにお譲《ゆず》りしたいと思っております。必要ないとおっしゃるなら、しばらくは独自の路線《ろせん》で研究を続けようかと」

しかるべき筋《すじ》にコンタクトを取れば、これは莫大《ばくだい》な財《ざい》や名声を堀内にもたらすものだ。だが堀内はそういう物を欲しているわけではないし、彼女が研究したいのはアヤカシの生命力でありキマイラのような不完全な生き物を創《つく》ることではない。その不完全を完全にするためのΩ《オメガ》サーキットだったのだろうが、それよりはアヤカシそのものを研究したい。

養殖より天然がいいのは、食肉と大して変わらないものらしい。そんなことを堀内は考え、天然で生まれた二重雑種《ダブルブリッド》のことを思い出す。

『ありがたがればいいのか、厄介《やっかい》な物を押し付けられたと思えばいいのか、判断に困ることを言うのね……わかったわ、貰《もら》い受けましょう。そちらの言い値で引き取る、と言いたいところだけど、あまり法外な数字だと困るわね』

「お安くしておきます、千堂さんには色々《いろいろ》お世話になりましたから」

自分の職場《しょくば》に持ち込んでも困惑《こんわく》されることは目に見えているし、千堂ならば悪いようにはしないだろう。そう考えて堀内は、自分が何を『悪い』と思っているのかを自問する。

情報というのは、知る者が多ければ多いほどその価値を失っていく。自分以外にもΩサーキットの研究者はいたようだし、やがてこの値千金《あたいせんきん》のデータもその価値を失っていくのだろう。

……だが、この情報がそれなりに広まり、誰《だれ》かがΩサーキットを再開しようとしたら。

それは、〝彼ら〟が創り出したキマイラという生き物と比べ物にならないような、恐ろしい怪物をこの世に生み出すことになる。

きっとそうなるのだろう。何年かかるか、わからない。もしかしたら数ヶ月先には生まれているかもしれない。

そんなことに身震《みぶる》いするような神経は、とうの昔になくしていたはずなのに。

アヤカシが創り放棄《ほうき》した生き物を、人間が創る。

正しいことでは決してない。むしろ、悪と断罪されるのだろう。

そうか、自分は悪だったのか。

堀内《ほりうち》は笑う。千堂《せんどう》が自分のエゴを笑うように、自身の悪を笑う。

二人《ふたり》は笑う。静かに笑う。


「理由は、本当に単純にして明快なんだよ、晃《こう》少年。現在童子《どうじ》斬《ぎ》りが寄生している山崎太一朗《やまざきたいちろう》という元人間もまた、単純な思考の持ち主だった。自分の考えを曲げることをせず、自分の思った通りに行動し、それが間違っていることだとしても、反省しても後悔はしない、いや、本当に反省していたかさえも疑わしいかもしれないがね。確固《かっこ》たる自分自身を持ち、自分のことを疑わない……そう、ある意味彼は、片倉優樹《かたくらゆうき》とは対極の性格をしていると表現してもいいかな。彼女はそれなりに複雑な思考で自分が自分であるという自信を持つために、常に精神をすり減らし、自分の存在を疑いたくないのに疑ってばかりいて、それを表面上に出すことを嫌っていた」

「単純な理由、というわりに、相変わらず前置きが長いですね。その単純な理由をせめて百文字くらいにまとめてくれると嬉《うれ》しいんですが」

本当に話の長いアヤカシだ。急いでいると言ったのだから、もっと簡潔《かんけつ》に喋《しゃべ》ってほしい。しかしそう考えたところで、本当に大田《おおた》が必要最低限なことだけを話したら気味悪く感じるであろう自分を、晃は知らない。

「前置きがなかったら、なぜそういう結論《けつろん》に僕が到ったかを君に説明できないじゃないか。まあ後から付け足してもいいんだけどね」

「じゃ三百文字くらいでお願《ねが》いします」

「……三倍になったことを喜べばいいのか、悲しめばいいのか、大変複雑な気分だよ、晃少年。では三百文字で説明するとして、それは全部平仮名《ひらがな》として数えた場合かい、それと句読点《くとうてん》も含まれるのかな」

「もういいです、五分以内にまとめてください」

無駄《むだ》な時間を過ごしている気がするのは、決して気のせいではないだろう。短気ではない自信のある晃だが、さすがに苛立《いらだ》ってくる。それでも晃は、大田真章《さねあき》の言葉に耳を傾けた。回りくどい神の言葉を、聞きたかったから。

「では、なるべく短くまとめてみようか」

大田は右手の落花生《らっかせい》を、意味もなく弄《もてあそ》んでいる。殻《から》を剝《む》くことも食べることもせず、ただ表面を指で撫《な》でたり、掌《てのひら》の上で転がしたり、時たま握《にぎ》り締《し》めたり。

「山崎太一朗という人間は、優樹という生き物を愛し、守り、生きてほしいと思い、その反面、執着し、征服し、蹂躙《じゅうりん》したいとも思っている。矛盾《むじゅん》しているようで、実にもっともな感情だね。人間なら、珍しくないことだ。彼は腕力思考の持ち主で、大抵のことは力で解決しようとする。その力が通用しない優樹《ゆうき》は、彼にとってさぞ苛立《いらだ》たしいものだったろう。可愛《かわい》さ余って憎さ百倍、とはよく言ったものだ。童子斬《どうじぎ》りに憑《つ》かれることがなければ、その憎悪は表面に浮かび上がらずに彼の心の奥底で眠り続けていたのだろう。優樹との関係も、十ヶ年計画でも立ててのんびりやれば、十分に改善の可能性があった……それまでにお互い生きていられればの話だけど、ね」

言葉を切ると、大田《おおた》は落花生《らっかせい》から晃《こう》に視線《しせん》を戻した。鋭《するど》さが少しだけ影《かげ》を潜《ひそ》めているのは感じ取れたが、その代わりに浮かんでいる感情までは読み取れない。

「童子斬りを含めた鬼斬《おにぎ》りは、アヤカシを目の前にしたら殺すために動いてしまうものだ。……君も一応とはいえ持っているからわかっているだろうが、それをせずにいられる君は、君がなかなかに表現しづらい生き物なのか、君の意志が強靱《きょうじん》なのか、あるいはその両方か。君はまったく鬼斬りに侵食されていないようだね」

「まだ、殺したことはありませんから」

アヤカシと戦ったことはあるし、実際にこの〝鬼斬り〟で斬ったこともある。しかし晃はアヤカシを殺したことはない。確《たし》かに、この〝鬼斬り〟はアヤカシに対する殺意を掌《てのひら》から伝えてくる。現在、大田が気を抜いているせいか先ほどのように萎縮《いしゅく》したりせず、小さく震《ふる》えて晃に戦いを促《うなが》そうとしている。鈴香《すずか》と会っていた時も、そうだ。しかしその衝動《しょうどう》を、完全に抑え込むことが晃にはできていた。アヤカシと戦い、彼らを傷付けるのはいつだって晃自身の意志であり、断じて〝鬼斬り〟の意志に因《よ》るものではない。

「そんな君でも、一人《ひとり》殺してしまったら危ないと思うがね。まあとにかく、山崎太一朗《やまざきたいちろう》の不運は、童子斬りを手にし、それでアヤカシを殺してしまったことだ。拾っただけなら、まだ間に合っただろうが、もうどうしようもないことだ」

間に合ったとしても、あなたは傍観《ぼうかん》しているだけではないのか。そんなことを言おうとした自分に、晃は自己嫌悪《じこけんお》をする。過ぎたことを言ってもしかたがない。それは事実なのだから、皮肉のようなことを言う必要はない。

「間に合ったとしても、結局僕は傍観していただろうけどね。まったく君が思っている通りだよ。まあ優樹《ゆうき》たちにがんばってもらうという選択《せんたく》をしていたと思うが、この話はおいておくことにしよう」

このアヤカシは心が読めるのか、それとも自分がそんなにわかりやすい顔をしていたのか。

「一人アヤカシを殺した時、彼にはまだ自分の意思があった。二人《ふたり》目を殺した時、彼から意思は消えた。……常の童子斬りなら、次の犠牲者《ぎせいしゃ》は相川虎司《あいかわとらじ》となって、兇人《きょうじん》たる彼の命もまた尽きていた。しかしそうはならなかった。なぜか？　相川虎司が彼の知人であったから手心を加えたのか？　山崎太一朗に残る僅《わず》かな理性が殺人衝動を抑えていたからか？　否、そうではない」

大田は右手の落花生をテーブルに置いてあった灰皿の上に移動させてから、二本の指で挟んだ。ごく小さな音と共《とも》に落花生《らっかせい》の殻《から》が真っ二つに割れ、煙草《タバコ》の灰が山のように積《つ》もった灰皿の上に落ちていく。

「彼に残っていたのは本能。童子斬《どうじぎ》りは刷り込まれた本能で動くモノ。山崎太一朗《やまざきたいちろう》という自我《じが》の強い人間の本能が、童子斬りに些細《ささい》な影響《えいきょう》を与えている。そう、些細……童子斬りにとっては本当に僅《わず》かな歯車の軋《きし》みでしかない。その軋みを受け取る僕らには大変重大な、とても無視のできない影響なんだけどね」

　殻が除かれた落花生を、大田《おおた》は食べようとはしない。ただ指で優《やさ》しくつまみ、自身のその指先を見つめている。

「山崎太一朗という人間の最後に残った感情……というよりは衝動《しょうどう》かもしれない。片倉優樹《かたくらゆうき》への妄執《もうしゅう》、それがたいそう性質《たち》が悪いものと混じり合い、彼の目的は片倉優樹を完膚《かんぷ》なきまで叩《たた》きのめしてから殺す、というものになってしまっている。元々彼は殴るということにそれなりの自信を持っていた。だから彼は、主に自分の手足で戦う。僕に対しても、彼は拳《こぶし》のみを使用した。そして、ただ立っているだけの僕を迂回《うかい》したりせず、わざわざ殴り倒していった。暴《ぼう》力的《りょくてき》な衝動。目の前に立つ者を征服せずにはいられない。そのくせ、複数人と相対《あいたい》したら一《いっ》旦《たん》は退《しりぞ》く冷静さ。僕を殴った時も彼は全力でありながら、僕が死ぬ限界を見極《みきわ》めようとしていたよ。彼の膂力《りょりょく》では僕を殺すことはできなかったが、さすがに痛いので倒れてしまったがね。そして彼は、僕を踏《ふ》み躙《にじ》って前へと進んでいった」

開いたままの窓を一瞥《いちべつ》してから、再び大田は言葉を紡《つむ》ぐ。

「本来の童子斬りには決してない状況判断。倒れた僕に止《とど》めを刺さずに、ひたすらに目的を追う。山崎太一朗と童子斬りの本能が混ざることにより、彼らの目的はよりよろしくない方向へ進んでしまっている。それは、片倉優樹を殺すこと。それまで他《ほか》のアヤカシには止めを刺さずにおくこと……生かさず殺さず、ただただひたすらに殴り、痛めつけ、圧倒し、踏み躙り、自身の破《は》壊的《かいてき》衝動をぶつける」

そこで大田は言葉を切り、黙《だま》り込む。その彼が再び話し始めるのを、晃《こう》は何も言わずに待った。そして次に大田の口から流《りゅうちょう》暢に流れ出た言葉に、晃は拳を握《にぎ》り締《し》める。

「そして山崎太一朗は、自分の手と足で、片倉優樹を死ぬまで嬲《なぶ》り続けるのだろう。……手に入らないものは壊《こわ》してしまいたい、殺すことで相手のすべてを自分のものにしたと錯覚《さっかく》し、死体を愛《め》でるネクロフィリアに一番近いのかもしれない。ネクロフィリアは異常性愛に通じているけど、人間の三大欲求の一つである性欲が、結局は彼の最後に残ったものなのかな。睡眠欲《すいみんよく》辺《あた》りにしておいてほしかったものだねえ。まあ、彼が優樹を殺した後その死体をどうするかを想像するのは、さすがに僕も躊躇《ちゅうちょ》するね。もし彼が食欲という本能に囚《とら》われているとしたら、もっとおぞましいことになりそうだ。その時には彼の命が尽きているかもしれないし、優樹の方は生き物としての形を保ってないかもしれないが」

「……そんな内容を平然と話すあなたの方がよほど恐ろしいですよ……あなたの話を聞きたい

と言ったのは僕ですが」

　黙《だま》って聞いているのが辛《つら》い内容になり、さすがに晃《こう》も口を挟む。そしてこの時、晃が大田《おおた》に抱いている苛立《いらだ》ちが頂点に達した。彼と八牧巌《やまきいわお》や片倉優樹《かたくらゆうき》、山崎太一朗《やまざきたいちろう》の関係を晃は知らない。だが顔見知り程度の仲ではないことくらいは察せられる。

　それなのに彼は、八牧巌の死を傍観《ぼうかん》し、ここにやってきた山崎太一朗から逃げ、今また片倉優樹の死の可能性を平然と語る。

　許せない、と感じてしまった。だから晃は感情の赴《おもむ》くままに喋《しゃべ》り続ける。

「傍観者にして逃亡者だと、あなたは自分のことを認識《にんしき》している。でも、本当はあなたは口以外のものを出したいんじゃないですか？　傍観だ逃亡だと言って何事にも関《かか》わろうとしないくせに、今のあなたはまるで無関心を装《よそお》えていない。あなたは自分を傍観者だと思い込んでいるだけで、本当は傍観者じゃない、ふりをしているだけだ。本当に、本当に、傍観だけをしていたいのなら、人間ともアヤカシとも何の関わりを持たず、口も出さずに見ていればいい話だ。そして、山の神が殺されたことへの復讐《ふくしゅう》をすると僕に言ったあなたは、ただここに座って僕と話しているだけだ。あなたは」

「少年、落ち着きたまえ」

「あなたは、嘘《うそ》つきだ！」

「片倉晃」

大田の淡々《たんたん》とした声と、彼がつまんだ落花生《らっかせい》が粉々に砕《くだ》け散った音が、晃の熱弁《ねつべん》を断った。一度断たれた勢いはそのまま収束《しゅうそく》していき、自分がいつの間にか立ち上がっていたことに気が付いた晃はすぐに座り直す。

「…………すいません、あなたのことをよく知りもしないのに、適当なことを言いました」

「いや、君の言うことは間違ってはいない。……そう、僕はいつも正直に、嘘を言わず、偽り《いつわ》を口にせず生きてきたつもりだ。だがこう口にすること事態が、もはや重大な虚偽《きょぎ》なのだろうね。以前にもお前は嘘つきだと言われたよ。しかし僕と大して長い付き合いをしているわけでもないのに、それほどまで僕のことがわかる君はすごいな。感心したよ、いや、感動と言った方がいいかな」

何を大げさなことを、と晃は返そうとしたが、大田の真剣な眼差《まなざ》しに何も言えなくなる。

彼は、苦しいのだろうか。彼の生き方は、自由なように見えて異様なまでに束縛《そくばく》されている。自らの心に。その生き方を彼は楽しみ、だがそれ以上に苦しんでいるように見えた。

「言葉を交わすことによって、こんなにもわかりあえる。言葉は素晴《すば》らしい。言葉だけでは駄目《だめ》だが、意思の疎通《そつう》を手っ取り早く行う手段は、やはり言葉だ。……それなのに、同じ言葉を使う者同士が、同じ言葉で話をしても理解できるとは限らない……世の中というのは、まったく単純明快にはできていないものだねえ、晃少年」

大田は指についた落花生の欠片《かけら》をしみじみと見つめると、また新しい落花生を袋から取り出す。今度は弄《もてあそ》びはせず、すぐに殻《から》が付いたまま口に運んだ。ぼりぼりという音だけが響《ひび》く中、晃《こう》は『殻を剝《む》かないのか』と問うこともなく、大田真章《おおたさねあき》の目を見る。

長く生きた目。紀元前から生きているらしいが、本当のことなど知らない。彼はこの世に生《せい》誕《たん》した時から傍観者《ぼうかんしゃ》だったのだろうか。それとも何か事情があるのだろうか。千年、二千年、もしかしたらそれ以上の時を刻《きざ》んできたシームルグ。

彼は今、何を思って落花生《らっかせい》を貪《むさぼ》っているのだろう。

「ふむ、それでは落ち着いたところで、たまには僕も口以外のもので自身の意志を示すことに挑戦しようかな」

晃は油断しない生き方をしてきた。いつだって緊張《きんちょう》状態を保ち、不測の事態に備えられるように。しかし今、シームルグに対して晃は完全な無防備状態であった。この神の前では何をしても無駄《むだ》だという諦《あきら》めか、それとも信頼か。

そのため、大田真章の背中が一瞬《いっしゅん》にして膨張《ぼうちょう》し、太さの何ら変わらない右腕が晃の持っている〝鬼斬《おにぎ》り〟に伸びたことに対して反応が遅れてしまった。細腕ではなく奇怪《きかい》な背筋《せすじ》から生み出される力は、晃の〝鬼斬り〟を摑《つか》むとあっさりと引き寄せていく。

「なっ……」

抵抗しなければならない。そして、シームルグから離《はな》れなければならない。立ち上がった晃であったが、〝鬼斬り〟を摑まれてしまった以上、これを離さなければ彼と距離《きょり》をとることはできそうにない。〝鬼斬り〟から手を離すという選択《せんたく》は晃にはないし、これもまた掌《てのひら》の皮膚《ひふ》に張り付いて離れようとはしない。

どうせ痛みなど感じないのだ。皮膚が剝《は》がれてもこの手は離せない。いきなり自分の武器を奪《うば》おうとするシームルグの顔を睨《にら》みつけようとした晃は、彼が浮かべている表情に力が抜けそうになった。

大田真章は、穏《おだ》やかに、優《やさ》しく、微笑《ほほえ》んでいた。

「力むものではないよ、晃少年」

そう言いながら笑う大田の行動は、摑んでいる〝鬼斬り〟の先端を自分の左腕に突き刺すという奇行であった。

瞬間、〝鬼斬り〟を通じて異様な力が晃に流れ込んできた。巨大な波に呑《の》まれているのに、その波が不気味なほどに心地《ここち》よく感じる。これは何だ、と晃が混乱する自分を鎮《しず》めようとする前にそれは止まり、大田は腕から〝鬼斬り〟を引き抜いてそれを晃の方へと押しやった。大した力ではなかったが、晃はそのままソファーに倒れ込む羽目《はめ》になる。

「やあ、やっぱり驚《おどろ》いたかい。なるほど、言葉が通じるのだから、事前に説明をした方がよかったというい例だね。今度から気をつけようじゃないか」

笑う大田の背筋は、また萎《しぼ》んで細身な彼へと戻っていた。そして彼が自分で刺した左上腕はというと、小さな黒い穴がぽっかりと開いている。血は一滴も流れ出してはいない。その部分の肉を丸ごと抉《えぐ》り取ったかのような穴。穴の中にある肉は既《すで》に干乾《ひか》び、赤黒く変色している。そして大田《おおた》の左腕全体が、やや細くなっていた。

彼の腕の血肉が、この〝鬼斬《おにぎ》り〟の中に収まってしまっていた。

「……あなたはいったい、何をやっているんですか」

「おや、わからないのかい。やっぱり行動で意思を示しても、言葉にしないと伝わらないことの方が多いんだね」

わかるか、と問われればわからないでもない、かもしれない。そんな曖昧《あいまい》な答えを返したくなる晃《こう》である。

〝鬼斬り〟はアヤカシの血を吸収して生長する物。ただの〝鬼斬り〟よりは、アヤカシを殺し傷付けた方が力を発揮する。世代の差もあっただろうが、奈良《なら》で〝第参《さん》世代〟と戦った時に身を以《もっ》て理解していた。

晃はアヤカシを殺したことはないが、斬ったことは何度かある。そうやって彼らの血を吸収した直後は、体全体が熱《あつ》くなり、普段《ふだん》よりも身体能力が格段に上がっていた。今もシームルグの血を吸ったことにより、その現象は起こっている。

五感のみならず、第六感までもが研《と》ぎ澄《す》まされていく感覚。動き続けて身体《からだ》に溜《た》まっていた疲労が抜け、力が無意味に溢《あふ》れてくる。今までアヤカシを斬った時とは、比べ物にならないほどに。

大田は自ら〝鬼斬り〟に刺されることで、晃に力を与えてくれたのだ。

「口だけを出すシームルグでも、うっかり斬られてしまうことがあるということにしておいてもらえると、僕としては自分を納得させることができてありがたいのだがね」

「本当に、あなたは意味不明なアヤカシですね……」

自分に力を貸すくらいなら、片倉優樹《かたくらゆうき》に貸してやった方がまだこの現状はよくなっていたのではないかとつくづく思う。

「そう言わないでほしいな。僕には僕の事情というものがあるのだよ……ああ、それと本題に入ろう。現在彼は、人間やアヤカシに気配《けはい》を察することが難《むずか》しいように移動をしている。〝隔離〟の範囲《はんい》をぎりぎりまで狭めて、その空間と共《とも》に移動している。そして対象物に近付いたら一気に範囲を広げて不意打ち、というわけだ」

それで先ほどから、〝童子斬《どうじぎ》り〟を見つけられないわけだ。〝隔離〟の範囲を狭くするとはなかなか器用なことをする。

「実は〝隔離〟を常時使い続けることで、ある致命的な欠点が一つだけ浮上するのだが、これは君には何の関係もない……いや、そうでもないな。しかしこの説明は省《はぶ》いておこう、君もそろそろ行かねばならないしね」

「どうでもいいことは長々と話すのに、僕が訊《き》いてみたいと思ったことは省くんですね」

「気にしてはいけない。鬼斬りの共振を頼りに捜す君には大変だろうが、ある情報を与えよう。今、一人《ひとり》の二重雑種《ダブルブリッド》、二人《ふたり》のアヤカシ、二人の人間が品川埠頭《しながわふとう》に向かっている。海は童子《どうじ》斬《ぎ》りが死ぬ可能性のある唯一の場所。普段《ふだん》なら近付かないだろうが、鬼斬《おにぎ》りとは自身が失われることよりも殺害を優先《ゆうせん》するようにできている。だから彼らが行くその先に、童子斬りたちも向かう。それは一応僕の血を吸った鬼斬りだから、さっきまでよりは強くなっていると思うよ。君が童子斬りを欲しいと思わないくらいにはね」

「……あなたに素直な気持ちで礼を言うのは、とてもできそうにはないので、あまり敬意のこもっていない礼になるでしょうが」

晃《こう》は立ち上がるとかかとを合わせて真《ま》っ直《す》ぐな姿勢から、大田《おおた》に向かって深く頭を下げる。その礼の仕方は先ほど片倉優樹《かたくらゆうき》がしたものとまったく同じであったことを、大田は口にはしなかった。

「さて、そろそろ君は行くのだろう。餞別《せんべつ》にこのビール二本を持っていきなさい」

「僕は未成年です」

「誰《だれ》も君に飲めとは言っていないよ。君がこれから会うかもしれない誰かにでもあげればいいさ。きっと喜ばれる」

大田の言いたいことはわかる。だがそれを率直に認めることが、晃にはできない。それでもビールを受け取ってしまった理由を、深く考えたくはなかった。

「いやあ、長々と引き止めて悪かったね。楽しかったよ。最初会った時はもう二度と会うこと

…ていたが、こうして二度、三度と会ったのだから、また会うことも
…かもしれ…それまで元気でいたまえ」

…時間を無駄《むだ》…なるのだろう。　電話をかける余裕もなくしてしまったかもしれない。だがこれも
また、思…士の…なのかもしれない。

…して彼と会話することは、二度とはない。

「では失礼します、お大事に」

再び頭を下げて捜査六課を出ようとした兇の背中を見ないままで、大田は彼に話しかける。

「往《い》きなさい、君の旅を。……こういうことを言うと気を悪くするかもしれないが、一つ言わせてくれたまえ……君は、君と偶然《ぐうぜん》か必然かは知らないが同じ名字《みようじ》を持ち、今生きるために進み続ける、とある二重雑種に似ている気がするよ」

少年はその言葉には答えなかった。

彼を見送り、大田は背骨と左腕が訴えてくる痛みを無視して目を閉じる。

もう既《すで》に、彼の山崎太一朗《やまざきたいちろう》という兇人《きようじん》に対する復讐《ふくしゆう》は終わってしまった。傍観者《ぼうかんしや》として見守りに行きたいが、背骨がこれでは飛ぶこともできない。飛べないシームルグは、傍観しないシームルグだ。

第十三章
りんかい、とうた…

片倉優樹《かたくらゆうき》が立ち止まったのは、〝隔離〟の範囲《はんい》から抜け出せたと確信《かくしん》してからそれなりに経《けい》過《か》した後だった。音と色と命が恐ろしく薄《うす》い空間が、騒音《そうおん》と色彩と生き物が溢《あふ》れたものに変わっている。走り続けた身体《からだ》を落ち着かせるため、優樹は改めて周囲を見回した。

あまり見覚えのない、だが通ったことがあるような気がしないでもない路地裏《ろじうら》。大通りの喧《けん》騒《そう》が僅《わず》かに伝わってくるこの道にはそれなりの人通りがあるが、優樹一人《ひとり》立ち止まっていたところで気に留《と》める者はいない。

当面の危機《きき》から遠ざかったことを理解すると、優樹は被《かぶ》っている帽子《ぼうし》の位置を直しながら道の端に寄る。

「みっちゃん……大丈夫？」

振り返った優樹は、コートの襟《えり》から首を出している未知《みち》の目を覗《のぞ》き込む。焦点《しょうてん》がずれていて、どこを見ているのかもおぼつかない。優樹の背中で揺られ続け、〝隔離〟と今いる空間との差異にまだ戸惑《とまど》っているのだろう。無理もない。空木《うつろぎ》の〝隔離〟と、彼の発生させるそれまりにも違い過ぎていた。

空木の〝隔離〟には、平穏《へいおん》と静寂《せいじゃく》と空虚《くうきょ》が満ちている。通常の手段では踏《ふ》み入ることのできない、空木だけの空間。そこに出入りをしたことのある優樹は、〝隔離〟の境界線《きょうかいせん》がひどく曖《あい》昧《まい》なことを知っている。いつの間にか存在を許されて、いつの間にか拒絶されているその境い目は、非常にわかりにくい。

しかし彼の〝隔離〟には平穏も静寂もなく、山崎太《やまざきた》一朗《いちろう》という兇人《きょうじん》が作り出す空間は、荒々しく粗雑《そざつ》で虚《うつ》ろな殺意が満ちている。

何だろう、と優樹は考える。彼に憑《つ》いているのは既《すで》に従来の〝童子斬《どうじぎ》り〟ではないと大田《おおた》は言っていたが、何がどう違うのかまでは聞く暇《ひま》がなかった。違いがわかったところで、やることとは変わらないのだから意味はないが。

……考えるよりは、動いた方がいい。やらなければならないことはたくさんある。品川埠頭《しながわふとう》に向かいながら、虎司《とらじ》たちと連絡をとり、安藤《あんどう》の家の電話番号を聞いて彼女の家族に言《い》い訳《わけ》をして、大田の無事を確認《かくにん》するために六課に電話をして。

「ゆうさん……」

背中から弱々しい声が聞こえてくる。まだ目を瞬《しばた》かせてはいるが、先ほどよりはだいぶ落ち着いたようだ。

「みっちゃん、具合は悪くない？　寒かったり暑かったり気持ち悪かったりどこか痛かったりはしない？」

「……だ、だいじょうぶだから……」

優樹《ゆうき》の身体《からだ》の方がよほど心配だ。未知《みち》は心からそう思う。自分はこうやってただ背負われしがみついているだけだ。それにひきかえ、優樹は殴られた直後だというのに自分とリュックを背負って走っている。怪我《けが》だってまだ治っていない。右目を覆《おお》った包帯が目に入り、未知は優樹の身体を心配しながらも視線《しせん》を逸《そ》らした。

「あ、あの、ゆうさんは、だいじょうぶ……？」

「大丈夫、じゃ行こうか」

優樹は背中の未知を背負い直して、とりあえず大通りの方向へと歩き出す。走った距離《きょり》と方向が〝隔離〟のせいで今ひとつ把握できないが、渋谷《しぶや》周辺の道なら何とかなるだろう。まずは渋谷駅まで行って、虎司《とらじ》たちに電話をかけることから始めよう。

歩き出したところで、今被《かぶ》っている帽子《ぼうし》が夏用の風通しのいい物であることを思い出した。帽子を被るのは、白髪を隠すための子供の頃《ころ》からの習慣《しゅうかん》だ。それなりに成長した現在では、白髪頭を晒《さら》していてもそれほど好奇の視線を向けられるわけではない。しかし習慣とは恐ろしいもので、今では帽子がないとどうも寂《さび》しい気がしてならない。

それに帽子がないと、右目の包帯が目立つ。頭から血が出た時に隠すこともできて便利だ。生地《きじ》なので、大量出血をしたら頭も帽子も赤に染まってしまいそうだが。

白髪頭を血に染めて。

……そういうことが、何度かあったような気がする。頭だけではなく、顔面《がんめん》も、体も、手も、足も。

麦わら帽子が、脳裏《のうり》を掠《かす》めた。

あれは、いつのことだったか。

ちくりと、頭の片隅《かたすみ》が痛い。痛む場所に手をやろうとして、左の右手に視線を向けた。

左の右手。血があまり通わず、冷たく、青白く、軟らかい、どこかふやけたような手だった。

優樹は歩きながらその手を見る。自分の手だ。そのはずだ。今だって自分の意志で動かすことができる、本当の自身の手。

だがその手は、右手より一回りほど大きくなっていた。皮膚《ひふ》の表面はやや黒ずみ、硬質な金属のようだ。指は節くれ立ち、長く、太い。変色は手首までで、そこから先には普段《ふだん》と何も変わらない優樹の左腕がある。

この黒い手を、優樹は知っている。人間の皮を被っていない、優樹の本当の手。……少し違う。本当の手は、もっと大きく、黒く、そして――。

優樹は、強く頭を振る。帽子に隠されたその白髪頭を、未知は不安げに見つめたが何も言わなかった。ただ優樹の背中に黙《だま》ってしがみつく。八牧《やまき》と比べれば、あまりにも小さく頼りない背中。それでも未知は、この毛むくじゃらではない小さな背中が好きだった。八牧と同じか、それ以上に温かくて優《やさ》しい背中。

しがみつく未知《みち》の命を間近に感じながら、優樹《ゆうき》はコートのポケットに入っていた手袋を取り出して右手用のを左手に装着する。少し大きめだったはずのそれは、やけに窮屈《きゅうくつ》になっていた。手袋をはめて、ゆっくりと握《にぎ》り拳《こぶし》を作ってみる。

小指、薬指、中指、人差し指。一本一本、指先にまで力が伝わっていることを確認《かくにん》しながら、折っていく。四本の指を曲げ終わったところで、親指で強く強く押さえる。ちゃんと動いた。見た目は少し違うが、この手には自分の意志がしっかりと通っている。手袋の上からその左の右拳を見つめた優樹は、自分の思い通りに動いてくれた手に安心する。

(小指から順に握って、親指でしっかり押さえる。この締《し》めが大事ですよ)

今。

今、とても大事な何かを思い出せそうな気がした。優樹は歩きながらも、自身の拳を見つめ続ける。

拳。殴るために握られた拳。じゃんけんでぐーを出す時の拳ではない。

人差し指と中指の付け根を当てて殴る。そう〝誰《だれ》か〟が言った。……あれは、誰だ。殴り方について、酔ったような口振りで自分にうるさく語ったのは誰だったか。

違う、酔ったような口振りではない。本当に〝彼〟は酔っていたのだ、あの時。

あの時っていつ？　彼って誰《だれ》？

ないはずの右目が痛い。じんわりと血が滲《にじ》み出ているような気がして、優樹《ゆうき》は包帯の上から右目を押さえた。包帯も右目も表面は乾いている。だが瞼《まぶた》の下で何かが蠢《うごめ》いているような感触は続いている。

包帯を外《はず》して、右目の中を抉《えぐ》り出したい。この空《から》っぽの眼窩《がんか》の中にあるすべてを引きずり出すことができたら、思い出せないことを全部思い出せる気がする。――いったい、右目の中の何を出そうというのか。眼球の跡地にある血肉を抉り出そうとしているのか。

抉り出す行為を何度か思い描いた。それを結局実行できないことも、わかっていた。

「ゆ、ゆうさん……くるま……」

未知《みち》の弱々しい指摘で、優樹は自分がいつの間にか大通りに出ていてそのまま車道にまで歩みを進めようとしていることを知った。人々の生きて動く音がこんなにも間近に溢《あふ》れているのに、未知に言われるまで気が付かなかった自分の迂闊《うかつ》さを戒《いまし》める。今まで行き交う人々とぶつからなかったのは幸いだ。

「……ああ、ちょっと考え事をしてぼんやりしていたみたいだね、ごめん、みっちゃん」

まだ、右目の奥がじくじくと痛みを訴えている。その訴えを無視しながら、優樹は足を止めて、現在の時刻《じこく》を確認《かくにん》するために携帯《けいたい》電話を取り出した。午後八時を数分過ぎている。ついでに虎司《とらじ》たちに電話をしようかと思ったが、電池は温存した方がいいと考え直す。

周囲を見回して現在地を確認する。渋谷《しぶや》からは少々離《はな》れた、青山《あおやま》近辺な気がする。ここから一番近い駅は表参道駅《おもてさんどうえき》だろうか。当初の予定通りに渋谷駅から品川埠《しながわふ》頭《とう》を目指すのと、表参道駅に行って乗り換え路線《ろせん》を考え直すのと、どちらがいいのか。少し迷った優樹だが、とりあえず最寄《もよ》り駅である表参道駅に向かって歩き始める。

駅に着いたら、公衆電話から電話をかけることにしよう。そう考えた時、未知の腹から小さな音が発せられたのが背中越しに伝わってきた。

「みっちゃん、何か食べようか」

そういえば、夕食をまだ食べていなかったことを思い出す。自分は食べなくても何とかなるが、未知はそうはいかない。

「お、おなかすいてないから、へいき」

未知は慌《あわ》てて首を振る。腹が減っているのは事実だが、空腹に耐えるのは慣《な》れている。思い出したくもない生活の中では、腹の虫を鳴らす余力もない日々を過ごしてきたのだから。最近は三食しっかりと食べているせいで、腹の虫が鳴ってしまったのだろう。

こんなことではいけないのに。優樹に迷惑《めいわく》をかけてはいけないのに。

「でもあたしは何かお腹《なか》に入れておきたいし、ちょっと呑《の》みたいから」

　こうでも言わなければ、この子は遠慮《えんりょ》をし続けるだろう。本当に、自己主張の少ない子だ。お腹がすいても、眠くなっても、それをなかなか言い出してくれない。喋《しゃべ》れなかった以前ならともかく、今は口が利けるのだからもっと言葉に出してほしいものだ。それを許さぬ環境《かんきょう》に生きてきたのだから、仕方ないのだろうが。

「何か食べたい物ある？」

「な、なんでも、いい、ゆうさんのたべたいもので」

「みっちゃん、こういう時は子供は大人《おとな》の好みに合わせなくていいんだよ。あたしは酒があればいいんだから」

　背負われたままの未知《みち》は、優樹《ゆうき》の隻眼《せきがん》から視線《しせん》を彷徨《さまよ》わせる。彼女にとって、自分の希望を述べることはすべてわがままと切り捨てられて、『悪い子』と断定されることに繋《つな》がっていた。そして殴られる。優樹が自分を殴ったりしないことがわかっていても、物心ついた時からの習《しゅう》慣《かん》は簡単《かんたん》に消えはしない。

「いいんだから。のんびりしてるわけじゃないけど、一分一秒を争うわけじゃないんだから。ちゃんと考えて、食べたい物を言ってごらん。よーく考えて、それでも食べたい物が思いつかなかったらそれでいいから」

　考えろ、と優樹は言う。大田《おおた》も言う。考えない方が楽なのに、言う。何も考えずに、優樹の言う通りにしていられたらいいのに。

　でも、本当に食べたい物を言っていいのなら。未知は真剣に考える。優樹や八牧《やまき》との食生活に不満はなかった。美味《おい》しい物を三食も食べられて、空腹を感じることがない。何と幸せなことだろう。

　だが、未知が食べてみたかった——憧《あこが》れていた食べ物が食卓に上ることはなかった。それを食べたいという意思表示をするのは、悪いことだと思ったから。しかし、今こそそれを言う時なのだろう。

「……か」

　未知が口を開きかけて、窺《うかが》うように優樹を見上げる。優樹は黙《だま》って、穏《おだ》やかな表情で未知を見返す。

「か、かれーらいす」

　部屋《へや》の片隅《かたすみ》で震《ふる》えながら、時たまテレビを盗み見した時に流れていた美味しそうなカレーライスのコマーシャル。そのカレーを食べているのは、自分の周囲には決していない笑顔《えがお》の人々。舌の記憶《きおく》に残っているのは、カレー味のご飯。CMのように大きなじゃがいもも人参《にんじん》も肉もない、ただ僅《わず》かに辛《から》い味のご飯。

「わかった、カレーね」

　周辺を見回して、カレーのありそうな店を探す優樹の耳に、未知の小さな声が届く。

「……ゆうさん、わがままいってもいい？」

「なに、やっぱりカレーやめる？」

「そ、そうじゃないの、かれーはたべたいの、でも……」

「でも？」

「ゆ、ゆうさんのかれーがたべたかったな」

それはずっと、未知《みち》の内心にわだかまっていたわがままだった。もちろん今すぐ食べたいわけではないし、こんな状況で言い出すことでもないのはわかっている。だが、未知は言いたかった。優樹《ゆうき》が作ったカレーライスが食べたいと、言いたかった。

「い、いつか、かれーつくってほしいなって」

「カレーね……」

カレーなど何年も作っていないことを優樹は思い出す。最後に作ったのは、虎司《とらじ》、大田《おおた》、夏《か》純《すみ》、八《や》牧《まき》の四人で麻雀《マージャン》をしていた時だろうか。

「いいよ、今度作るね」

そう何気なく口にした優樹だが、『今度』がいつになるか、そのビジョンが想像もできない自分に思い至り自嘲《じちょう》する。

これから食べようとしているカレーライスが、未知と共《とも》に食べる最後の食事になるのかもしれないのに。

生涯最後《しょうがいさいご》の食事になるかもしれないということは、考えたくなかった。

「俺《おれ》の忠実な下僕《げぼく》であるお前たちに、言っておこう」

目の前にいる彼らの〝主〟は、いつだって不遜《ふそん》であり、強暴《きょうぼう》であり、苛烈《かれつ》であった。しかしその心情を常に酌《く》んでいるかどうか、飯田《いいだ》にはまったく自信がない。そもそもどうして自分が主に忠節を誓っているのか、今となってはその理由も思い出せない。

〝主〟は、いつであろうと彼らの主であった。一応名前のようなものもあるが、それは人間がつけた名前だ。〝主〟を殺した武器を〝童子斬《どうじぎ》り〟と呼ぶようになったのも、人間である。

絶対的な強者である〝主〟。人を喰《く》らい、アヤカシを殺す。喰らいたいから喰らう。殺したいから殺す。戦いたいから戦う。自分のやりたいことを、やりたいようにやる。ゆえに彼は傲《ごう》慢《まん》と評される。飯田もそう思う。

一度死んだ彼らの〝主〟は、生き返っても変わっていなかった。一つ変わったとすれば、以前生きていた時と比べて弱くなったことだろうか。純粋な膂力《りょりょく》のみを比較したならば、今の自分は〝主〟を再び冥府《めいふ》へと誘《いざな》うことができるかもしれない。こんなことを考えている自分は、不忠者だ。

飯田は浦木《うらき》の隣《となり》で跪《ひざまず》き、主を見ずに床《ゆか》を見る。これから彼らの〝主〟が何を告げようとしているのか、一応心の準備はできている、とは思う。しかしそれでも、飯田《いいだ》は自分が予想している言葉が〃主〃の口から出ないことを望んだ。

「この身体《からだ》も、そろそろ使い物にならなくなる。……時間など充分にあると思っていたが、誤算だったな。他人の身体はわかりにくいものか……これもかなり俺《おれ》の力を使えるようになった矢先にこのざまだしな」

悪い予想というのは、大抵《たいてい》当たってしまうものだ。『一つの時代が終わる』という浦木《うらき》の言葉が、今になってやけにずっしりと脳髄《のうずい》に沁《し》みいってくる。

彼らの多くはない仲間たちは、既《すで》に彼らの下から去っている。そう〃主〃が命を下し、浦木と飯田がその意志を彼らに伝えたからだ。反応は色々《いろいろ》あったが、結論《けつろん》はすぐに出た。

そして飯田と浦木、縁《えん》の深い二人《ふたり》だけが今こうして〃主〃の前にいる。

「あれに移る予定だが、あれも長持ちしそうにない。またしばらく死ぬことになりそうだ。後のことは、適当にしておけ。……動ける用意をしていたとはいえ、色々と面倒《めんどう》くさいことを押し付けたかな、お前たちには」

「お心遣《こころづか》い、痛み入ります」

浦木が短い返事をするのが聞こえた。自分もそれに続かねばならない。しかし飯田は口を開かずに、黙《だま》ったまま目を閉じる。

「あれをああいう使い方にするのは少々不本意ではあったが、まあいいさ。予定など、あってないようなものだったからな。せっかく蒔《ま》いた種だ、刈り取ってやらんといかん……どうした、飯田。また長い別れになるのだから、言いたいことがあるなら言っていいぞ。だが手早くな。生きている間にやっておかねばならんことがあるからな」

〝主〟が笑っていた。千年以上死んでいたとはいえ、それ以前からの付き合いだ。それくらいは見なくてもわかる。

「よろしい、のでしょうか」

何を言えばいいのか自分でもよくわからない飯田の口から滑《すべ》り落ちたのは、そんな言葉だった。曖昧《あいまい》が好きではない〝主〟は、きっと自分を叱咤《しった》し殴りつけるのだろう。

「俺が死ぬことか？　あれが死ぬことか？　できそこないどもを放置したことか？　この国の政《まつりごと》から手をひくことか？　言ってみるがいい」

頭を踏《ふ》み躙《にじ》られながら、『お前の口は問いかけもまともにできんのか』などと罵《ば》声《せい》を浴びる予想をしていた飯田の内心が、あっさりと裏切られる。

「飯田」

浦木の促《うなが》すような声に、飯田はやけになることにした。長い別れになるのなら、次の出会いまでに疑問を溜《た》めておくのも鬱陶《うっとう》しい。前回は人喰《ひとく》らいを諫《いさ》めようとしていた矢先、〝主〟は人間に殺されてしまったのだから。

「……まず一つ目。器《うつわ》を作ることのできなかった我々《われわれ》の責でもありますが、器を換えながらであれば……」

「誰《だれ》の肉でもいいわけでもない、それはお前も知っているだろうが」

〝主〟の今の肉体。それはかつて蛮勇《ばんゆう》を奮《ふる》っていた頃《ころ》のものではない。Ω《オメガ》サーキットで造られたキマイラの中でも見た目と強度がそれなりに完成したモノに、〝主〟が長い時をかけて再生に成功した、肉の一部と魂《たましい》を定着させた偽《いつわ》りの身体《からだ》。

肉と魂。肉に依《よ》らなければ、魂の塊《かたまり》は塵《ちり》へ戻る。魂がなければ、肉はただの肉の塊でしかない。

死んだモノは、生き返りはしない。しかし、〝主〟は生き返った。砕《くだ》け散った魂を寄せ集め、寄せ集めた魂に肉をつけていく。それがどういう過程で行われていたのかまでは、飯田《いいだ》は知らない。ただ、長い時を必要とすることだけは理解できた。

飯田が千年以上の時を経《へ》て再会した〝主〟は、それなりの鬼の形をとっていた。しかしその肉は長持ちせず、すべてが朽《く》ちる前に何とか今の身体に移動させることができたのだ。

「肉に魂が行き渡る前に、無理をしたのがよくなかったようだな。蘇《よみがえ》りというのはなかなかに面倒《めんどう》なものだ。今度は、もう少しうまくやることにしよう」

生き返るという行為を面倒ですませる〝主〟に、飯田は目を閉じたまま これ以上下げられなくなるほどに頭を下げる。

「申《もう》し訳《わけ》ございません」

「飯田よ、俺《おれ》に合う身体を造れなかったことを責めてはいないぞ。それなりにまともなのもできたしな」

元々生きている生き物に魂を無理やり容《い》れることは、肉の崩壊《ほうかい》を導《みちび》いた。そして死んだ肉に、魂は定着しない。

Ωサーキットという、生命に対する冒涜極《ぼうとくきわ》まりない行為。それは、彼らの〝主〟の新しい身体を生み出すための計画。アヤカシでもなく人間でもない、ただ強く、そして長く生きる肉の器《うつわ》。

そこに魂など、必要ない。

だが、肉を生み出すと魂もまた生まれる。魂だけを殺すことは難《むずか》しく、肉を傷付けて魂を弱らせて、そこからじわじわと肉と魂を侵食していく。そうやって、彼らの〝主〟は自身を移動させる。肉と魂を弱らせきる前に、肉が死んでしまうことも少なくなかった。

今の〝主〟の身体は、それに耐えることのできた貴重なキマイラである。しかし元が欠陥品《けっかんひん》ばかりのキマイラの肉体だ。さしてもたずに、寿命を迎えようとしている。せめてあと十年もったら、まだ状況は変わっていただろうに。生《は》えかけの左目がごろごろしているのを感じながら、飯田は小さく身じろぎする。

「また生き返るのには千年ほどかかるだろうが、急いでやらねばならんことがあるわけでもないしな。お前たちが死んでいる可能性もあるだろうが、それはそれだ。せいぜい長く生きるがいい」

「お心遣《こころづか》い、痛み入ります」

浦木《うらき》の涼しげな返答に、飯田《いいだ》は追従しなかった。一度死んだ〝主〟は、死を恐れない。そして生をも恐れない。生きて、死ぬ。そして生き返り、また死のうとしている。そのまま永遠に死に続けるかもしれないということを、考えているのだろうか。

「誰《だれ》の肉でもいいわけではない、というのはわかります。しかしお嬢《じょう》さんではなくともよかったのではないでしょうか。もともと計画外だったはずです。それに」

それに。どうせ先がないなら、逃げ出したあの片倉晃《かたくらこう》でも捕まえてくれば同じではないか。〝童子斬《どうじぎ》り〟の周りをうろうろしている今なら、捕まえるのもたやすいことだ。そう続けたかった飯田だが、どうも言いたいことをうまく口に出せない。

「あれは、できそこないだ」

口調《くちょう》が、変化した。いつだって自信に満ち溢《あふ》れ、傲岸不遜《ごうがんふそん》な〝主〟の声音《こわね》が、本当に僅《わず》かにではあるがトーンが落ちた。

「できそこないにも、できそこないなりに評価できる箇所があったということだ。……そういえば、あれもなかなかに見所のあるがきだったな。結局はあれもできそこないだったが」

〝主〟の言葉に浦木の笑《え》みが一層《いっそう》深くなったことを、飯田は知らない。だが飯田は、これ以上その話題に触れるのはやめておくことにした。

「……では空木《うつろぎ》は」

「それはこれからやりに行く」

　今までさして感じることのできなかった鬼気《きき》が、一瞬《いっしゅん》だけ部屋中《へやじゅう》に広がり、そして消えた。内臓《ないぞう》の奥が萎縮《いしゅく》して、妙な痙攣《けいれん》を起こす。生《は》えかけの左目が、嫌《いや》な悲鳴をあげている。隣《となり》にいる浦木の喉《のど》が小さく鳴ったのが聞こえたが、臓物の震《ふる》えを押さえ込むのに集中するため彼のことを気にかける余裕はなかった。肉はともかく魂《たましい》の強さは、自分は〝主〟に未来永劫《えいごう》かなわないのだろう。

「これとあれの身体《からだ》が死ぬまではやってみる。空《から》っぽの奴《やつ》相手なら、それなりにやれるさ。あれと俺《おれ》は、どうも全力では殺し合えぬ仲らしい……訊《き》きたいことはそれで終わりか？　一つ目ということは、まだあるのだろう」

「は……」

　じくじくと痛む内臓たちを気にかけながらも、飯田は次の問いを口に出してみる。

「この国の法と政《まつりごと》に、我々《われわれ》は時間をかけて入り込み、そして時間をかけて変えました。それを今になって放棄《ほうき》する理由はなんなのでしょう」

　飯田にとっては、力ずくで壊《こわ》してしまう方がよほど簡単《かんたん》なものだ。本気で体制を変えるなら、一度壊して作り直した方がよほど楽ではないか。元からある基盤《きばん》を少しずつ変えていくというのは、手間と時間が大変にかかる。アヤカシの力を密《ひそ》やかに駆使《くし》しても、それには甚大《じんだい》な労力を必要とした。実際、ここに来るまでにかかった手間と時間を考えると飯田はうんざりしたくなる。

その飯田のうんざりした手間隙を、彼らの"主"はあっさりと捨てさせる。

「何だ、お前。この国の政にもっと関わっていたかったのか？ ならば勝手に続けていいんだぞ。俺はやめるから後始末を頼むと言っただけで、お前や浦木にまでそれを強要したつもりはなかったのだがな」

その言葉に揶揄するような気配を感じ取り、飯田は"主"の機嫌がよいことを知った。先ほどの気迫は微塵もない。しかし後始末を任された方はたまったものではなく、数ヶ月前にその言葉を告げられてから今まで、気の休まる時間はろくになかった。

「……"主"が手を引かれたことに、下僕が居座り続けるというのは奇妙なことかと」

口を挟んだのは浦木である。その言葉には飯田も同感だ。だからといって、簡単に納得できるものではない。

「そうか。だが好きにしていいぞ。政は面倒ではあったが、面白いこともあったからな……だが、あの計画はもういい。あれにお前たちが関わるのは、やめろ」

彼らの"主"は、直接的な名前を口にしたくない時に『あれ』『これ』などの代名詞をよく使う。その代名詞が何を指しているのかは、聞いている者が察する必要があった。なぜ名前を言葉にするのを嫌うのか、その理由を飯田は知らない。だが代名詞で表現される対象が、二種類に分けられることを知っている。

単純明快に、好きなものと嫌いなもの。

「Ω《オメガ》サーキットに関しては、人間たちからも言われました。本当にいいのか、と。なかなか理解しがたいことかと私も思います」

どうも先ほどから浦木に便乗されているような気がする。口がうまく回らない飯田にとってはありがたく思うところだが、今は何となく気に入らない。

「そんなにも不思議《ふしぎ》なことか？　俺に合う身体《からだ》を造れなかった。続けるのが面倒だから、続けたい奴《やつ》に投げた。それだけのことだ」

それだけのこと、と言う。肉の器《うつわ》を創《つく》り出す行為を、それだけのこと、と〝主〟は言う。命がどうとか、倫理《りんり》が許さないとか、そんなことを飯田は言いたいわけではなかったが、それでも。

魂《たましい》の拠《よ》り所《どころ》である肉、肉を命たらしめる魂。それを不自然に創り出す方法など、なくしてしまった方がいいのではないか。

自然と不自然の境界など、どこにあるのかはわからずとも、Ωサーキットは不自然な計画だ。たとえ彼の〝主〟のためであろうとも、それだけは間違いない。

「人間は、やがて独自にキマイラ、もしくはそれに似た生き物を創り始めるでしょう。それがこの国や世界にどのような影響《えいきょう》を及ぼすかを、危惧《きぐ》しております」

浦木《うらき》はあっさりと、飯田《いいだ》の言いたいことを代弁した。彼が本当は危惧《きぐ》などまるでしていないことが、すぐにわかった。そしてそれは、〝主〟にもわかることだろう。

「影響《えいきょう》を及ぼす、か。さて、どんなことになるのだろうな？　まっとうな知性を持った生き物ができるのか、人間どものための肉の代替品《だいたいひん》となるのか。案外《あんがい》、食用にでもなるかもしれん。俺《おれ》の口には合わなかったが、これから先はどうなるかわからんしな。味はともかく、歯ごたえは悪くなかったぞ」

あんな不味《まず》そうなものを、よく口に入れる気になったものだ。しかし、〝主〟がそれらのことを是とするのが、飯田には納得がいかない。

人間たちは、本当に何をするかわからない生き物だ。〝主〟が死んでいる間に、飯田がただのらりくらりと日々を過ごしている間に、人間は恐ろしく増え、世界を変えていった。自然を不自然にしていった。次に〝主〟が生き返った時には、もしかしたらキマイラが世界中に蔓延《まんえん》しているかもしれない。

そのことを飯田は恐ろしいとは思わない。だが気色が悪いな、と思った。人間が増え過ぎた今の世界も、少し不気味に感じる。〝主〟が人間を貪《むさぼ》り喰《く》っていた時代、毎日あまりにも殺し過ぎていたため人間がいなくなってしまうのではないかと心配したのが嘘《うそ》のようだ。

「世界の行く末、か」

死に向かおうとしているというのに、〝主〟の機嫌《きげん》はすこぶるいいらしい。とても楽しそうだ。こんなにもよく喋《しゃべ》る〝主〟を見るのは久しぶりだ。……思えばあの時もそうだった。空《うつろ》木《ぎ》に力を借りた人間が自身を殺しにやってくると知った時も、〝主〟は怒りながら笑っていた。

「あいつらの生きにくい人間どもの世界で、少しだけ生きやすい世界を創《つく》ってみたかったと考えた俺は、きっと傲慢《ごうまん》なのだろう。そして、それは成功しなかったのだからな。……世界を変えるというのは、存外難《むずか》しいものらしい。あれにはたいそうなことを言ったものだが、今の言葉を聞いたら、あきれるだろうな」

ああ、自分の〝主〟は、やはりこれから死ぬのだ。

その言葉を聞いた時、飯田は心底から納得した。ずっと閉じていた右目を、ゆっくりと開く。相変わらず床《ゆか》しか見えない中で、飯田は内心にあったもやもやとしていたものを少しずつ晴らしていく。

「次は人間どもの世界を変えるのではなく、作り直そう。世界をまるごと壊《こわ》すのも、それなりに面倒《めんどう》くさいからな」

そして、死に逝《ゆ》く自分たちの〝主〟は、やはり傲慢であった。次がないことなど考えもしない。変えられなかった世界に対して、自身を変えることではなく作り直すという選択《せんたく》をする。どこまでも、どこまでも、傲慢なのだ。

「で、訊《き》きたいことは、それで終わりか？」

「はい、訊きたいことは終わりです。しかし言いたいことがあります」

率直に、単純に、飯田《いいだ》は言う。回りくどい言い方は苦手《にがて》だ。だから心に思ったことを、ありのままに言おう。それが彼の〝主〟の機嫌《きげん》を損《そこ》ねることであろうとも。

「お嬢《じょう》さんを、お嬢さんのままで死なせてあげてはいただけませんか」

そうだ、自分はこれを言いたかった。


「駄目《だめ》だ」


空木《うつろぎ》のことを問うた時のような鬼気《きき》は放たれなかった。しかし一言で切り捨てられた飯田は、ゆっくりと顔を上げて〝主〟を見ようとする。その時飯田の腕を、横にいた浦木《うらき》がそっと摑《つか》んだ。あまりにも優《やさ》しいその手つきが薄気味悪《うすきみわる》くて、浦木に顔を向ける。

右隣《どなり》にいる彼の横顔。左の濁《にご》った白目の表面をぴくぴくと波立たせながら、浦木が笑う。

「何だ浦木、何を止める」

静かに、だが強い口調《くちょう》で、飯田は浦木を咎《とが》める。しかし浦木は、飯田を正面から見ようとせず、ただ左目で笑う。摑まれた腕を振り払おうとする直前に、浦木は摑んできた時と同様にそっと手を離《はな》した。

改めて〝主〟の方を見ようとした飯田だが、いつの間にか目の前に二本の足が見えていることに気が付いてそのまま動けなくなる。

「そのまま頭を下げているがいい、飯田」

頭上から響《ひび》いてくるのは、彼の〝主〟の声。

「そして手を出すがいい、お前に渡したい物がある」

床《ゆか》と彼の〝主〟の足だけを見つめながら、両手を差し出す。巨大な拳《こぶし》を作る彼の掌《てのひら》は、やはり巨大でぶ厚くできていた。黙《だま》ってそのままの姿勢でいた飯田だったが、音もなく床に落ちた一滴の染みに僅《わず》かに身じろぎをした。

赤黒い血。そして、たった一滴だというのに、周囲に広がる赤錆《あかさ》びた臭《にお》い。

何をしているのだろう、そう思った時に掌に何かが落ちてきた。小さく、軽く、柔らかい感触。生温《なまあたた》かく、どこかぬめついたそれは球状のようで、しばらく飯田の掌で転がっていたがすぐに止まった。

「……お預かりいたします」

「預けるわけじゃない、お前にやる。今はないお前の左目に入れてもいい。捨てたくなったら、お前の胃の中に捨てろ。誰《だれ》にも渡すな、そして誰にも喰《く》わせるな……舐《な》めてみたが、味は悪くなかったぞ」

飯田は手を引っ込めて、自分の掌に乗せられたモノを見た。

目玉だった。たった今眼窩《がんか》から抉《えぐ》り出されたばかりの小さいそれには血と肉がこびりつき、死んでいる瞳孔《どうこう》が、静かに飯田の顔を映している。白い部分に走る血管が、切なくなるほど儚《はかな》げに見えた。

　これは〝主〟の目ではない。こんなにも小さく、優《やさ》しく、寂《さび》しげな瞳《ひとみ》は、〝主〟のものでは断じてない。

「お前があれをどうにかしたいと願《ねが》うなら、やればいい。俺《おれ》はお前に、駄目《だめ》だ、と言った。それだけのことだ。お前の拳《こぶし》でもって、どうにかすればいい。お前と殺し合うのも楽しそうだが、それは生き返ってからにしたいものだな」

　目の前にある足が、離《はな》れていく。

　これが、長い別れの始まりなのだ。

「お前たちは、なかなかよい下僕《げぼく》だった。下僕という言い方をしたくないくらいにな。飯田《いいだ》、息災《そくさい》でいるがいい。浦木《うらき》、お前は……」

　珍しく、〝主〟が言いよどんだように飯田は感じた。

「何事も、ほどほどにしておくがいい」

「承知いたしました」

　即答した浦木に、〝主〟が笑う。

「この嘘《うそ》つきめが……さて、二人《ふたり》とも俺の意志から離れていくがいい。これから先、俺は何も言わん。好きにするがいい」

　気配《けはい》が消えた。部屋《へや》の中を満たしていた重苦しい空気は澱《よど》んではいるが、その発生源は既《すで》に付近にはない。それでも二人は数分の間、動かずに跪《ひざまず》いたままでいた。その間、飯田は掌《てのひら》に載《の》った眼球をじっと見つめていた。

〃主〃のものではない、だが数ヶ月の間〃主〃の右の眼窩《がんか》に納まっていただけのもの。片倉優樹《かたくらゆうき》という二重雑種《ダブルブリッド》の右目。

「……羨《うらや》ましいことです、飯田」

隣《となり》で立ち上がる気配がした。彼を見上げるのはどうにも癪《しゃく》に障《さわ》る気がする飯田も、つられて立ち上がる。浦木はただひたすらに、飯田の掌中《しょうちゅう》にある目を見つめており、彼の顔を見ようとはしない。

「物欲しげに見てもやらんぞ」

「いりません、とは言えませんね。正《まさ》に喉《のど》から手が出るほど欲しい」

浦木が率直に何かが欲しいと口にするなど、珍しいを通り越して初めて聞いた気がする。そんなに目玉が欲しいのか、飯田から見てさえどこか歪《ゆが》んでいるこの鬼は。

しかし〃主〃の言葉を抜きにしても、飯田は彼にこれを渡す気にはならなかった。もう動くことのないこの眼球は、ただの肉であり、魂《たましい》の欠片《かけら》などない。だがこれを浦木に渡すことは、優樹の肉だけではなく魂の一部も譲《ゆず》り渡してしまうような気がした。眼球のそこかしこに付着した、〃主〃の肉と魂をも渡してしまうことだ。

それは、とても不愉快《ふゆかい》だった。自分と浦木は、常に〃主〃に忠節をもって相対《あいたい》してきた。

浦木《うらき》の内心は計り知れないが、間違いなく〝主〟に対する畏敬《いけい》があった。優樹《ゆうき》に対しても同様に。しかしそれだけではない何かもまた、浦木にはあった。

左目で密《ひそ》やかに笑う浦木は、相変わらず眼球にのみ視線《しせん》を向けている。飯田《いいだ》は目を潰《つぶ》してしまわないように、そっと手を握って彼の目から優樹の右目を隠した。表情こそ変わらないが、浦木があからさまに落胆《らくたん》しているのがわかる。

「で、お前はどうするんだ」

飯田はポケットからハンカチを取り出して、眼球を丁寧《ていねい》に包む。

「それだと干乾《ひから》びてしまいますよ。干物にでもするのですか？」

「……干物にしてどうする」

「おかずになりそうですね。落語でありませんでしたか？　梅干しを見ながら食事をする話が」

冗談《じようだん》なのか、それとも本気なのか。……おそらく本気なのだろう。干乾びた目玉を皿の上に載せ、その前に正座をして笑顔《えがお》で白飯を食べている浦木の姿が容易に想像できてしまう。

「干物なんぞにはしない。あとでビーカーなりフラスコなりに入れて、培養液《ばいようえき》でも適当に注ぐ」

「漬《つ》け込みにするのですか」

「そういう言い方はやめろ……とにかく俺《おれ》は後始末に専念して、しばらくは人間の顔で生きる。

半年くらいしたら事故死でも偽装《ぎそう》するさ」

「私もそうする予定ですよ。しかし今私たちが決めなければならないのは、これからどうするかということだと思いますが」

今、密《ひそ》やかに進行している事態。〝童子斬《どうじぎ》り〟に憑《つ》かれた男と、二重雑種《ダブルブリッド》と数名のアヤカシと人間を巻き込んだ戦い。動き、死のうとしているキマイラ。枝の回収に空木《うつろぎ》が動き、その生ける屍《しかばね》に死を迎えようとしている〝主〟が挑《いど》む。

「やりたいことはある。だが、それをお前に言う気はないな」

「そうですか？　あの方があの方のままで生きて死ぬというのは、私の望みでもありますよ」

表情も声音《こわね》も胡散臭《うさんくさ》いが、それこそが浦木の本音。彼の言葉に偽《いつわ》りがないことがわかってしまう自分が、少し嫌《いや》になる。

「そうだな、お前は確《たし》かにそうだろう。だが、俺のやりたいことと決定的に手段と結果が違う。お前が何をやろうとしているかは知らないが、お前のやることと俺のやることは一致しないだろう」

「でしょうね。では、しばしお別れです。事後処理のためにまた顔を合わすこともあるでしょうが、それまでお元気で」

お前もな、とは飯田は言わなかった。深々と頭を下げる浦木の横を通り抜けようとした飯田だったが、眼球入りのハンカチを持っている右の手首をやんわりと摑《つか》まれてぞっとした。静かに、緩《ゆる》やかに、害意も何もなく忍び寄る彼の手を、避けることができなかった。

「力ずくだというのなら、俺《おれ》も相手になるぞ」

「もし私がそんな気を起こしていたら、あなたはその言葉を言った後にすぐさま私を殴りつけているでしょうね」

「……そうだな」

浦木《うらき》はただ、握《にぎ》り締《し》められた飯田《いいだ》の拳《こぶし》を優《やさ》しく、どこまでも優しい手つきで撫《な》でる。それだけで、すぐ飯田の手首を解放した。

「気色の悪いことをするな」

「ただ、名残惜《なごりお》しいと思っただけです。あなたと、あなたの手についている我《われ》らが主とあの方の血肉との別れが」

「……そうか」

飯田は短く答えると、今度こそ本当に部屋《へや》を出て行った。出て行った彼の背中にもう一度頭を下げると、浦木は再びその場に跪《ひざまず》く。

床《ゆか》に落ちた一滴の血。その場所に、浦木は恭《うやうや》しく口をつけた。

彼は笑う。

誰《だれ》もいない場所で、ただただ静かに笑《え》みを浮かべ続ける。

「人の金で飯食っててこんなこと言うのも何だけどよ、これから派手《はで》に喧嘩《けんか》しようってえ前に食う飯が、こーゆーもんってのは、今いち気合が入らねえよなあ」

そう言いながら相川虎司《あいかわとらじ》が掻《か》き込んでいるのは、大盛りの牛丼《ぎゅうどん》である。既《すで》に三杯目の半分を食べ終わっている彼は、一度丼《どんぶり》をテーブルの上に置くと水を一口飲んで隣《となり》に座っている安《あん》藤希《どうのぞみ》の方を見た。

「お前、ほんっと食うの遅《お》っせえなあ」

「ごめんなさい……でも、あたしが遅いんじゃなくて相川くんが早過ぎるだけなんじゃない？」

安藤が食べているのは、豚丼《ぶたどん》並盛りに味噌汁《みそしる》とサラダをつけたものだ。虎司が三杯目に手をつける頃《ころ》に、やっと豚丼の三分の一とサラダを食べ終わったところである。

「そうかもなあ。あまり噛《か》んでねえし。まあ早食いしろたあ言わねえけど、もうちょい急いどけや。飯にあまり時間かけるわけにもいかねえから、こういうとこ入ったわけだしな」

虎司、安藤、そして帆村夏純《ほむらかすみ》の三人が、浜松町駅《はままつちょうえき》前にある牛丼をメインに扱う外食チェーン店に辿《たど》り着いたのは、午後九時になる少し前のことだ。虎司が人の皮を被《かぶ》って着替え、現在位置が青山霊園《あおやまれいえん》の近くであることを確認《かくにん》した三人は、もっとも近い駅であろう乃木坂《のぎざか》駅へ歩いた。

そこから乗り換えを経《へ》て浜松町駅《はままつちょうえき》に着き、こうして食事をとっている。普通の食事をしなくとも支障のない夏純《かすみ》は、外で煙草《タバコ》を吸っていた。全面禁煙であるこの店に入る理由は、夏純には微塵《みじん》もない。

満席ではないがちらほらと客のいる中で、制服姿の安藤《あんどう》とTシャツとジーンズという軽装の虎司《とらじ》が並んで食事をしているのは少々浮いていた。

「……片倉《かたくら》さんたち、今どの辺《あた》りにいるのかな……」

「さあなあ、さっきの電話だと表参道《おもてさんどう》から新橋《しんばし》、浜松町経由で行くっつってたからなあ。合流は天王洲《てんのうず》アイルだってえ話だから、気にするこたねえだろ。モノレールでこっから次の駅だろ」

「うん、そんなにかからないと思う」

「結構なこった。しかしすぐ近くに海があんのに、わざわざ電車乗って移動しなきゃなんねえってのもめんどくせえ話だなあ。埠頭《ふとう》がお約束だってのは、わかるけどよう」

浜松町駅は、東京湾《とうきょうわん》に臨《のぞ》む竹芝桟橋《たけしばさんばし》の最寄《もよ》り駅である。〝童子斬《どうじぎ》り〟と戦うに適している海という場所は、すぐそこだ。

「桟橋は、人が結構いるだろうし……。やっぱり埠頭まで行かないと。ドラマとかでも埠頭で麻薬の取引とか、銃撃戦《じゅうげきせん》とか、色々《いろいろ》と悪いことしてるし……」

「そこら辺のお約束は、俺《おれ》もわかってるんだっつーの。そのお約束をしに行くのがめんどくせえってんだよ。お約束ってのは見るだけのがいいわな」

「ごめんなさい……」

「謝《あやま》ってんじゃねーよ、とっとと食え」

面白《おもしろ》くなさそうな顔でひらひらと手を振る虎司を横目で見ながら、安藤は味噌汁《みそしる》を一口飲んだ。椀《わん》をテーブルに置き、自分の言葉を考え直してみる。埠頭の悪事はお約束のようだが、これだと自分たちが悪いことをしに行くみたいではないか。

悪いこと、なのだろうか。虎司たちを殺しに来る人——とても人には見えなかったが——を、やられるまえにやれというのは、いいことではないが悪いこととも言い切れない。正当防衛《せいとうぼうえい》、という言葉で片付ければいいのか。

物騒《ぶっそう》な話だ。安藤は心底そう思う。どうしてこういうことになったのか、簡単《かんたん》な事情は理解したがきっともっと長い、複雑な事情があるのだろう。事態が解決したら、虎司や彼の仲間たちと話をして色々《いろいろ》と訊《き》いてみたい。……大田《おおた》という眼鏡《めがね》の人の話は、長くなりそうだから遠慮《えんりょ》したいが。

「また、お前どーでもいいことぐだぐだ考えてやがるだろ。考えてもいいから、口を動かして飯食いやがれ」

「うん……」

安藤が食べ終わらない理由の一因は、自分の丼《どんぶり》に入っている玉葱《たまねぎ》を全部彼女の丼に移している虎司《とらじ》にもあるのだが、それを指摘するのはやめておくことにした。なぜ最初から玉葱《たまねぎ》抜きを頼まないのか、不思議《ふしぎ》なところである。

「……片倉《かたくら》さんたち、大丈夫かな……」

移動している最中に来た電話で、安藤《あんどう》は優樹《ゆうき》に自分の家の電話番号を伝えた。優樹はうまく言《い》い訳《わけ》をしておくと約束をしてくれたし、お互い無事であることがわかったのは喜ばしい。だが、どうも不安でならない。早めに彼女らと合流したかった安藤は新橋駅《しんばしえき》か浜松町《はままつちょう》駅での待ち合わせを提案したのだが、やんわりと断られてしまった。

その理由を、安藤は自分なりに考える。人が多過ぎて、戦いが始まってしまった時の周辺への被害を食い止めるためだろうか。天王洲《てんのうず》アイル駅周辺がどんな場所かは知らないが、新橋や浜松町よりは人は少ない気がする。

それとも、他《ほか》の理由があるのだろうか。

「だーかーら、お前は早く食えっての。四杯目頼むぞ、こら」

三杯目を食べ終わってしまった虎司が、箸《はし》を齧《かじ》りながら安藤の方を見ていた。食べられるところを見られるのは、どうにも気恥ずかしい。安藤は虎司からやや顔を背《そむ》けて、もそもそと玉葱を口に運ぶ。

「……何だ、俺《おれ》の面《つら》見てたら飯がまずくなるってえのか、こら」

「そ、そういうわけじゃなくて……」

虎《とら》の姿をしていた虎司なら、見られても大丈夫な気がするのだが。どちらも同じ虎司のはずなのに、見慣《みな》れている人の姿をした虎司の前ではやや萎縮《いしゅく》してしまう安藤であった。

「まったく、お前はもうちっとはっきり物を言えってんだよなあ」

「い、言うから」

「ああ？」

玉葱しか残っていない丼《どんぶり》を一度置いて、安藤は虎司の顔を正面から見た。

「落ち着いたら、相川《あいかわ》くんに言いたいこととか、全部言うから。相川くんのお友達の話とか聞きたいし、相川くんのことも聞きたいし」

眼鏡《めがね》の下から、虎司の三白眼《さんぱくがん》を見つめる。虎の姿をしている時とは少し違う、だがやはり虎でも人でも、彼は同じ眼差《まなざ》しをしていた。

「たくさん、話をしたいな」

「おう」

言葉少なく返して、虎司も安藤を見つめた。虎司も、彼女に訊《き》いてみたいことがある、ような気がした。しかしそれをうまく言葉にまとめることができなかった虎司は、とりあえず言いたくなったことを言ってみることにした。

「安藤よお」

「うん」

再び丼《どんぶり》に向き直り、玉葱《たまねぎ》を箸《はし》で摑《つか》んだ安藤《あんどう》であったが。

「俺《おれ》、やっぱりお前のこと好きだわ」

あまりといえばあまりにも唐突《とうとつ》な虎司《とらじ》の発言に、安藤は喜ぶ前にまず丼と玉葱を落とすのを必死に耐える必要があった。丼を抱えて虎司を見る安藤であったが、彼には動揺した様子《ようす》は微《み》塵《じん》もない。取り乱す安藤を、むしろ不思議《ふしぎ》そうに眺めていた。

「何だあ安藤、すげえ間抜けな面《つら》してっぞ。そんなに玉葱食うのに飽《あ》きたのか」

「い、いや、そういうことじゃなくてね……あの……何ていうか、いきなりそういうことを言われると反応に困るというか……その……」

「困るって、はいそーですかって思っとけばいいだけの話じゃねーか。それとも何か、お前は俺に好かれたらまずい理由でもあんのか。お前だって俺のこと好きだって言ったし、今思い出したけど、俺六課でもお前のこと好きだって言った気がすっぞ。それをもう一回言っただけの話じゃねえか」

今思い出したということは、今まで忘れていたのだろうか。そう突っ込みを入れたくなるのを抑えて、安藤は反論《はんろん》する。

「いやあの、それは嬉《うれ》しいんだけど、そういうことはこういう場所で言ったり言われたりすることじゃないし……」

何が悲しくて浜松町《はままつちょう》の牛丼屋《ぎゅうどんや》のカウンターで、自分の好きな相手に好きだと告白されなければならないのだろう。虎司に自分のロマンを押し付けるのは間違っているのだろうが、せめてもう少し雰囲気というものを考えてほしい。

「牛丼屋は駄目《だめ》か、じゃ焼肉屋ならよかったのかよ？」

「そ、それも違う……」

ふと、安藤は客観的《きゃっかんてき》に自分たち二人《ふたり》の状況を考え直した。場所はともかく、今までの自分たちの会話はいわゆるカップルの痴話喧嘩《ちわげんか》だと周囲の人から見られたりしていないだろうか。思わず周囲を見回すと、店内にいた数人の客が自分たちを見ていた、ような気がした。気のせいだと思いたい。

カウンターの中にいる、学生らしき従業員と目が合った。彼がどんな表情をしているかを確《かく》認《にん》する前に、安藤は顔を伏せて丼を抱え込む。

「どした安藤、何へこんでやがるんだ」

「……今度話す……」

夕暮れの教室で告白という青春映画のような話は、ありふれているようでもしかしたら貴重なのかもしれない。

「虎《とら》くん、女子高生さーん、ご飯長いよー、灰皿溢《あふ》れちゃいそうだから、そろそろ行こうよー」

店内に響《ひび》き渡った大声は、確認するまでもなく帆村《ほむら》夏純《かすみ》のものであった。店の入り口から咥《くわ》え煙草《タバコ》のままで顔を出し、カウンターにいる二人《ふたり》のことを見つめている。

場所と状況を気にしない夏純《かすみ》の行動に、安藤《あんどう》は丼《どんぶり》を抱えたままどうすればいいのかわからなくなる。彼女が自分の名前を覚えていなかったのは、不幸中の幸いだ。滅多《めった》に来ることのないであろう店とはいえ、自分の名前を大声で呼ばれたら恥ずかし過ぎる。

そんな安藤の内心を察することのない虎司《とらじ》は、彼女の丼を奪《うば》い取ると半分残っていた味噌汁《みそしる》をその中に注ぎこんだ。安藤が静止する前に、大きく口を開けて味噌汁と一緒《いっしょ》に玉葱《たまねぎ》を自身の口に放り込む。

「あーまずい。玉葱なんて食うもんじゃねーな、まったく。さー行くぞ」

虎司は安藤の鞄《かばん》を摑《つか》むと、そのまま先に出て行ってしまった。水を一口飲み、息を吐く。この二人は少々傍若無人《ぼうじゃくぶじん》過ぎる。周囲のことを気にせず、言いたいことを言うしやりたいことをやっている。

これは彼らがアヤカシという、人とは異なる生き物だからだろうか。……そうではないな、と小さく安藤は首を振る。大田《おおた》は話は長いが落ち着いた性格に見えたたし、優樹《ゆうき》は会話した時間は短いがとても頼れる人だと感じられた。背丈《せたけ》は小さいし、自分より年下に見えるが。

（早く片倉《かたくら》さんたちと合流したいな……）

彼女ならもう少しうまくあの二人を抑止《よくし》できそうだし、そうなれば気が楽になる。

そんなことを考えながら立ち上がった安藤は、片倉優樹と合流することができない可能性など思いもよらない。

虎司、夏純、安藤が目指す品川埠頭《しながわふとう》にもっとも近い駅が、天王洲《てんのうず》アイルである。東京《とうきょう》モノレールとりんかい線《せん》、二つの路線が通るこの駅は、渋谷《しぶや》からならばりんかい線直通の電車に乗ることができれば二十分とかからず到着することができる。

しかし足を使うことで渋谷駅からかなり離《はな》れてしまった三人は、結構な遠回りをすることになっていた。乃木坂《のぎざか》、新橋《しんばし》、浜松町《はままつちょう》という渋谷発では有り得ない道程《みちのり》ではあるが、浜松町から羽田空港《はねだくうこう》方面行きのモノレールに乗れば、次の駅が天王洲アイルである。

約五分で着く。短い時間だ。

平日の午後九時を回っている今、それほどの乗客がいるわけでもない。三人で座ることも十分にできたが、彼と彼女らは座ろうとせずに入り口の近くに佇《たたず》んでいた。虎司は安藤に座ることを勧《すす》めたが、彼女はそれを断った。

少しだけ、空気が重かった。牛丼《ぎゅうどん》を食べていた時や、モノレールに乗るまでの騒《さわ》がしいお喋《しゃべ》りが懐《なつ》かしくなる。こう極端に違うと、戸惑《とまど》う安藤であった。二人とも、何か危ない気配《けはい》でも感じているのだろうか。

何か話題を提供した方がいいのか、それとも黙《だま》って、彼らの言葉や行動を待った方がいいのか。後者を選ぶことにした安藤は、車内広告でも眺めることにした。本当は優樹に電話をして現在位置を確認《かくにん》したかったのだが、常識《じょうしき》と良識に縛《しば》られ過ぎている彼女は『車内での電話は控えましょう』というあまり守られていない注意書きを守ろうとした。五分で降りるのだから、その時にかければいいのだ。ごく普通にそんなことを考えていた。

虎司《とらじ》と夏純《かすみ》がなぜ黙《だま》り込んでいるのか。夏純の方は、至極《しごく》単純な理由である。煙草《タバコ》を吸えないから、それだけの話だ。彼女は安藤《あんどう》とは違い、マナーに反しているから喫煙《きつえん》する場所をわきまえているわけではない。優樹《ゆうき》が吸ってはいけないと書いてあるところで吸ってはいけないと言ったから、それを守っている。

煙草というよりは、それの発する煙と熱《ねつ》こそが必要なだけであって、銘柄《めいがら》に拘《こだわ》る必要はどこにもない。しかし夏純は、ジタンという好みの分かれる煙草を吸い続けている。どうして自分がジタンを吸っているのか。煙草を吸えない苛立《いらだ》ちを抑えるために、夏純は普段《ふだん》なら考えもしないことを考える。人間の喫煙者は、煙草に含まれているニコチンに依存しており、煙草を吸えないといらいらするらしい。

自分も、今いらいらしている。ニコチンというものに依存しているのだろうか。人間とは違うのに、人間と同じような依存症に陥《おちい》っているのか。とても不思議《ふしぎ》だ。そういえば、自分は競《けい》馬《ば》や競艇《きょうてい》が好きだ。水には近寄りたくないのに、水上で行われる競艇をわざわざ見に行く自分は賭《か》け事《ごと》にも依存しているのだろうか。

（あー、考えるっていうのはこういうことなのねえ）

大田真章《おおたさねあき》は、考えろとよく言う。考えるのは面倒《めんどう》くさいから、夏純はあまり考えない。大抵《たいてい》は直感だ。こうやってしみじみと考えるのは、久しぶりな気がする。

「おい火蜥蜴《ひとかげ》、体温上がってきてんぞ、それ以上は上げんなや」

考え事に集中していたら、体温調節《ちょうせつ》を忘れていたらしい。

「ごめーん」

「おう、安藤。寒いなら火蜥蜴の腕でも掴《つか》んどけ。こいつはいつも四十度近くあっから、カイロ代わりにできるぞ」

「うん、掴んでいいよ、女子高生さん。あったかいよー。でもうっかり五十度超えることもあるから気をつけてねー」

「え、遠慮《えんりょ》しときます……」

その時、モノレールの扉が閉まった。緩《ゆる》やかに動き始めた中、虎司は周辺に細心の注意を配っていた。

乗り慣《な》れないモノレールに緊張《きんちょう》しているわけではない。これに乗る時、何か——ほんの僅《わず》かではあるが、〝嫌《いや》な感じ〟がしたのだ。自分たちに対する明確な敵意、ではないのだろう。そうであるなら、自分だけではなく夏純も気が付くはずだ。……煙草を吸えなくてぼんやりしているように見え、多少頼りないが。

しかし、この不安は何なのだろう。第六感、というものなのか。

五分で自分たちはこの閉鎖《へいさ》された車内から解放される。降りて、優樹《ゆうき》たちが来るのを待ち、埠頭《ふとう》に行く。そして、あいつが来るのを待ってぶん殴る。五分間という短い時を耐え切れば、どうにかなる気がする。

『臭《にお》いを嗅《か》げ、耳をすませ、気配《けはい》を読め』生前の八牧《やまき》が言っていた言葉を思い出す。鼻を利かせれば、夏純《かすみ》や安藤《あんどう》、その他大勢の人間たちの臭《にお》いが、耳をすませれば、少し離《はな》れた場所にいる乗客たちの会話やレールの上を走るモノレールの音が鼓膜《こまく》を刺激《しげき》し、気配は――。

人間がいる。それは当然のことだ。安藤や乗客がいるのだから。

アヤカシがいる。それも当然のことだ。自分や夏純がいるのだから。

鼻と耳が、一瞬《いっしゅん》閉ざされた。

「安藤！　火蜥蜴《ひとかげ》！　気合いれろお！」

虎司《とらじ》の怒声《どせい》は、二人《ふたり》の耳には半分しか届かなかった。

それは唐突《とうとつ》な〝隔離〟だった。周囲の感覚が閉ざされる瞬間を察知できたのは、虎司だけだった。短い虎司の警告《けいこく》は、夏純には十分に効果があった。近くにいた安藤の腕を摑《つか》み、抱き込むように床《ゆか》に伏せる。

その時には、この決して広くはない車両の中は完全に〝隔離〟の影響下《えいきょうか》にあった。

気配が薄《うす》い。車内にいる他《ほか》の乗客たちを認識《にんしき》できない。夏純は体温を上げすぎないよう細心の注意を払いながら、目を細めた。

「女子高生さん、しばらくおとなしくしててね」

咄嗟《とっさ》のことに反応ができなかった安藤ではあったが、非常事態であることにはすぐ気が付いた。貧血でも照明が落ちたわけでもないのに、視界がやや暗くなっている。普通の電車に比べれば静かとはいえ、モノレールが走る音がまったく聞こえない。そして近くにいるはずの虎司が、どこにいるかがわからない。

自分の名前を呼ぶ声は、かろうじて聞こえた。どこにいるのだろう。捜したい衝動《しょうどう》に駆《か》られるが、夏純の言葉に自制する。

今、ここは自分が過ごしている日常の世界ではない。

自分に何ができるのか、それは夏純の指示に従い、そしていざという時には、彼女の前に立つこと。

身体《からだ》が震《ふる》える。温かい、むしろ熱《あつ》いともいえる夏純の腕に包まれているのに、寒気がする。怖い。覚悟はできていると言った。心にも決めていた。それなのに、やはり怖いのだ。震え、歯の根が合わず、先ほど食べた豚丼《ぶたどん》が胃から逆流しそうなほどに怖いのだ。

何が怖いのか。この状況か。これから起こる事象か。自分を抱いている炎の爬《は》虫類《ちゅうるい》の本性を隠した美しい女性か。迫り来るであろう兇人《きょうじん》か。

自分が大好きで、自分を喰《く》らおうとし、自分を好きだと言ってくれた黒い虎《とら》か。

人ではない、人を喰らおうとし、兇人《きょうじん》を殺そうとする黒い虎のことを、今でも好きな自分自身か。

答えを出すのは、あとでいい。今ではなくていい。『あと』が、必ずしも訪れるものではないという事実からは、安藤《あんどう》は目を逸《そ》らした。夏純《かすみ》にすがりたい気持ちを抑え、いつでも彼女が動きやすいように身体《からだ》の力を抜く。音と人間が感じられない頼りない空間の中で、目を見開き、耳をすませる。

虎司《とらじ》も夏純も自分も無傷で、他《ほか》の乗客の人たちも無事で、ついでにモノレールの運行に支障がありませんように。

そんな無駄《むだ》ともいえる願《ねが》いを安藤が願っている間、夏純は耳と、それ以上に目を見開いていた。その瞳《ひとみ》は黄金色《こがねいろ》に輝《かがや》き、瞬《まばた》きをせずに眼球をせわしなく動かす。誰《だれ》もいない車内が見えた。いないはずはないのに、見えない。虎司も見えない。

だが、自分の身体は見える。腕の中にいる安藤も見える。触れていることもわかる。近くならば、ちゃんと把握できる。

あのちんぴらが殴るために近寄ってきたら、すぐに殴り返せるように。夏純は安藤を左腕一本で抱え、右腕を自由にした。軽く拳《こぶし》を握り、その先端のみの温度が上がるように集中する。どうやら自分は、怒っているようだ。怒っている時ほど、細かい温度調整《ちょうせい》がうまくできる、気がする。

虎司はどこにいるのか。もう戦っているのか、考えたくもないが最悪の事態になっているのか。夏純は冷静に怒りながら、目を見開く。

「気合いれろお！」

声が二人《ふたり》に聞こえたことを神ではない何かに祈りながら、虎司は自身の首に巻きついて二人がいるのとは反対側の乗車口へと引き寄せた細い〝枝〟に手をやった。苦しいが窒息《ちっそく》させるほどの締《し》め付けをしてこないそれを、力任せに引《ひ》き千切《ちぎ》る。〝枝〟は思いのほか簡単《かんたん》に力を失い、床《ゆか》へと落ちていった。

（こいつ、やっぱり本気で俺《おれ》を殺す気がねえのか）

虎司は出どころを確認《かくにん》するために、床に落ちた〝枝〟の根元を見ようとした。それは存外、彼のすぐ近くにあった。

彼の目と鼻の先にあるドア——その隙間《すきま》から先ほど虎司の首に巻きついたものよりも、遥《はる》かに細い〝枝〟たちが数百本、蠢《うごめ》いていた。蛇《へび》の巣を見ているようだ。茶色《ちゃいろ》く、細く、牙《きば》はないが鋭利《えいり》な先端を以《もっ》て肉を貫《つらぬ》く、兇悪な蛇の集団。その光景に、虎司は鼻の頭に皺《しわ》を寄せる。

自然と、人の皮が滑《すべ》り落ちていった。数時間ほど前に被《かぶ》ったばかりの皮を、服と共《とも》に脱ぎ捨てていく。制服ではないからもったいないとはさして思わなかったが、着替えのことが心配になる。

〝枝〟たちのうち、数十本が虎司《とらじ》に向かって伸びてくる。見切れる速度と千切《ちぎ》れる強度しかもたない細い〝枝〟たちを打ち払いながら、虎司はドアの外に視線《しせん》をやった。

（外にいやがるってえのか、ちくしょうが）

その根元は、虎司からは見えない。しかし窓ガラスの向こうに、〝枝〟がモノレールの屋根に向かって伸びているのが見える。一瞬《いっしゅん》モノレールの天井《てんじょう》をぶち抜くことを考えた虎司だったが、硬そうに見えるそれを破壊《はかい》するのには結構な時間がかかりそうだ。

ドアをこじ開けて車外に出ようとした虎司だったが、自分が今、安藤《あんどう》と同じ空間にいることを思い出す。

安藤を、守らなければならない。彼女の無事が確認《かくにん》できるまでは、迂闊《うかつ》に動いてはいけない。

そんな考えがごく自然に浮かんできたことを、虎司は不審《ふしん》に思うことなく前に進もうとした足を止めた。

『頭に血が昇ると前に進むことしかできなくなる』、そう言われた。戦闘中《せんとうちゅう》によけいなことを考えると、動きが鈍《にぶ》る。しかし今は動きを止めて、考えてもいい時間だ。敵の本体は見えず、目の前にはその手先がうじゃうじゃと寄せ集まっているのに、一斉に襲《おそ》いかかってくるわけでもなくただただ緩《ゆる》く飛んでくる。

五分間。浜松町《はままつちょう》から天王洲《てんのうず》アイルへの五分間。殺し、殺されるには充分な時間。だが、必死に逃げ回ってやり過ごすことも可能な時間。

この場で戦うことを、なぜ兇人《きょうじん》が選んだのか。繁華街《はんかがい》よりは人がおらず、そして逃げ場のない空間。虎司たちにとってはあまり有利な状態ではない。だが、それは向こうにとっても同じ。人間を傷つけられない彼にとって、無人ではない場所はやりにくいはずだ。

（あんまり考えたくねえが……まさか、モノレールごとひっくり返そうとか思っちゃいねえだろうなあ……）

人間を殺せず、傷つけられないとはいう。だが事故を引き起こしてそこに人間を巻き込めば、直接手をかけるわけではない。まさかこれほど巨大な質量を持ったものを動かす力はない、と思いたいところだ。虎司や夏純《かすみ》は生き残れるだろうが、他《ほか》の人間たちはただではすまない。

（でも奴《やつ》ぁ、中に入ってこねえ……入ってこれねえ理由があんのか？　それとも俺《おれ》を屋根ん上におびき出したいのか？　……俺にこの〝枝〟に注意を向けさせて、どっかから不意打ちでもしようってえのか？）

攻めと守り、守る方が楽だ。そう言ったのは、八牧《やまき》と大田《おおた》のどちらだったか。その言葉を聞いた自分の反応は、『攻めてくる奴をぶん殴って黙《だま》らせた方が早いだろ』というようなものだった。今になって、やっと意味を理解する。

相手の攻める手法を守りながら見て、それから反撃《はんげき》する。速さはないが、堅実《けんじつ》ではある。堅実、などという考えが自分にあったことを知り、虎司は牙《きば》を剝《む》き出して笑った。誘うように揺れ、鋭《するど》くはあるが避けられないほどではない攻撃《こうげき》を繰《く》り出してくる〝枝〟に笑う。

「安藤《あんどう》！　火蜥蜴《ひとかげ》！　聞こえたら、周りに気をつけやがれ！　隙間《すきま》から細っこいのが入ってきやがるぞ！」

腹の底から大声で叫ぶ。聞こえることを、神ではない——いや、今度は明治《めいじ》神宮《じんぐう》に祈ってみることにした。あの時の賽銭分《さいせんぶん》くらいの祈りを捧《ささ》げてみる。

静かに静かにモノレールは往《ゆ》く。天王洲《てんのうず》アイルまであと三分強。

殺したいモノをゆっくりと殺すために、邪魔《じゃま》なモノから片付けよう。

殺してしまったらもう殺せないから、殺さないように片付けて、できれば殺そう。

手ではなく、足でもなく、身体《からだ》でもなく。

殺すためだけに在るモノでもなく。

いつでも、そこにある兇器《きょうき》で。

考える。生きて、殺して、殺して、死ぬ前に殺すことを考える。

殺したいモノも考えている。邪魔なモノも考えている。

なぜ　こんなに　ころしたいんだろう

邪魔だけど殺せないモノがたくさんいる。

ころせないんじゃない　ころしちゃいけない
殺せないから、どかせることを考えよう。
手ではなく、足でもなく、身体でもなく。
殺したいモノを殺すためだけに在るモノでもなく。
いつでも、そこにある兇器で。
死ぬかもしれない。死ぬかもしれない。
死んだモノは殺したモノじゃない。
そのことを考えよう。

どうして　そんなに　ころしたいんだ?
殺されず、殺さず、死んで、生きない屍《しかばね》にならないため。
それよりも、なによりも。
そのためだけに創《つく》られて、それ以外のことはできないから。

そうじゃない　だろう
そうじゃない　はずだ

肉が、うるさい。

生き続け、死に続け、殺し続ける。

生きた屍《しかばね》になる時まで。

この肉が、塊《かたまり》になる時まで。


目を見開いて周囲を見る夏純《かすみ》は、虎司《とらじ》の声を聞いた、ような気がした。気のせいか、そうでないのか。体勢を低くして左腕に安藤《あんどう》を抱き、右手に熱《ねつ》を集めて、夏純は車内を見回す。〝隔離〟というのはおかしなものだ。こんなにも目を見開き耳をすませているのに、虎司とそう数の多くはない乗客たちを見ることができず、自分と安藤が生きている音しか聞こえない。

頼りない感覚の中で、触覚だけははっきりと残っていた。腕の中にいる安藤は、生きていておとなしく縮《ちぢ》こまっている。生きているなら、それでいい。

眼球を細かく動かして周囲を見続ける夏純から視線《しせん》を逸《そ》らし、安藤もまた辺《あた》りを注意深く見渡した。人間ではない夏純でさえ何も見つけていないようなのに、自分に何かが見つけられるとも思えない。それでも、夏純の熱《あつ》い腕の中で何もしないでいることはできなかった。

首が動く範囲《はんい》で、そっと辺りを見てみる。モノレールの車内。夏純と自分は乗車口を背にして、床《ゆか》に蹲《うずくま》っている。虎司はどこにいるのだろう。近くにいるはずなのに、聞こえないし見えない。とても奇妙だ。

そういえば、このモノレールはまだ動いているのだろうか。音がまったく聞こえないため、さっぱりわからない。誰《だれ》かが非常ベルでも押して止まったりしてはいないか。動いているのと止まっているのと、どちらが虎司や夏純によって都合がいいのだろう。安藤としては、早く天《てん》王洲《のうず》アイルに着いてほしい。

安藤はゆっくりと顔を上げて、窓の外を見ようとした。夏純は安藤のその動きを別に咎《とが》めることもなく、少しだけ左腕の力を緩《ゆる》めただけだった。

暗い窓の外にどんな風景があるのか。止まっているのか、それとも動き続けているのか。だが恐る恐る窓の外を覗《のぞ》いた安藤が見たのは。

兇人《きょうじん》の昏《くら》い瞳《ひとみ》。

「帆村《ほむら》さん、外！」

それは、安藤にしては冷静かつ的確《てきかく》な判断ともいえた。普段《ふだん》の彼女であれば、驚愕《きょうがく》と恐怖で声さえあげることもできなかっただろう。その叫びを聞いた夏純の反応は迅速《じんそく》だった。

「近くにいてちょっと離《はな》れて！」

矛盾《むじゅん》した言葉を叫びながら、左腕の安藤を放して素早《すばや》く立ち上がる。ドアを挟んで兇人山崎《やまざき》太一朗《たいちろう》と相対《あいたい》した夏純《かすみ》は、右拳《こぶし》を振り上げた。彼女の発する熱《ねつ》が、〝隔離〟で澱《よど》んだ空気を歪《ゆが》めていく。その熱《あつ》さはすぐ傍《そば》の床《ゆか》に蹲《うずまく》る安藤《あんどう》にも伝わり、慌《あわ》てて鞄《かばん》を背負って熱を遮《さえぎ》った。

兇人山崎《きょうじんやまざき》太一朗もまた、右の拳を構《かま》えていた。窓の向こうから夏純の頭部に狙《ねら》いを定めて今にも放とうとしている。彼の右肩からは、細い細い〝枝〟たちが数え切れないほど突き出してモノレールの屋根へと伸びていた。しかしそんなことは、夏純にとってはどうでもよかった。

彼女が考えているのは、熱気が迸《ほとばし》る拳をあのちんぴらの顔に叩《たた》き込む、ただそれだけ。ポケットに入ったジッポのライターも、煙草《タバコ》も、マッチも、着ている服や靴のことなども忘れた。側《そば》にいる安藤のことも、虎司《とらじ》のことも、この場にはいない優樹《ゆうき》や大田《おおた》のことも、この世にはいない八牧《やまき》のことも、夏純の脳内から消え去っていた。

虚無《きょむ》の空間に、夏純の熱が広がっていく。彼女の脚はいつの間にか炎に包まれ、足元にいた安藤をも焦《こ》がしそうな勢いだ。『近くで離《はな》れて』という夏純の叫びを聞いていた安藤は、火の熱が届かないぎりぎりの場所まで下がる。

人の皮を脱ぎ捨てて炎の蜥蜴《とかげ》になった夏純は、床を、壁《かべ》を、天井《てんじょう》を、そして目の前の扉を焦がしていく。それがどんな影響《えいきょう》を及ぼすかも、考えてはいない。

赤い火柱は、その右拳だけが青白く燃《も》えていた。

窓ガラスの向こうにある太一朗に向かって、青い炎が振り下ろされる。扉もガラスも、その熱に耐え切れずに異臭を放ちながらどろどろに融《と》けていき、地面に落ちていく前に夏純の熱で蒸発していく。

あまりの熱さに、安藤もたまらず顔を背《そむ》けた。見ていなければならないのに。そして夏純があの〝枝〟に刺されそうになったら、彼女の前に立たなければならないのに。しかし今近付いたら、〝枝〟から彼女を守る前にこちらの肉が焼けてしまう。

せめて、見ていよう。炎が顔を真《ま》っ赤《か》に染めるのにも構わず、目を細めながら安藤は見る。

ドアはすっかり融けてしまい、その機能《きのう》を既《すで》に果たしてはいない。そしてドアの向こうにいる山崎太一朗。彼の顔面《がんめん》に夏純の青白い手がめり込んでいる。——いや、顔面ではなかった。当たっているのは、顔の前に翳《かざ》した左腕。燃やし、融かすその拳を受けて、その左腕はただじゅうじゅうと音と煙を立てて焦げていた。

色々《いろいろ》なモノが焦げ、そして融ける異臭が既に安藤の周囲には充満している。そんな中でも、彼が焦げる臭《にお》いはやけに強烈に安藤の下へ漂ってきた。それは木が焦げる臭い。古い古い木が、炎から身を守るためにぶ厚い表皮を焦がす臭いだ。

焦げているのは、彼の左腕だけではなかった。燃えさかる蜥蜴の頭を鷲摑《わしづか》みにしている、太一朗の右手。丸い爬《は》虫類《ちゅうるい》の頭部に指がめり込んでいる。夏純のわかりにくい表情に苦悶《くもん》はない。ただ青い拳を押し込もうとするのみだ。

押し込まれた太一朗の左腕に異変が起きた。彼の表皮、焦げた部分が黒ずんでぽろぽろと落ちていく。彼の太い腕が、炎で削れて細くなっていく。燃えた痕《あと》は即座に再生——することはなかった。その理由は夏純《かすみ》の炎が通常より遥《はる》かに高温であったことと、それ以上にこの場所に原因があったのだが、彼女にはそんなことを見ている余裕はなかった。

夏純の頭に食い込んでいる指もまた、まったく力を失うことなく、深く深く刺さっていた。腕と頭。どう見ても夏純の方がダメージが深いが、夏純は引かない。青い炎が右腕から全身へと広がる。

赤い火蜥蜴《ひとかげ》が、今だけは青い火蜥蜴となっていた。

炎を吐いてやりたい。そうすれば、このちんぴらの頭を燃《も》やしてやれるのに。苦しくて口をしっかりと開けることができずに、黒い煙を吐き出すだけだ。頭を摑《つか》んでいるちんぴらの右腕を、左手で摑む。痛くて、力が入らない。青い炎は彼の腕を削り燃やしているのに、力は少しも緩《ゆる》んでくれない。

頭が、溶けているようだ。自分の発している熱《ねつ》のせいではなく、視界が揺らぐ。

これが痛い、ということなのか。火傷《やけど》の痛みとは、何か違う。何がどう違うかなどをいちいち考えてる場合でもない。ただ、このままだとちんぴらを燃やしてやれない気がする。どうにかして、どうにかしないといけない。どうにかする方法はまったく思いつかないが。

こんなにも熱《あつ》いのに、脳の中身に氷でも突き刺されたようだ。頭の中が寒い。冷たい。ぐいぐいと摑み上げてくる太一朗《たいちろう》の指が、彼女の頭蓋《ずがい》に食い込んですべてを圧迫していく。

熱が、下がる。青が赤に変わる。水を被《かぶ》ったわけでもないのに、火が小さくなっていく。

なるほど。これが死ぬということか。冷めた頭が、ぼんやりと考えている。これは痛い。死ぬのは痛いことだと聞くが、これほどとは。

冷たくなった脳内に、雨が降る映像がよぎっていった。

夏純には恐ろしくわかりやすいイメージ。

死、そのものだ。

(あー……あたし、死んじゃうのかなあ……困ったなあ……困り過ぎて何に困っているのかわからないくらい困ったなあ……)

「火蜥蜴、右をどけやがれ!」

どこかふらつく意識《いしき》の中で、夏純は黒い塊《かたまり》が通り抜ける前に右腕を下ろして身体《からだ》を左にずらすことに成功した。同時に、虎司《とらじ》が太一朗の身体に飛びついた。〝隔離〟の中でも、彼の鋭《するど》い嗅覚《きゅうかく》が鉄や木などの焦《こ》げる異臭を僅《わず》かに嗅《か》ぎつけたのだ。

虎司は太一朗の身体に爪《つめ》を立てながら、焼けた左腕に力いっぱい噛《か》み付く。それは虎司が想像していたよりは、恐ろしくあっさりと落ちていった。落ちた痕《あと》は、木炭のように黒く灰を散らしていく。

そして虎司は、自分が重大なミスを犯したことを知った。

モノレールは、いつの間にか止まっていた。落ちた腕が転がっていったのは、モノレールの下。跨座式《こざしき》という文字通りレールの上に車両が跨《また》った形式のそれは、通常の線路《せんろ》とは異なる。

そして東京《とうきょう》モノレール羽田線《はねだせん》は、路線の大部分がある場所の上に作られていた。

それは、運河。暗い闇《やみ》の中で冷たい水の道が、二人《ふたり》のアヤカシと一人《ひとり》の兇人《きょうじん》の下で静かに流れ続けている。

海に近いこの場所は、おそらく海水なのだろう。このまま太一朗《たいちろう》を落とすことができれば、それですべてが終わる。

だが彼の〝枝〟は今もモノレールにしっかりとしがみついていて、そして自分には当たり前だが命綱《いのちづな》などなく、夏純《かすみ》は頭を掴《つか》まれて身動きが取れない。このまま運河に突き落とされる可能性があるのは虎司《とらじ》と夏純の方だ。

夏純が飛べる状態なら問題はないが、今の彼女の瞳《ひとみ》はどこか宙を見ている。意識《いしき》を失ったまま落ちてしまったら、間違いなく致命傷《ちめいしょう》だ。

（……結局、俺《おれ》は考えてもろくなことにならねえってかちくしょうが！）

どうにかしなければ。そう思った時には、虎司の胴体と首に〝枝〟が絡《から》みついていた。締《し》め付けて殺そうという力ではない。動きを封じるためだけの、拘束《こうそく》する紐《ひも》。彼の爪《つめ》と牙《きば》の届かない場所を選んで巻きついたそれは、虎司を高々と持ち上げ。

「火蜥蜴《ひとかげ》、しっかり目ぇ覚ましやがれ！　落とされたら死んじまうぞ！」

そして放り投げた。虎司は既《すで》に落ちた時に備えて、体勢を整《ととの》え始める。こうなっては先に水

面で待機《たいき》して、やがて落ちてくるであろう夏純《かすみ》を拾い上げ、何とか優樹《ゆうき》と合流して、安藤《あんどう》と。

落ちながらもどこか冷静に考えていた虎司《とらじ》の鼻先に、〝枝〟があった。すっと斜めに振るわれたそれは、彼の黒い鼻の頭と、そして右前足をたやすく切り裂いていく。鼻から飛び散った血が、足から噴《ふ》き出す血が、黒い毛皮を斑《まだら》に染めた。

鼻が、利かなくなる。足は、彼の皮と、肉と、そして骨の半分にまで、深く裂け目が到達していた。だらしなく開いたその傷口から、鮮血《せんけつ》が迸《ほとばし》る。アヤカシの血を吸うはずの〝童子斬《どうじぎ》り〟の〝枝〟は、むしろ嫌《いや》がるように虎司の傷口から溢《あふ》れ出る血を避けていった。

それでも虎司は鳴き声一つあげずに、ある一つのことにのみ安堵《あんど》していた。

(ああ、もうこうなったらどうしようもねえが、安藤が落ちなかったからそれでいいや、こんちくしょう)

血を流しながら落ちていく虎司には、安藤が何をしようとしているのか見えなかった。

虎司が落とされていくのを見た安藤は、彼が血を流しているのは見えなかった。ただ、彼が手と目の届かない場所に行ってしまった以上、最善だと自分が思ったことをやらなければならない。

本当は、何もやらないのが一番いいのかもしれない。何かしたところで、この状況を打開できるとも思えない。

それでも安藤は選んだ。自分にできることを。目の前にいる夏純を助けることを。

太一朗《たいちろう》の身体《からだ》を焦《こ》がし続けている夏純は、今ではその両腕をだらりと下げて動かない。青かった炎は赤くなり、心なしか小さくなっているようにも見えた。気を失ってしまったのだろうか。呼べば、意識《いしき》を取り戻してくれるかもしれない。だがそれより前に、彼が夏純の頭から手を放してくれなければ彼女の頭が砕《くだ》けてしまう。

安藤は震《ふる》える足を叱咤《しった》しながら、足早に夏純と太一朗の側《そば》に歩み寄った。夏純の熱《ねつ》で床《ゆか》が少し不安定なのが気になるが、それでも安藤は太一朗の右腕に触れようとした。

まず制服が、そしてその下にある皮が、夏純の熱で焦げる。先ほどより熱が下がっているとはいえ、それは人間の安藤にとっては脅威《きょうい》的《てき》な熱《あつ》さだ。死をもたらすには充分なほどの、熱。焦げる、そして、焼ける。自身が焼ける臭《にお》いを、安藤は生まれて初めて嗅《か》いだ。二度とは嗅ぎたくない臭いだった。

それでも安藤は手を伸ばす。

虎司の前に立った時のように、彼——山崎《やまざき》太一朗が動きを止めてくれたら。

安藤の左手が太一朗の右腕に触れる瞬間《しゅんかん》、彼は唐突《とうとつ》に手を離《はな》した。夏純が落ちたのは幸いにも床の上であり、安藤は心から安堵する。

だが、安藤の左手の甲から肩に到るまでが、真《ま》っ赤《か》に腫《は》れ上がり大きな水疱《すいほう》となってしまっていた。爛《ただ》れて、一部では黒く炭化している。焼けた制服が皮膚《ひふ》に張り付いているのが何となくわかったが、もう安藤には蹲《うずくま》ることしかできなかった。

痛くて痛くてたまらない。左腕だけは焼けついて熱《あつ》いのに、身体《からだ》には悪寒《おかん》が走っている。額《ひたい》からは脂汗《あぶらあせ》が流れてくる。目からはぽろぽろと涙がこぼれ出て、眼鏡《めがね》を曇《くも》らせていく。この火傷《やけど》の痕《あと》は、一生残って今日《きょう》という日を忘れさせることはないだろう。

眼鏡が滑《すべ》り落ちていった。

痛みのせいか、意識《いしき》がはっきりしてくれない。頭がくらくらする。視界がぼやけているのは、眼鏡がないからだ。そうに違いない。安藤《あんどう》は、今自分にできる本当に最後のことをしようと気力を奮《ふる》い立たせる。

痛いのは、腕だけだ。それだけだ、と思い込んだ。

「帆村《ほむら》さん！　しっかりしてください、帆村さん！」

身体を揺すって起こすことは、もうできそうにない。そこまでの気力と体力が、湧《わ》いてこない。叫ぶことしかできない。蹲《うずくま》って痛みに耐える安藤は、もう夏純《かすみ》やその敵である太一朗《たいちろう》が何をしているかも見ることができない。

「あんどーさん……」

夏純の弱々しい声を、安藤は確《たし》かに聞いた。女子高生とばかり呼んで自分の名前を口にすることのなかった夏純が、初めて自分の名前を呼ぶ。

「ほむらさ……」

気絶する瞬間《しゅんかん》、何とか顔を上げた安藤が見たのは夏純の黄金色《こがねいろ》の瞳《ひとみ》。そして彼女の首に何かが絡《から》みついて、引《ひ》き摺《ず》る姿。

(相川《あいかわ》くん……帆村さん……死なないで……)

泣きながら安藤が意識を失うと同時に、〝隔離〟は唐突《とうとつ》に消え去った。

止まったモノレール。戸惑《とまど》い慌《あわ》てる乗客。倒れ伏す安藤。

それらをすべて置き去りにして、事態は未《いま》だ歩みを止めない。


頭が痛い。割れるように痛い。あまりにも痛過ぎて、何だかはっきりしない。燃《も》やしてやりたいのに、火が点《つ》かない。何て燃えにくいんだろう。焦《こ》げ目《め》ばかりついて、優《ゆう》さんがよく食べてる焼き魚じゃないんだから。

「帆村さん！」

自分の名前が呼ばれているのを、夏純はぼんやりと聞いていた。

「しっかりしてください、帆村さん！」

あ。

ふらつく頭が覚醒《かくせい》していく。夏純がゆっくりと目を開けると、床《ゆか》に蹲っている安藤の姿が見えた。床にいる安藤の頭と目線《めせん》の高さが同じということは、自分も床に倒れているのか。今は頭を摑《つか》まれていないが、それでもまだずきずきする。

倒れている安藤の左腕が、視界に入る。制服は焼け落ちて皮膚《ひふ》に張り付き、赤くなったそれは火傷《やけど》の症状だ。あれは自分がやってしまったのだろうか。そうならば、謝《あやま》らなくてはいけない。安藤《あんどう》にも、虎司《とらじ》にも。しかし今はもっと大事なことがあった。

「あんどーさん……」

自分が何気なく口にした名前。虎司が何度も呼ぶから覚えた名前。……虎司は無事だろうか。そうだ、あの兇人《きょうじん》をどうにかしないと。

ずるり、と自分の身体《からだ》が引《ひ》き摺《ず》られる感覚。安藤が視界から消える。

急速に意《い》識《しき》が覚醒《かくせい》していく。ちんぴらが見えた気がした、と同時に夏純《かすみ》は最後の力を振り絞って炎を吐いた。その炎の行き先を確認《かくにん》できないまま、彼女の身体は重力に引かれて落ちていく。

飛ばなければ。重力に逆《さか》らおうとする火《ひ》蜥蜴《とかげ》を阻止《そし》したのは、首に幾重にも巻きついている〝枝〟だった。細いそれは本体よりは強度が弱く、夏純の熱《ねつ》で燃《も》えていく。だが燃え尽きる前に次の新たな〝枝〟が伸びてきて、彼女を下へ下へと押し込んでいく。

この時初めて、夏純は自分が落ちようとしている場所に気が付いた。

「うみうみうみうみー!?」

正確《せいかく》には運河であるが、運河も海も川も湖も夏純にとっては大した違いはない。淡水《たんすい》でも海水でも、巨大な水溜《みずたま》りである以上そこは夏純にとっては死をもたらす空間でしかない。全身の温度を上げて、絡《から》みついてくる〝枝〟をすべて燃やし尽くす。

〝枝〟の遥《はる》か先、根元にちんぴらがいてこちらを見下ろしている、ような気がした。その瞬《しゅん》間《かん》、夏純の身体は水面に叩《たた》きつけられていた。夏純の熱で水が蒸発して煙をあげる。しかし大量の水の前には、そんなものはささやかな抵抗にすぎない。

夏純の全身を、水が包む。炎と熱を急《きゅう》激《げき》に奪《うば》っていく。それは、生命を奪われるに等しい。

痛い痛い痛い痛い痛い。

叫ぶこともできない。泳ぐことなどできるわけがない。ただただ身体全体をのた打ち回らせることしかできない。水面に浮き上がることはできそうだが、水に浸《つ》かったままでは飛ぶこともできない。

何十秒、そうしていただろう。一分ではないと思う。一分だったら、死んでいるから。

「こら、火蜥蜴、落ち着け！　落ち着いて俺《おれ》の背中に乗ってしがみつきやがれ！」

何かが、自分を下から押し上げようとしていた。頭が、身体が、手足が、空気に触れる。空気は彼女が燃える条件の一つではあるが、短時間とはいえ水に浸かっていた今は誰《だれ》かの炎を借りなければろくに燃えられない。自分を水面に誘ったその黒い塊《かたまり》に、必死にしがみつく。何やら毛が生《は》えていて、それが濡《ぬ》れているのが気に入らないが、水の中にいるよりは遥かにましだ。

そしてやっと、自分がしがみついているものが黒い虎《とら》の虎司であることに気が付いた。

「…………とら…………」

言葉が、うまく出ない。八牧《やまき》の幅広で巨大な背中と比べてると、虎司の背中は夏純には小さ過ぎる。身体《からだ》や尻尾《しっぽ》がはみ出て、その部分を水が濡《ぬ》らして夏純《かすみ》の身体を傷つける。彼女の身体全体は既《すで》に赤黒い水疱《すいほう》に覆《おお》われ、もはや真《ま》っ当《とう》な皮膚《ひふ》の方が少ない。人間ならば皮膚全体の三分の一に火傷《やけど》を負うと命の危機《きき》である。今の夏純の皮膚は、それ以上の面積《めんせき》を水に焼かれていた。秋の夜の運河。それは夏純にとってはあまりにも冷た過ぎる。

「あー……」

虎司《とらじ》に伝えたかった。安藤《あんどう》が、自分の炎で火傷を負ったことを。結局、あのちんぴらをぶちのめせなかったことを。しかし口は動いてくれず、痛みがぼやけて意識《いしき》が薄《うす》れる。

腹が立った。何もできずに虎司に背負われている自分に。彼の大事な友人を傷付けた自分に。自分の仲間たちを害するちんぴらに、そのちんぴらを燃《も》やせなかった自分自身に。

その怒りは熱《ねつ》を帯びることなく、ただ夏純の意識を冷たい水底へと引《ひ》き摺《ず》り込んでいった。

「無理して喋《しゃべ》んじゃねーよ……ったく、これじゃ岸に上がってもまっとうに動けそうにねえなあ……いてえいてえ……」

虎司も水に体温を奪《うば》われ、鼻を切られて嗅覚《きゅうかく》が働かず、前足の傷口にたっぷりと海水が染み込んでくる鈍痛《どんつう》に耐えている。そんな前足も無理やり動かして泳いでいるため、ますます傷口が大きくなっていた。肉が裂けて骨が見えているその足でも、とにかく前へ前へと行かねばならない。

これでは陸に辿《たど》り着いてもすぐに動けそうにないし、夏純は自分以上に衰弱《すいじゃく》し切っている。

致命傷《ちめいしょう》、ではないがこれ以上濡れるようなことがあったらあまりにも危険だ。

（ちくしょう、もう団長に任せるしかねえか……安藤が俺《おれ》らのことを伝えてくれりゃいいんだが。あいつ大丈夫かな……）

岸に向かって泳ぎ続ける虎司は、今安藤が気絶していることなど知る由《よし》もない。背中の夏純は喋る気力がないのか、ただ虎司にしがみついてくる。水温よりは高いであろう夏純の熱が、冷えた毛皮に伝わってくる。普段《ふだん》の夏純なら虎司の毛皮がただではすまないだろうに、今の彼女の体温は四十度を下回っていることは間違いない。岸に上がったら何でもいいから、彼女に火種を注がないとまずそうだ。

（二人《ふたり》がかりで左腕一本もぎとっただけかよ……どれくらいの速さで生《は》えてくるかはしらねえが、ちったあ団長の殴り合いが楽になりゃいいんだが……）

毛皮も耳も鼻も、すべてが濡れ鼠《ねずみ》ならぬ濡れ虎《とら》。背負っているのは、燃えていないただの蜥蜴《とかげ》。惨《みじ》めな話だ。腹が立つし、腹が減る。どれもこれも、山崎太一朗《やまざきたいちろう》のせいだ。彼に憑《つ》いている〝童子斬《どうじぎ》り〟が原因とはいえ、とんでもない物がこの世界にはあるものだ。迷惑《めいわく》な話である。

怒りと不安。そして恐怖。泳ぎながら、虎司の内心はそれらの感情を渦巻《うずま》かせていた。

そしてもう一度、何かに祈ろうとした。明治神宮《めいじじんぐう》ではない何かに無駄《むだ》な祈りを捧《ささ》げようとして、その対象がどうも思いつかない。

だから、八牧《やまき》に祈ることにした。一応山の神だったらしいから、間違ってはいないだろう。

（大将よお、俺《おれ》たちが明日《あした》の朝飯を、生きて笑って食えるようにしてくれねーかな）

シンプルな祈りを捧《ささ》げた。

無駄《むだ》な祈りを捧げた。

無駄なことにも意味があるような気がしたから。


片倉優樹《かたくらゆうき》と未知《みち》が浜松町《はままつちょう》のホームに降りたのは、午後九時を十分ほど過ぎた時分であった。まず表参道駅《おもてさんどうえき》に着いた優樹は、安藤《あんどう》の家に連絡を入れて言いつくろうのに少々時間をかけた後、六課にも電話をかけたが大田《おおた》は出てくれなかった。彼の身を案じはしたが、もう後戻りはできない。電話をかけた後、未知と共《とも》に適当な店でカレーライスを食べた。

ごくごく普通のビーフカレーと、ビールをジョッキで二杯。未知がもそもそと食べるのを見守りながら、いざという時のために赤川《あかがわ》に連絡を入れておこうかとも考える。結局は考えただけで、実行には移さなかった。まだ怪我《けが》の治り切らない彼に、これ以上心労をかけたくはない。

久しぶりに食べるカレーは、美味《おい》しい気がした。そうか、子供はこういう食べ物が好きなのか。カレーライス、ハンバーグ、スパゲティ、辺《あた》りが普通なのだろう。自分とはだいぶ違う。そういう物も食卓に上ったが、好きな食べ物を訊《き》かれると『米、味噌汁《みそしる》、魚、酒』と答えた気がする。食の嗜好《しこう》は今とさして変わっていない。

優樹の目の前で子供用の小さなカレーを頬張《ほおば》る未知は、嬉《うれ》しさを必死に隠しているように見えた。嬉しくてしかたがないという風《ふう》に、笑っている。そしてにやけている自身に気が付き、慌《あわ》てて表情を戻そうとする。

優樹は『笑いたければ笑っていいよ』と言おうかと思ったが、やめておくことにした。自分が指摘したら、未知はもっと萎縮《いしゅく》して笑いを抑えようとする気がした。

こんな簡単《かんたん》なことで、人は笑えるのだ。食べたい物を、食べただけ。ほんの些細《ささい》なことなのに。……最後に笑ったのはいつだったか。苦笑《にがわら》いや愛想笑《あいそわら》いなどではなく、楽しくて、面白《おもしろ》くて、嬉しくて笑ったことなど。しばらく考えて、優樹は思い出すことをやめる。今は、笑いが必要な時ではない。

こうして食事を終えた二人《ふたり》は、電車を乗り継いで虎司《とらじ》たちに遅れること十数分後に浜松町駅へと辿《たど》り着いた。表参道から新橋《しんばし》、浜松町と進むよりは、一旦渋谷《いったんしぶや》に戻ってりんかい線《せん》に乗った方が早く天王洲《てんのうず》アイルに着くのではないか。優樹がその考えに到ったのは、カレーを食べている最中であった。

しかし優樹が選んだのは、戻ることではなく前に進むことだった。進むことしかできない。戻ることはできない。それはまるで強迫観念《きょうはくかんねん》のように、優樹に囁《ささや》いてくる。前へ、前へと。小さな命と共に前へと。

現在、未知は優樹には背負われておらずに彼女の横で右手を握っている。カレーを食べ終わった時に再度未知《みち》を背負い直そうとしたのだが、未知自身がそれを拒《こば》んだ。

『ゆ、ゆうさんつかれてるけど、あたしつかれてないから。ちゃんとあるけるから』

未知に言われるほど、そんなに疲れた顔をしているのだろうか。正直未知程度の重さなら、背負っていたところで疲れが溜《た》まるわけでもない。むしろ命の重さを間近に感じられて、生きねばならないと思えるほどだ。しかし優樹《ゆうき》は未知の意思を尊重し、彼女と手を繋《つな》いでいた。

「さて……ここからモノレールだね」

次の駅が天王洲《てんのうず》アイル。モノレールに乗る前に、電話を入れておこうか。彼らは自分たちよりは先行している。もう向こうに着いているかもしれない。電池がもったいないし、公衆電話からかけてみるか。そんなことを考えながら未知の手をひいて歩き始めた優樹だったが、耳に入ってきた構内《こうない》アナウンスに立ち止まる。

濁声《だみごえ》のやけに聞き取りにくい駅員の声だったが、肝心《かんじん》の内容を優樹はしっかりと把握した。東京《とうきょう》モノレール羽田線《はねだせん》、浜松町《はままつちょう》天王洲アイル間で事故が発生、運行を休止している。その前後は、今の優樹たちには意味のない情報だ。

事故。虎司《とらじ》たちが乗っている可能性は、充分に有り得る。それが普通の、誰《だれ》の意思も介入《かいにゅう》していないただのトラブルであるならば、まだいい。しかしそれが兇人《きょうじん》の仕業《しわざ》であり、虎司たちとの戦闘《せんとう》の過程でモノレール自体が損傷《そんしょう》して止まるようなことになっていたら。

優樹は未知の手を離《はな》すと、背中を向けた。『乗って』と言う前に、未知は優樹のただならぬ気配《けはい》を感じたのか黙《だま》ってその背中に身体《からだ》を預ける。右腕を後ろに回して未知の身体を支えてやりながら、優樹は手袋を着けたままの左の右手で携帯《けいたい》電話を取り出した。改札口《かいさつぐち》を足早に目指しながら、着信履歴《りれき》から安藤《あんどう》の携帯に電話をかける。歩きながら電話をするのは嫌《いや》だ、などと言っている場合ではない。

すぐに出てくれ、という優樹の願《ねが》いとは裏腹《うらはら》に呼び出し音は延々と鳴り続け、十回鳴った後に留守番電話に切り替わった。それにメッセージを残しはせず、夏純《かすみ》と虎司の電話にもかける。夏純は『電源が入っておりません』。虎司は安藤と同様に留守番電話だった。

携帯電話をしまい直し、優樹は考える。虎司の携帯電話は安藤の鞄《かばん》に入っていたから、かけたことにあまり意味はない。問題は、夏純の電話に電源が入っていないことだ。充電切れはないはずだ。出る前に念のため確認《かくにん》しておいたが、電池の残量を示すメーターは最大であったし、こんな時に電源を切るとも思えない。

夏純の電話は、もはや電話としての機能《きのう》を果たしていないのではないだろうか。彼女自身の熱《ねつ》によって。もしくは、何らかの戦闘行為のせいか。どちらにしろ、それは最悪の予想だ。

これからどうすべきか。三人の無事を確認できれば一番いいのだが、その手法が思いつかない。三人とも一緒《いっしょ》にいるのか、それとも分散してしまったのか。虎司や夏純もそうだが、安藤が心配だ。人間は、簡単《かんたん》に死んでしまうものだから。

一応警察官《けいさつかん》という身分を利用して、現場の人間に問い合わせるという方法も考えた。しかしそうなると、警視庁《けいしちょう》刑事部捜査第六課という名前を出さねばならない。

アヤカシである虎司《とらじ》や夏純《かすみ》が、万が一にも収拾《しゅうしゅう》もつかないほどに破壊《はかい》活動を行ってしまっていたら、責任問題は回りまわって自分のところにも来るだろう。二人《ふたり》とも元は六課にいたのだから。責任をとることが、怖いわけではない。だがそうなったら、虎司も夏純も人の世界で生きていけなくなる。世間に無用の混乱を生じさせる。

何も言わなければ、関係ない振りを貫《つらぬ》き通すこともできる。そんなことを考えて、優樹《ゆうき》は自身のささやかな警察権力《けんりょく》の行使をやめておくことにした。

冷静な、ある意味薄情《はくじょう》なもう一つの方策《ほうさく》は、このまま予定通りに品川埠《しながわふ》頭《とう》へ行くことだ。ここからさして離《はな》れているわけでもなし、二本の足で目指せばいいだけのこと。埠頭に兇人《きょうじん》がやってきたら彼はアヤカシ殺しをしていない、即《すなわ》ち虎司たちの命は無事だということだ。

——来なかったとしたら、虎司たちが彼を殺した、もしくは彼が虎司か夏純のどちらかを殺して自《みずか》らも朽《く》ち果てた、ということになる。

前者なら二人は無事だし、後者なら今さら優樹が慌《あわ》てふためいたところでどうにかなるものでもない。

（……嫌《いや》だな……こんな考え方……）

浜松町駅《はままつちょうえき》を出た優樹は、思わず立ち止まって頭を抑えた。無計画に歩き回るよりは、合理的な考えなのだろうと自分でも思う。目指す場所は一つでも、行き方はいくつかある。十六秒間考えた優樹が出した結論《けつろん》は、もっとも原始的で効率の悪い方法——二本の足で捜すという下策であった。

浜松町から天王洲《てんのうず》アイルまでの東京《とうきょう》モノレールの道程《みちのり》。まずは山手線《やまのてせん》浜松町の次の停車駅、田町《たまち》駅方面を目指すことにした。田町の手前までは、モノレールも同じ道程である。そこから新芝運河《しんしばうんが》上、港南《こうなん》を通り天王洲アイルへと辿《たど》り着く。

今の自分の足だと、どれほどの時間がかかるのか把握しにくい。それでも優樹は虎司たちの無事を確認《かくにん》したいがために、この方法を選んだ。

頭の片隅《かたすみ》に、それに反対する声がある。こんな遠回りではなく最短距離《きょり》で海を目指し、〝童《どう》子斬《じぎ》り〟の兇人と相対《あいたい》し、戦い、そして死ねという声。

左目が、貧血でも起こしたかのように暗くなる。時たま自分の意思を無視して動く左の右手が、手袋の下でさらに一回り大きくなる。

侵食されている。何かに。何かに。

「ゆうさん……ぐあいわるいの、ゆうさん」

背中の未知《みち》。軽いはずの未知が、重い。体重ではなく、その命が重過ぎる。この身体《からだ》が支えるには、それは異様なまでにずっしりとのしかかってくる。

放り出せばすぐに消《き》え失《う》せてしまいそうな、小さな小さな人間の命なのに。

自分——片倉《かたくら》優樹という二重雑種《ダブルブリッド》よりも、大きく重く感じてしまう。

放り出してしまえばいいのに。

たった一つの命を抱えて、たった一つの命を失えばいいのに。


戦って、逃げて、生きて、死ぬ旅路を往《ゆ》く覚悟だ！


……それは、幻聴《げんちょう》のくせに優樹の鼓膜《こまく》を震《ふる》わし、脳髄《のうずい》を揺さぶる大きな、大きな大田《おおた》の声だった。頭の中で鐘《かね》を鳴らされると、きっとこんな気分になるのだろう。頭がくらくらする。

何と自己主張の強い、ずうずうしい幻聴だ。周囲を見回しても、大田の姿が見えるはずはなく気配《けはい》も感じない。背中の未知《みち》はか細い声で優樹《ゆうき》の名前を静かに囁《ささや》き、通行人たちも何事もないようにただ歩いている。

「……大丈夫、ちょっとくらくらしただけ。これから天王洲《てんのうず》アイルの方に行くからね、ちょっと長くなるからちゃんとおぶろうね」

優樹は道の端に寄ると、一度コートを脱いでから未知を背負って紐《ひも》で縛《しば》り直した。その上からまたコートを羽織《はお》り、リュックを持ち直す。その作業をしている間、左の右手も使った。大きくなってしまったのは収まらないが、それでも今は自分の思う通りに動いてくれた。

「みっちゃん、がんばって行こうか」

帽子《ぼうし》を、被《かぶ》り直す。

「……うん、ゆうさん」

しないで。

そんな言葉が出そうになるのを、未知は必死で堪《こら》えながら優樹の首に手を回す。優樹は死んだりしない、八牧《やまき》のように死んだりはしない。

八牧を殺したあの人に、殺されたりはしない。

未知は必死で祈る。彼女が祈りを捧《ささ》げるのは、『かみさま』。どんなに祈っても助けてはくれなかった『かみさま』ではない。彼女を助けてくれた『くまのかみさま』だ。

今はこの世界にはいない『くまのかみさま』に、ただただひたすらに祈り続けた。


片倉《かたくら》優樹は、海に臨《のぞ》む。

傷だらけの身体《からだ》と魂《たましい》を抱えて、海へ臨む。

自身の限界を知りながらも、ただひたすらに。

小さな小さな命を抱え、終焉《しゅうえん》へと歩く。

# 第十四章
# 終わる誰かの物語

生きよう、と考えながら日々を生きる生き物がいる。
死にたくない、と考えながら日々を生きる生き物がいる。
生きている、などといちいち考えずに日々を生きる生き物がいる。
生き物たちは、今を生きている。それは同じ。
死もまた、平等に訪れるもの。
ただ、差異がある。
今、死ぬのか、
明日《あした》、死ぬのか。
百年後に、死ぬのか。
それは誰《だれ》にもわからない。
今生きて、明日生きて、百年後にも生きているのか。
それは誰にもわからない。

わからないはずのことを、理解する生き物がいる。
他者の生命を絶ち、自らの生命をも絶とうとする生き物がいる。

これは　そんないきものたちの　ものがたり
せいとしと　ちとにくとほねの　ものがたり
これは　それだけではなかった　ものがたり
これは　たったそれだけだった　ものがたり

片倉優樹《かたくらゆうき》には、自分が片倉優樹であるという自信があった。いつであろうと、そうだった。

では片倉優樹が何であるかということは、あまり考えない。人と人でないものの混血で、生命力と再生力に優《すぐ》れ、人間とは違う、かといってアヤカシという生き物とはまた違う、政府に人と同等の義務と権利《けんり》を認められた内閣公認甲種指定生物。狭間《はざま》の者。合いの子。鬼人《きじん》。自身の特徴《とくちょう》だとか、誰《だれ》かに認定されたとか、そういうことを考え始めても答えなど出ない。だいたい考える時間なら、いくらでもあった。

自分は自分である。そう結論《けつろん》は出ている。

しかし、今はそう考えられない自分がいる。

自分は自分ではない。そんな結論が出ている、気がする。

自分の中に、自分ではない何かがいて、自分に勝手なことを囁《ささや》いてくる。

生きて、戦って、死ね。

何とも納得しがたい話だ。生きるのはいい。生きるために戦うことも受け入れられる。しかし、その果てに死ぬことは許容できない。

——だが。

それを許容しようとしている自分がいる。

片倉優樹という生き物を放棄《ほうき》して、自分の中にいる〝誰か〟にすべてを委《ゆだ》ねようとしている自分もいる。

生も死も、何もかも。

それはきっと、とても楽なことなのだろう。何も考えず、何もしようとせず、ただ生きてただ死ぬだけの生き物になるのは、気楽な話だ。

気楽なことはいいことだ。苦しいことも、痛いことも、もうたくさんだ。血反吐《ちへど》を吐き、骨を砕《くだ》き、肉を抉《えぐ》られ、眼球を、四肢を、内臓《ないぞう》を失うのはこりごりだ。

楽に生きて、楽に死にたい。

君の生と死は、君だけのものだ。

霊鳥《れいちょう》シームルグ、大田《おおた》真章《さねあき》は片倉優樹に言った。

長生き、しない。

生ける屍《しかばね》、空木《うつろぎ》は片倉優樹に言った。

「……しっかり生きよう……しっかり……」

優樹《ゆうき》が、何かを言っている。未知《みち》はその呟《つぶや》きを、背負われたままおとなしく聞くことにした。話しかけて、優樹の考え事を邪魔《じゃま》してはいけないと思った。自分が訊《き》きたいと思ったことを、思ったままに口にしてはいけない。子供なら当然持っている好奇心を芽が出ないうちに潰《つぶ》された未知は、臆病《おくびょう》な幼女だった。

本当は訊いてみたい。様子《ようす》がおかしいから、具合が悪いのではないか。それは自分のせいではないのか。優樹のために、自分ができることは何なのか。訊いてみたい。もしそれが自分のせいだとしたら、このまま自分を捨ててくれてもいいと思ってしまうほどに。

……それは嘘《うそ》だ。本当は捨ててほしくなどない。できれば、ずっと優樹の側《そば》にいたい。話の長い大田《おおた》と、たまに話をしたい、かもしれない。怖い怖い虎司《とらじ》や夏純《かすみ》も、本当はそんなに怖い人たちではなかったのかどうか知りたい。

それらのことが叶《かな》わないならば、死んでもいいと思えるほどに。

もし本当に神様がいて、望みを何でも叶えてくれるなら、八牧《やまき》に生き返ってほしい。神様なんていないわけないだろうけど。

「ゆうさん……あ、あたしにできることがあったら、なんでもいって。す、すてられるのだけはやだけど、あとはなんでもするから」

いじめられるのも、ほんとうはいや。でも、ゆうさんなら、いたくされても、がまんできるから。そう続けようとした未知の頭を、優樹が右手で優《やさ》しく撫《な》でる。

「……あんまり暴《あば》れないで、言いたいことがあるなら言って、そのままおんぶされたままでいてくれればいいよ……。それに、生きてるみっちゃんがいてくれるととっても心強いから」

優樹のその言葉は、本心だった。今が一人《ひとり》だったら、もはや自分という生き物を失っていた。この小さな生命が自分の側にいる間は、まだ何とかなる。片倉《かたくら》優樹として生きていられる。

「……さて、もうちょっと進んでみようか。虎《とら》くんたちの無事を確認《かくにん》したいからね……先生は電話に出てくれないけど、きっと無事だと思う」

大田は電話に出られない事情があるだけで、生きている。優樹にはそんな確信がある。彼が怪我《けが》をしている可能性は一万歩ほど譲《ゆず》って考えられないこともないが、死は有り得ない。大田真章《さねあき》が死ぬわけがない。

自分の生命はまったく先が見えないのに、大田の生を信じて疑わない自分は滑稽《こっけい》だ。

「モノレールの下をずっと歩いていたけど、まだ虎くんや夏純ちゃんの気配《けはい》は感じないね……あたしの耳も鼻も、ちょっと鈍《にぶ》いからねえ。虎くんの鼻が利くなら、向こうからこっちを見つけてくれると思うんだけど……」

虎司の鼻が利かない事情など、優樹は知る由《よし》もない。

（そろそろ運河の上をモノレールが通ってるところか……もしここの上で戦いになって、夏純ちゃんが落ちてたら大変なことになってる……でも、ここはもう海水のはず。童子《どうじ》斬《ぎ》りは海水に弱いって先生も言ってたのに、わざわざこの上で戦うようなことするのかな……落ちない自信がすごいある、とか？）

予想はどこまでいっても予想に過ぎない。今は前進することが大事だ。優樹《ゆうき》と未知《みち》がいるのは、山手線《やまのてせん》田町駅《たまちえき》から少し離《はな》れた場所にある芝浦公園《しばうらこうえん》の近くである。公園の真上にモノレールの高架があり、その先は新芝運河《しんしばうんが》の上へと続いていた。線路の下に公園があるのはあまり見ない光景かな、と何となく考える。昼間なら憩《いこ》いの場としてそれなりの人もいただろうが、今は一人《ひとり》もいない。

普段《ふだん》なら人々の心を癒《いや》す公園内に生《は》えている木々。それが今は空恐ろしく感じるのは気のせいだろうか。

ざあっと風が吹き、木々の葉を騒《さわ》がしく揺らした。

その木の葉のざわめきが、唐突《とうとつ》に途切《とぎ》れる。

来た。来てしまった。

兇人《きょうじん》、山崎太一朗《やまざきたいちろう》の〝隔離〟。未知以外の生命を感じられなくなる、薄《うす》い世界。虚《うつ》ろな殺意と殺気に支配された、重い世界。

そして、ほんの数メートル先にいるのは〝隔離〟の主。こんなに接近されるまで気が付けないなんて、感覚の衰《おとろ》えと〝隔離〟の恐ろしさを思い知る。先ほど彼と相対《あいたい》した時には、背中の未知だけではなく隣《となり》には大田《おおた》がいた。今になって、彼の存在がどれほど精神的な支えになっていたか思い知る。傍観者《ぼうかんしゃ》である大田の声が、優樹の肉と魂《たましい》を生の方向へと走らせたことを。

しかし、大田はいない。未知と共《とも》に、彼と戦うしかない。優樹は右手に持っていたリュックをそっと下ろした。荷物を持ちながら戦える相手ではない。

だがほんの数時間前に会い、優樹をただひたすらに殴りつけていた彼とは外見が明らかに違っていた。

先ほどはワイシャツやネクタイをきちんと纏《まと》っていたのに、今はその上半身を露《あら》わにしている。人間として見る分には、筋骨《きんこつ》たくましい体格としか表現のしようのない肉体だ。しかし人間でない証《あかし》もまた、その皮膚《ひふ》にはあった。

皮膚の表面には、細い管のようなものが無数に浮き出て全身を覆《おお》っている。時たま蠢《うごめ》いているようにも見えるそれは、おそらく〝枝〟が彼の体内に〝根〟を張っているのだろう。その管は顔にまで伸びて、彼の虚ろな表情をよりわかりにくくしていた。

表情をわかりにくくしているのは、それだけが理由ではない。彼の顔右半分が、黒く焦《こ》げている。右瞼《まぶた》が塞《ふさ》がった彼は、左目だけで優樹の左目を見つめていた。

そして、左肩から先がない。千切《ちぎ》られたようにも見える。その切断面はぴくぴく蠢いており、再生が始まっているようだ。下半身はズボンを穿《は》いているが、ところどころが焦げてぼろぼろになっている。

彼の外見から推察できること。それは、彼と虎司《とらじ》たちが戦闘《せんとう》状態に陥《おちい》ったということだ。あの左腕は虎司の牙《きば》、顔は夏純《かすみ》の炎によるもの。こうして彼が自分の目の前に殺気と殺意を以《もっ》て現れたということは、虎司たちは敗退を喫《きっ》したが死んではいない。三人目のアヤカシを殺したら、彼もまた朽《く》ちるのであろうから。

無事ならそれでいい。人間の身である安藤《あんどう》が怪我《けが》でもしていないか心配だが、生きているなら何とかなるだろう、たぶん。

だから今は、この男と戦い、打ち倒すことをしよう。八牧《やまき》を殺した彼を、虎司たちを殺そうとし傷つけた彼を、自分を殺そうとし殴りつける彼の。


命を奪《うば》う。


もはや人間ではない彼。命を奪うか、奪われるかのみの関係。ただ殺し合うのみの関係。言葉の通じない関係。……否《いな》。本当に言葉が通じないのか、まだ試してはいない。試す暇《ひま》もなかったという方が正しい。

既《すで》に彼は、アヤカシを殺すためだけに生きる兇人《きょうじん》でしかないのだろう。もはや、彼に理解する思考が備わっているかは疑わしい。

　それでも、優樹《ゆうき》は試してみたかった。言葉だけでは駄目《だめ》だが、意思の疎通《そつう》を手っ取り早く行う手段は、やはり言葉だ。同じ言葉を使う者同士が、同じ言葉で話しても理解できるとは限らないが。まったくもって。

（世の中というのは、単純明快にはできていない……か）

　大田《おおた》の言葉を思い出す。自分の命を支える力を持った大田の言葉。自分の言葉にそれほどの力はないだろうが、試してみてもいいはずだ。

「……えっと……こんばんは……私は日本国内閣総理大臣公認甲種指定生物、公認番号010018、警視《けいし》庁《ちょう》刑事部捜査第六課所属、片倉《かたくら》優樹巡査部長……」

　言葉が途切《とぎ》れた。ゆらり、と太一朗《たいちろう》が前進してくる。その右拳《こぶし》を握《にぎ》り締《し》め、優樹に振り下ろす。狙《ねら》っていたのは、彼女の頭頂部。彼と優樹の体格差は大人《おとな》と子供ほどもある。遥《はる》か頭上から打ち下ろされる拳は、脳天を砕《くだ》くには十二分な威力《いりょく》を持っていた。

　その手が止まる。シームルグの背骨さえ砕いた拳は、小さな小さな幼女には触れることもできない。

　未知《みち》は、ただ黙《だま》って優樹の左目や鼻、口を塞《ふさ》いでしまわないように、その頭と首に細く小さな腕を回していた。先ほどと同じように、八枚の時と同じように。こうすれば、優樹は頭だけは殴られずにすむということが、六課での皆の話で何とかわかったから。

　自分にも、優樹を守ることができる。嬉《うれ》しい。こんな自分にもできることがあるのだから。

あの眼鏡《めがね》の女の人もそうだったのだろう。あの人は守りたかったのだ、虎《とら》の人を。自分が少しでも優樹《ゆうき》の役に立てるようにと願《ねが》ったのと同じに。

その未知《みち》の行動に優樹は礼を言いたかったが、言葉を紡《つむ》いでいる暇《ひま》はなかった。

彼は、優樹の言葉を最後まで聞いてはくれなかった。言葉の意味を知らない、のではない。目の前にいるのが片倉《かたくら》優樹であることをわかって、襲《おそ》いかかってきている。

片倉優樹、と名乗った時、彼は焼けていない左半分の顔だけで笑ったから。左頬《ほお》に残る傷を引きつらせ、唇を歪《ゆが》め、左目を細めて、空虚《くうきょ》な笑《え》みを浮かべたから。

笑うことと、殺すことしかできないのだろうか、彼は。

優樹は左の右拳《こぶし》を握る。小指から人差し指を折っていき、親指で強く強く押さえる。低く構《かま》えて半歩前進、同時に拳を打ち上げる。狙《ねら》ったのは、顎《あご》。脳が揺れるという常識《じょうしき》が彼に通じてくれればよいのだが。

手袋が、内側から破れた。そこにある拳は、優樹の本当の右手とはまったく違う。ただ、黒く、大きく、異常な血管とやたら太い指と鋭《するど》い爪《つめ》を持った、人ではないものの手。その拳がおかしい、などとは考えなかった。ただ、そのまま勢いを殺さずに打ち抜く。

ぶ厚い手ごたえ。太一朗《たいちろう》の右腕に、みしりと小さな音を立ててめり込む。彼の右腕を覆《おお》う〝枝〟が、皮膚《ひふ》の下でざわついているのを左目の片隅《かたすみ》で確認《かくにん》しながら、優樹は右手を腰に回してナイフを抜いた。狙ったのは腹。人間として鍛《きた》えられたであろう腹筋と、〝童子斬《どうじぎ》り〟の

〝枝〟がはびこっている強固な腹。それでも切り裂くことができれば、大きなダメージとなるだろう。彼の内臓《ないぞう》が、今も人間と同じ重要な器官であるかは不明だが。

右腕を優樹の左拳を受けるために使っている以上、左腕のない彼がこの攻撃《こうげき》を防ぐのは難《むずか》しいはず。回避《かいひ》する動きを見せたら、その避けたところにさらに踏《ふ》み込む。

しかし彼がとった行動は、ナイフが刺さる前に左膝《ひざ》を優樹の右手に正確《せいかく》にぶち当てるというものだった。それはナイフを握る優樹の指の骨に、ぴきりという音を立てさせる。

優樹の体勢が崩れると同時に、太一朗は膝蹴《ひざげ》りを放った左足を地面に一瞬《いっしゅん》だけ下ろした。足に生《は》えた〝枝〟たちが地面にほんの少し触れてから、そのまま大地を蹴って優樹への前蹴りを敢行《かんこう》する。狙うは優樹の鳩尾《みぞおち》。

後方に跳躍《ちょうやく》してそれをかわし、優樹は低い姿勢のまま太一朗の足元に突っ込んだ。体格とリーチの差がある以上、中距離《ちゅうきょり》での戦いは不利でしかない。それにこの状態で彼がもっとも狙いやすいのは頭部であり、そこには未知がしがみついていて彼には攻撃できない。

未知を盾《たて》にしているという行為を、ごく普通に行っている自分が嫌《いや》になる。それでも優樹は前へ進む。

もはや退路は、どこにもない。

――違う、本当は前進する以外にも何か。

低い姿勢で飛び込んできた優樹《ゆうき》を、太一朗《たいちろう》が右足の甲で下から蹴《け》り上げようとする。それを横っ飛びでかわしながら、優樹は軸足《じくあし》となっていた左足の甲にナイフを刺した。アスファルトの地面に無理やり押し込んで、地面に縫《ぬ》い付ける。恐ろしく鋭利《えいり》な刃物に刺されたというのに、彼は体液を流さない。彼の足を間近に見た優樹は、彼が靴も靴下も穿《は》いていないことに気が付いた。

茶色《ちゃいろ》い靴だと思っていたのは、大量の蚯蚓《みみず》が如《ごと》くうじゃうじゃとひしめく細い細い〝枝〟の塊《かたまり》たち。気味の悪いそれらを丸ごと無視して、優樹は太一朗の左側に回り込んで左拳《こぶし》を固める。左腕がなく、こうして左足の動きを封じられている以上、こちら側からの攻撃《こうげき》への対処は難《むずか》しいはずだ。

それに、気のせいではなく彼——山崎《やまざき》太一朗の動きが鈍《にぶ》い。渋谷《しぶや》で一方的に殴られていた時とは違い、ちゃんと攻撃を避けられる。自分の身体能力が上がっている気はまったくしないのだから、彼が弱っているのだろう。虎司《とらじ》と夏純《かすみ》が彼に与えたダメージのせいか。

大田真章《おおたさねあき》は、ソファーに座り、言う。

「……童子斬《どうじぎ》りと戦うならば、光と水と土がない場所がいい。水が大量にあり過ぎる場所でもいい。光を遮《さえぎ》るのは夜であればいい。だが、何より重要なのは土がないこと。土といっても植《うえ》木鉢《きばち》に入った土などではない。本当の土、本当の地面、本当の大地。土のある場所でこそ、本来の力を発揮する。しかし、土のない場所というのはなかなか難しい。屋内。しかし彼と屋内で殴り合うというのは、その後の世間体《せけんてい》が悪いだろう。世間体の悪さを気にして殺し合いができるかという意見もあるだろうが、殺し合いは意外と世間体を気にするものだよ。それはさておき、屋外で土がない場所というのも難しい。東京《とうきょう》の道は舗装《ほそう》されている箇所が多いから簡単《かんたん》ではないかと思うかもしれない。しかしその下には土がある。地面がある。……つまり、下に本当の土と地面がない場所に行けばいい。そういう場所が幸いにもあるじゃないか。元は海であり、一世紀近く前から存在する土の下に本当の大地がない区域。埋立地という場所が。今、彼と彼女たちがいるであろう場所はそこ。そこならば、いい。海も近い。可能性はある」

　誰《だれ》もいない渋谷区《しぶやく》捜査第六課で、ぶつぶつと大田は呟《つぶや》き続ける。人に聞かせる時でもそうでない時でも、いつだって彼ははっきりとした口振《くちぶ》りで長く長く喋《しゃべ》る。しかし今の彼は、長く長く喋ってはいるが、誰にも聞こえないような小さな声でぼそぼそと囁《ささや》く。

　誰もいない。誰も聞いていない。それなのに、大田はただ喋る。

「……彼が江戸川《えどがわ》ではなく、平和島《へいわじま》を選んでいたら、結果は変わっていた可能性がある。今とはまったく異なる可能性。兇人《きょうじん》が死に、山神が生きていた可能性。僕は言わなかった。山の神に、江戸川よりも平和島の方が有利だよ、とは言わなかった。訊《き》かれなかったから。助けを請《こ》われなかったから。それだけの理由で、僕は何も言わなかった」

うつむいたまま、彼は喋《しゃべ》る。

「傍観者《ぼうかんしゃ》である僕は、彼に言わなかった。それなのに、今の僕は言葉を紡《つむ》ぐ。頼まれてもいないのに。すべてを頼むと言われる前から、喋ってしまっている。この口からだけではなく、骨と肉からさえ言葉を発してしまった。……とても悲しく、寂《さび》しく、そして苛立《いらだ》たしい。何よりも、何よりも苛立たしいことは」

ゆっくりと身を起こし、大田《おおた》は立ち上がろうとした。だが、テーブルについた手にどれほど力を入れようとも、その腰はソファーから少し浮いただけですぐに戻ってしまう。

「……この背骨は、今は飛べない。しかし、自力ではなくとも傍観をしに行く方法はある。他人の力を借りればすむ話で、幸いなことに僕にはそういうつてもある。……しかし」

立つことを諦《あきら》めた大田は、再びソファーに体を預ける。

「飛べないシームルグは、傍観しないシームルグ。傍観しないシームルグは、生きてはいないシームルグ。生きてはいないシームルグは……」

テーブルの上の落花生《らっかせい》を見て、大田真章《さねあき》は言う。

「屍《しかばね》の、シームルグ、だ」

優樹《ゆうき》が殴ろうとしていたのは、山崎太一朗《やまざきたいちろう》の左顎《あご》近辺だった。本当はこめかみ辺《あた》りにしたいのだが、このしゃがみ込んだ低い姿勢から繰《く》り出す拳《こぶし》には位置が少々高すぎる。当てることはできるだろうが、効果的な打点ではない。

（あれ……？）

効果的な打点。自分はそんなことを深く考えて、いつも戦っていたのだろうか。臨機応変《りんきおうへん》にしていたが、こんな考え方で殴り合いをしたことはない気がする。大田との会話で、こんな話題が出たことはないはずだ。八牧《やまき》は殴り方などいちいち考えたりはしなかったし、それは虎司《とらじ》や夏純《かすみ》も同様である。

誰《だれ》と、話した？

思考の空白が生まれた。それは秒にも満たない僅《わず》かな時間。しかし兇人《きょうじん》には事足りる時間だった。

蹴《け》りを放った右足を下ろして軸足《じくあし》にする。足甲を貫《つらぬ》くナイフは、膝《ひざ》の力だけで無理やり引き抜く。その勢いで傷口が広がるが、この程度のことは何の問題もない。再生能力が落ちているとはいえ、人工の土と公園の木々たちがある以上支障はない。深い傷はさすがに遅いが、浅い傷なら少々時間を置けばすぐに塞《ふさ》がる。〝枝〟たちがざわめいて、塞いでいく。

ナイフを刺したままの左足で、蹴る。どこも狙《ねら》わない、頭でさえなければどこに当たってもいいから。

殴ろうとしていた左腕を咄嗟《とっさ》に下ろしてガードしようとした優樹《ゆうき》だが、間に合わない。腹に、鋭《するど》く重い蹴《け》りがぶち当てられた。……速度は落ちているが、力そのものは何ら変わりはない。この力で蹴られ続けたら、痛みで動けなくなる。今はカレーライスを吐かずにすんだが、もう一度腹に食らったらまずい。

だが既《すで》にまずい事態が起こっていた。背負った未知《みち》を衝撃《しょうげき》から守るため、背中から地面に落ちるわけにはいかない。転がって衝撃を和《やわ》らげるわけにもいかない。地面に足を踏《ふ》ん張り、前のめりになりながら四《よ》つん這《ば》いになって倒れるのを回避《かいひ》する。

先ほどからの戦いで緩《ゆる》んでいた優樹と未知を結んでいた紐《ひも》が、解《ほど》けた。優樹の首と頭にしがみついていた未知のか細い腕は、いとも簡単《かんたん》に滑《すべ》り落ちる。

どてっ、という未知が地面へ倒れ込む音に、優樹は顔を上げた。

背中に、生命の重みがない。温かさがない。魂《たましい》の息吹《いぶき》がない。

背中が、寒い。

帽子《ぼうし》も、ない。

希薄《きはく》な空間だが、少しは慣《な》れた。多少はこの薄《うす》い空間の中でもいくつかのことが認識《にんしき》できるようになっている。

すぐ目の前に、帽子を掴《つか》んだままの未知が倒れ込んでいた。動いていない。脳震盪《のうしんとう》でも起こしたのだろうか。優樹は未知に手を伸ばす。

見えないナイフの柄《え》が目前に迫ってくるのを見たのはただの見間違い。しかし眼球のない優樹の右目に抉《えぐ》り込んだのは、太一朗《たいちろう》の足甲に刺さったままのナイフの柄だった。未知のガードが外《はず》れた今を、彼は見逃さない。素早《すばや》く走り込み、右足を軸足《じくあし》にして左足を振りかぶり、振り抜いた。

治りつつあった優樹の右目付近の皮膚《ひふ》と骨たちは、一瞬《いっしゅん》のうちに元の無残な状態へと戻っていった。巻いていた白い包帯は真紅《しんく》に染まり、包帯の意味をなさなくなる。静かな空間の中で、骨が砕《くだ》け優樹が右目を押さえてひっくり返る音だけが響《ひび》き渡る。

ナイフはそのまま優樹の眼窩《がんか》にめり込み、太一朗の足甲から抜ける。顔から飛び散った優樹の真新しい血肉が、太一朗の足の〝枝〟たちに触れる。

触れた途端《とたん》、血も肉も静かにその〝枝〟の中に吸い込まれていった。

自分の血肉が、彼の中に入っている。その事実に優樹は顔をしかめたくなった。歪《ゆが》んだ表情と共《とも》に、顔面にめり込んだナイフが地面に落ちていく。

〝童子斬《どうじぎ》り〟はアヤカシの血肉を貫《つらぬ》き、生長して、枝分かれをする。そういうものらしい。……彼は執拗《しつよう》に殴ってきた。本当に打撃のみに限られた、単調《たんちょう》な攻撃。その〝枝〟どもで切り裂き、貫かれた方がよほどこちらにとっては痛いし、簡単に殺せるはずなのに。

〝童子斬り〟の本体であり、意志をもってアヤカシを殺そうとするのは、〝枝〟。しかしまだ、彼はそれを本格的に使おうとはしていない。

　今、太一朗《たいちろう》の体内から出ている〝枝〟は、二本の足からのみだ。表皮に張り巡らされている〝枝〟は、ただ皮膚《ひふ》の下で静かに蠢《うごめ》いている。右腕から太い〝枝〟をぶら下げてもいない。

　よくわからないが、拳《こぶし》と足による攻撃《こうげき》だけならまだ対処のしようもある。優樹《ゆうき》は右目近辺から出ている血を、手で拭《ぬぐ》った。肉と皮も一緒《いっしょ》に拭えたが、もはや些細《ささい》なことだ。痛みも、まだ我慢《がまん》できる。

　鼻が、自分の流す血の臭《にお》いを嗅《か》げない。この〝隔離〟のせいか、それとも自身が弱っているせいか。

　倒れている未知《みち》をどうしよう。左目にはまだ血が入っていないはずなのに、視界が赤くぼやけている。赤く染まった未知を見ている。人間に危害を加えないとはいえ、意識《いしき》を取り戻した時に側《そば》にいてやらなければ不安になるだろう。……それに、未知がいないと彼は頭にも攻撃を加えてくる。胴体や手足はともかく、顔面《がんめん》や頭にあの拳や蹴《け》りは辛《つら》過ぎる。

　死んでしまう。殺されてしまう。

　優樹は、左目で彼を見る。

　兇人《きょうじん》、山崎《やまざき》太一朗を見る。顔の右半分を覆《おお》っていた黒ずんだ皮膚が、ぱらぱらと落ちていた。その下から、傷も焦《こ》げ痕《あと》も何もない皮と肉が現れる。閉じたままであった右目を開き、その視線《しせん》が優樹の左目とぶつかった。

　眉間《みけん》に皺《しわ》を寄せ、頬肉《ほおにく》を上げ、唇の端を上げる。やたらと綺麗《きれい》な白い歯が、剥《む》き出《だ》しになる。

笑っている。何が楽しいのか知らないが、笑っている。

「君が、何をおもしろがっているのか、さっぱりわからないよ……」

「太一《たいち》くん」

……どうして。

彼のことを『太一くん』などと、親しげに呼んだのだろう。本名は知っている。山崎太一朗。別段、珍しい名字《みょうじ》とも思えない。太一朗を、太一と略すなどありふれた短縮形《たんしゅくけい》だ。彼のことを『くん』などと呼んだ。自分が誰《だれ》かに対する基本的な二人称は、『あなた』のはずだ。『くん』を使うのは、立場が同等か年少者に対してのみ。そういう使い分けを何となくしていた。

優樹は、山崎太一朗を見つめた。

笑う兇人は、開いていた右手で拳を作っていた。小指、薬指、中指、人差し指と、一本一本をやたらとゆっくりと、握り込むたびにぎゅっという擬音《ぎおん》が聞こえそうなほどに力を漲《みなぎ》らせ。最後に親指で、四本の指をしっかりと押さえる。

珍しい握り方ではないのかもしれない。……だが気にはなった。

兇悪極《きわ》まりない拳が、振りかぶられた。距離《きょり》は数メートル。受けても何らかのダメージは被《こうむ》るだろう。まずは避けてから、反撃《はんげき》の機会《きかい》を。

太一朗《たいちろう》の開いたばかりの右目が、ほんの少しだけ右方向へと泳いだ。フェイントかと勘繰《かんぐ》った優樹《ゆうき》は、彼が視線《しせん》を向けた方を見ずに彼だけを見ていた。

百八十センチを超えた長身の身体《からだ》、筋肉と〝枝〟の鎧《よろい》に覆《おお》われた兇人《きょうじん》が、一瞬《いっしゅん》で視界の彼方《かなた》へと吹き飛んでいった。しっかりと見ていたのに、何が起こったのか把握できない。彼の倒れこんだ方向へ顔を向けようとする。

その頭を、真上から摑《つか》まれた。

強くはない。むしろその手つきは優《やさ》しいともいえる。しかし、頭を動かすことはできない。摑まれているのは頭だけなのに、身体全体が硬直している。誰《だれ》が摑んでいるのかも、見ることができない。

優樹は、この手の持ち主を知っていた。

「元気に生きているか。俺《おれ》は死にそうだが、あれとあれの根っこを殺しに来たぞ。お前が俺として死ぬためにも来ているがな」

この声の持ち主を知っていた。

「それまでは、死にぞこない……いや、生きぞこないだな、お前は。息災《そくさい》でいればいい。二度とは会えないだろう、できそこないのどうしようもない娘」

頭を摑んでいた力が緩《ゆる》んだ。緩んだだけではない、摑んでいたはずの手は、ずるりと滑《すべ》り落ちて優樹の足元に落ちる。肘《ひじ》から先しかない、誰かの右手。その黒ずんだ皮膚《ひふ》と巨大な手、節くれだった指の関節などは、今の自分の左手にそっくりだった。


それは鬼神《きしん》。

喰《く》らいたいから喰らい、殺したいから殺し、戦いたいから戦い、生きたいから生き、そして。

死ぬ時が来たら、死ぬ鬼神。

喰らい続け、殺し続け、戦い続け、生き続け、そして。

死に続ける鬼神。

傲慢《ごうまん》なる鬼神。

自由なる鬼神。

嫌いではないモノたちのために世界を変えようと思ったから、変えた。

変える時間がなくなったから、やめた。

それだけの鬼神。


（……いってえなあ……）

夏純《かすみ》を背に乗せた虎司《とらじ》が何とか辿《たど》り着いたのは、どこかの岸壁《がんぺき》だった。もう使い物にならない右前足を叱咤《しった》し、返事をしない夏純《かすみ》を激励《げきれい》しながら、やっと陸に上がる。人間の姿が見当たらないのは、不幸中の幸いだ。二人《ふたり》ともこのざまでは、人目から逃げることもできそうにない。かつて東《ひがし》シナ海《かい》を泳ぎ切った経験《けいけん》のある虎司《とらじ》とはいえ、鼻が利かず、切れかけた足で瀕死《ひんし》の火《ひ》蜥蜴《とかげ》を背負っての寒中水泳はさすがに厳《きび》しかった。

（あー、どこだかわっかんねえなあここ……）

泳ぐことに必死だった虎司は、ただただがむしゃらに泳ぎ続けた。人のなるべくいなさそうな方向へと。落ちた場所からはおそらく東。彼が頭に思い描いている地図通りなら、ここは品《しな》川埠《がわふ》頭《とう》のはずだが。

近くに倉庫のような建物が並んでおり、雰囲気は埠頭そのものである。正確《せいかく》な時間はわからないが、二人が落ちる時点でモノレールは天王洲《てんのうず》アイル駅《えき》にかなり近付いていたと思う。ここが品川埠頭である可能性は決して低くはない。

すぐにでも動き出したいところだが、さすがの虎司も疲労困憊《ひろうこんぱい》である。だが、冷たいコンクリートの上で生暖《なまあたた》かく燃《も》えている夏純の方がもっと辛《つら》い。いつも彼女の身体《からだ》を包んでいる炎は今はなく、火蜥蜴はただの赤い蜥蜴だった。

（……燃えるもの……都合よく新聞紙一束《ひとたば》とかライターとか落ちてねえかなあ……）

無理のある願望《がんぼう》より、行動に出なければ。力を振り絞り、立ち上がろうとする。しかし右前足の出血は止まってはいたが、肉と骨を覗《のぞ》かせているその傷口はあまりにも大きい。後ろ足をやられたわけではない。三本足でも走れるはずだ。自分の頭を無理やり納得させようとしたが、身体は動いてはくれなかった。

（立ち上がって……団長たちと合流して……）

落ちる前に、安藤《あんどう》の姿を確認していなかった。それが気になってしかたがない。うっかり怪《け》我《が》などしてないだろうか。眼鏡《めがね》を落としたりはしてないだろうか。心配だ。そのためには、今動かなければならないのに。

「おとなしくしていろ」

頭上から声が聞こえた。聞き覚えのない、野太い男の声だ。

「…………誰《だれ》だよ」

周囲に注意を払ってなかったし鼻も利かないとはいえ、こんなに近付かれるまで気が付かなかったなんて。虎司は自分の迂闊《うかつ》さに苛立《いらだ》ち、その感情が声にも滲《にじ》み出る。虎《とら》の自分や蜥蜴の夏純を見て逃げもせずに話しかけてくるのだから、人間ではないのだろう。

「偶然《ぐうぜん》通りかかった、ただの鬼だ。気にするな」

「そんな偶然あるかよ」

あってたまるか。そう続けようとした虎司だったが、その男ががさがさと紙の音を立てているのに気が付いて顔を上げた。

顔はよく見えないが、それなりに大きな、そしてやたらと体格のよい男だった。肩幅の広さ、胴回り、腕や首、脚の太さが、異常である。これで腹が出っ張っていて毛深かったらまるで八《や》牧《まき》の大将だな、と虎司《とらじ》はぼんやりと考えた。

男は新聞紙や雑誌のような物を持っており、それにライターで火を点《つ》けていた。小さな小さな火種を、ぐったりとしている夏純《かすみ》の背中にかけてやる。火が消えないように、自身の身体《からだ》を壁《かべ》にして湿った表皮をゆっくりと熱《ねっ》していた。すぐには乾《かわ》きはしないが、さっきよりはだいぶましになっただろう。

安堵《あんど》する虎司であったが、男が自分の鼻先にしゃがみ込んでいるのに気が付いて視線《しせん》を向けようとした。その視界が、布のようなものですっぽりと覆《おお》われてしまう。ただの布ではない。鼻の利かない虎司にも、これだけ近いと臭《にお》いがよくわかる。防虫剤や消臭剤などの人工的な臭い、人間とアヤカシの臭い、そういうものが染み付いた上着だ。

その上着で、水に濡《ぬ》れた頭を乱暴《らんぼう》に拭《ふ》かれる。タオル代わりにするには不適切な素材だが、ないよりはいい。

「あんた、委員会登録《とうろく》かい」

「無駄口《むだぐち》を叩《たた》くな、腹が減るぞ」

「喋《しゃべ》ってた方が気が紛《まぎ》れんだよ……どこの誰《だれ》だか知らねえけど、ありがとよ。今は何もできねえけど、いつか飯でも奢《おご》るわ」

「いらん、奢られるほどのことはしていない」

頭を拭き終わると、男は虎司の傷口に手をやった。布を裂く音が聞こえ、裂けたそこを強引に縛《しば》り上げて塞《ふさ》いでいる。虎司には充分な治療《ちりょう》だ。

「まあなんだ、こんなとこを通りすがる鬼がいるたあ、おかしいけどよ。助けてもらったんだから文句は言えねえやな」

「余計なことを考えるな、養生《ようじょう》することでも考えておけ」

「……厄介《やっかい》なもんと喧嘩《けんか》してる仲間がいるから加勢……にゃあならねえなあ、このざまじゃ。それでも、気合入れくらいにはならあな。それにちょいと気になる人間がいてよ、そいつの無事を確《たし》かめねえうちはおちおち寝てもいられねえや、人間ってのはすぐ怪我《けが》とかしたりするからよ」

安藤《あんどう》の無事を確認《かくにん》できなければ、飯を食うこともできない。

「あんた、暇《ひま》ならこいつ……帆村《ほむら》ってんだけど、こいつを燃《も》やしててくんねえかなあ。無理にたあ言わねえけど」

男はすぐに返事をせず、虎司の頭から首回りを拭き始める。

「……虎《とら》」

「ああ？　そりゃ確《たし》かに俺《おれ》ぁ虎だけど一応こっちで暮らしてる手前、人間っぽい名前もあるぜ。俺の名前は……」

虎司は名乗りを上げることはできなかった。

男——飯田《いいだ》敦彦《あつひこ》の、太い太い腕が、虎司《とらじ》の頸動脈《けいどうみゃく》をぐっと絞《し》め上げたのだ。飯田の技術と経《けい》験《けん》もさることながら虎司自身の肉体が弱っていたことも重なり、彼が気を失うのにさして時間はかからなかった。

「……若い虎《とら》、若い火蜥蜴《ひとかげ》、お前たちがこれ以上首を突っ込むことを、きっとお嬢《じょう》さんは是《ぜ》としないだろう」

虎司の濡《ぬ》れた身体《からだ》を拭《ふ》いてやり、夏純《かすみ》の炎が消えないように気を遣《つか》う。……これが本当に自分のしたかったことではない。

本当にしたかったのは、片倉優樹《かたくらゆうき》の側《そば》へ行き、その最期《さいご》を静かに静かに看取《みと》ること。

小さかった、握《にぎ》り潰《つぶ》せてしまいそうなほどに小さかった頃《ころ》の優樹を思い出す。子供を可愛《かわい》らしい、などと思ったのは本当に初めてのことだった。信頼を寄せてくれるその瞳《ひとみ》が嬉《うれ》しかった。

『飯田さん、どうもありがとうございます』と、礼儀《れいぎ》正《ただ》しく頭を下げ、密《ひそ》やかに笑う表情が好きだった。

〝主〟に対する忠誠と同様の感情を、優樹に向けたかった。

長く生きられないならば、ただ静かに静かに生きて、静かに静かに死んでほしかった。

しかし、それは駄目《だめ》だ。彼の〝主〟がそう言ったから。どうにかしたいと願《ねが》うならやればいい、とも言った。それは、力を持って立《た》ち塞《ふさ》がれということだ。

その選択肢《せんたくし》を選ぶことは、できなかった。

〃主〃に、この拳《こぶし》を向けることは、できない。死に往《ゆ》く〃主〃にならもしかしたら通用するかもしれないが、それはどうしてもできない。

彼は頭の固すぎる鬼だった。不忠であることを一度は考え、結局は拒《こば》んだ鬼だった。

（……せめて、お嬢さんの心残りがないように処理をするのが、俺《おれ》にできることだ）

モノレールの方は、ダイヤに影響《えいきょう》は出ているが負傷者はほとんどいない。だがもっとも重傷を負った一人《ひとり》――安藤《あんどう》は病院に搬送《はんそう》されて治療《ちりょう》を受けている。彼女と優樹らの関《かか》わりを、飯田は直接的には知らない。

だがその人間が、自ら望んで〃童子斬《どうじぎ》り〃との戦いに巻き込まれていき、傷を負ったことは状況から想像できた。……いるのだ、ごくごくまれに、そういう馬鹿《ばか》な人間が。そういう馬鹿な人間を好きになり、その人間を殺された恨みを千年経《た》っても忘れられぬ鬼もいるほどに。

次の千年が過ぎる頃には、今は上村鈴香《うえむらすずか》と名乗る鬼はその恨みを忘れるのだろうか。それともやはり忘れずに、また復讐《ふくしゅう》を始めるのか。

この虎も、いつか安藤という人間に魂《たましい》を囚《とら》われてしまうのかもしれない。虎としての本分《ほんぶん》を忘れて。

彼の知るアヤカシたちは、人間を好きになり過ぎている。生き方を左右されてしまうほどに。

本当に人間は、嫌《いや》な生き物だ。

飯田は自身の考えを振り払い、虎司と夏純をその両肩に担《かつ》ぎ上げた。背広は虎司の首に巻き、ワイシャツは傷を縛《しば》るのに使い、シャツは夏純《かすみ》を燃《も》やす火種にした今、飯田《いいだ》はその太く逞《たくま》しい上半身を晒《さら》している。意識《いしき》を失ったままの夏純ではあるが、火を得た彼女は少しずつ熱《ねつ》を取り戻している。

その熱《あつ》さと、虎司《とらじ》の重さを抱え、飯田は渋谷《しぶや》へ行くことにした。

この二人《ふたり》が帰りたかった場所へと。

片倉優樹《かたくらゆうき》が、帰りたかったかもしれない場所へと。

ズボンのポケットに入れている、彼女の目のことを思い出す。

命尽きるまで、この魂《たましい》と肉の欠片《かけら》と共《とも》に在《あ》れる日を誓う。

自分自身の拳《こぶし》に、ただ誓う。

この肉が死ぬことはわかる。もう少し大事に使ってやれば、あと一週間はもったかもしれない。しかしそんな一週間はいらない。ただ死なないだけの一週間と生きている数分ならば、後者を選ぶ。

生と死に対する認識《にんしき》の薄《うす》さ。それは傲慢《ごうまん》にして無知なること。

生きて死ぬ。死んで生きる。また生きて、また死ぬ。

それを自身のみならず、他者にも当てはめる。

平然と、それが当然であるかの如《ごと》く。

拒否を許さず——いや、彼はいつだって許しているのだ。神の如《ごと》き寛容《かんよう》さで。

ただ、その寛容に強暴《きょうぼう》がついてまわるだけ。

そして今、彼は生き、死ぬ。

次の生と死へと向かうことが、当然であるかの如く。

その先に何があろうとも、何もなくとも。

ただ、生きて死ぬ。


——優樹は、彼を知っていた。黒いコートを翻《ひるがえ》し、兇人《きょうじん》に挑《いど》むその男のことを。

黒いスーツにネクタイ、そして白いワイシャツ。一度だけ見たあの時と同じだ。被《かぶ》っているのもまた、あのふざけた黒い〝鬼〟の仮面。

傲慢で、粗暴《そぼう》で、尊大で——そして。

そして、あれが。

兇人の顔をひしゃげさせ、〝枝〟たちが必死になって動きを封じようと絡《から》みついてくるのを引《ひ》き千切《ちぎ》り、打ち砕《くだ》きようのない兇人の腹筋を歪《ゆが》めさせ、膝《ひざ》を屈させる。兇暴たる兇人と相対《あいたい》して一歩も引かず、ただひたすらに、戦い、戦い、戦い、戦い。

そして、死のうとしている鬼神《きしん》。

彼は——自《みず》らを〝主〟と名乗る傲岸不遜《ごうがんふそん》なあの鬼は、兇人《きょうじん》を圧倒している。放たれる重い重い一撃《いちげき》は、優樹《ゆうき》があれほど苦戦した兇人の肉体をたやすく破壊《はかい》する。再生が始まろうとそうでなかろうと、かまうことなく。

兇人、山崎太《やまざきた》一朗《いちろう》は、攻勢には転じず、ただひたすら防御《ぼうぎょ》に回っていた。鬼神《きしん》の嵐《あらし》のような攻撃をすべて、避け、受け、最低限のダメージですまそうとしている。しかし鉄壁《てっぺき》に近い防御の上から、鬼神は彼の肉と〝枝〟を削《そ》ぎ落とす。

しかし、その圧倒的な暴力《ぼうりょく》は、鬼神自身の肉体にも決定的な崩壊《ほうかい》をもたらしていた。太一朗の顔を潰《つぶ》した、そのファーストヒットだけで、彼の右腕はもう使い物にならなくなってしまったのだから。

（……何のために、戦っているんだろう、あの……）

〝主〟であり、鬼であり、そして——父でもある、あの男は。

あれが、父。母しか知らない優樹にとって、父とはよくわからないものだった。こうして生《しょう》涯《がい》で二度目の邂逅《かいこう》を果たした今も、よくわからない。一度目の出会いは、思い出せないが。

大田《おおた》ほどの饒舌《じょうぜつ》ではない。だが、喋《しゃべ》ることは嫌いではない。戦いが好き。強い。戦いの中で、死にたがっている。

わかるのは、これだけ。短い関《かか》わりの中では、これだけわかればましなのか。

この状況はどうにも把握しがたいが、今のうちに未知《みち》を介抱《かいほう》しなければ。

鬼神と兇人の戦いから目を離《はな》した優樹だったが、周囲の気配《けはい》が緩《ゆる》やかに変わり始めたことに気が付いた。

静寂《せいじゃく》しかない、殺意も殺気もない、本当に静かな空間。戦っていた二人《ふたり》の気配はもう微塵《みじん》も感じられない。目で見ることも、音を聞くこともない。これこそが、本家本元である空木《うつろぎ》の〝隔離〟だ。偽《いつわ》りの〝隔離〟を、当然のように上書きしていく、空《うつ》ろなる木。

静かな、静かな、空木の世界。本当の、空虚《くうきょ》の世界。

優樹は座り込んで、ただ待つことにした。空木に許されていなければ、この中で自由に動き回ることなどできはしない。

……落ち着いたら、右目の痛みがぶり返してきた。右手で軽く押さえると、脳の奥から、鈍《にぶ》い痛みがずきりと響《ひび》いてくる。

……これから、どうなるのだろう。

もう、終わってしまってほしい。

もう。

もう、死んでしまいたい。

だらりと下げられた左腕。黒く太い、人ではない部分が肘《ひじ》から肩にまで侵食していることを優樹《ゆうき》は知らない。

見たとしても、もう気が付けない。

それが、当然であるかの如《ごと》く。

黒く大きな掌《てのひら》、その真ん中の肉が、盛り上がっていく。肉を、皮を裂いて、掌が〝目〟を開いた。

赤い、赤い、大きな眼球。

目が、優樹の疲れ切った左の隻眼《せきがん》を捕らえる。

肉と魂《たましい》を呑《の》み込むために。


空木《うつろぎ》は、座っていた。この場所は好きではない。本当の土のない場所だから。海も近いから。しかし、腕がある以上はいかなければならない。太くなり過ぎて、もはや枯れることしかできない腕を、元に戻してやらなければならない。

どこにいるかはすぐにわかる。わざわざ、自分の場所を教えるように移動しているのだ、あの腕は。誰《だれ》からも見えなくする技、優樹らが〝隔離〟と呼ぶこれは、自分のもの。これがあるのは、すべて自分の居場所なのだから。

空木は、座っている。芝浦公園《しばうらこうえん》にある木の根元に、ただ静かに足を埋めて座っている。

その目の前に、兇人《きょうじん》と鬼神《きしん》がいた。

腕を、取り戻さなければならない。

太くなった腕を見た。寄生した肉にしがみつき、〝幹〟に繋《つな》がることを拒《こば》もうとしている。

こんなにも太くなり、そして歪《ゆが》んでしまったのか、この腕は。枝分かれまでして〝自身〟がこの世から消え去ることを拒み、命を奪《うば》い続けようとする。

アヤカシだけではない、殺さないようにと制限をかけた人間をも憑《つ》き殺している。こんな造り方をしてはいなかったのに、人間に挿《さ》し木《き》した結果がこれだ。

人間が、好きなのに。

死に過ぎるから、助けたかったのに。

たった、それだけだったのに。

これもまた、人間の罪と罰。それだけではないモノたちの罪と罰。

空木《うつろぎ》の、罪と罰。

断罪などしない。だが、〝枝〟は切る。切って〝幹〟に接木《つぎき》し直す。

この空《うつ》ろを、埋めなければならない。

「……何だ空木か。お前も殴り合いに来たのか。もっと早く出てきていれば、お前も殴ってやれたのに」

鬼の神は、不遜《ふそん》に笑いながら姿の見えない空木に話しかける。見えようと見えまいと、この世界の支配者である空木は、自分の空間にいるすべてを知る。

もうこのできそこないの身体《からだ》は、殴ることはできても命を断ち切るほどの力は出せそうになかった。兇人は防御《ぼうぎょ》に徹《てつ》するのみで、一度も反撃《はんげき》をしてこなかった。頭のいい戦い方だ。この男は放っておいても、自分の敵が死ぬことを知っている。

〝童子斬《どうじぎ》り〟が、覚えているのだ。かつて自身が殺し、生き返った鬼が本来の強さを持っていないことを。再び、死にかけになっていることを。

だから、何もしてこない。自身の命を守り、自身が最期《さいご》に殺す敵が目の前にいる相手ではないとわかっているから。その兇人の身体は、顔が半分砕《くだ》け、右腕と足が捻《ね》じ曲がり、胴体が少々歪《いびつ》になっている。

その恐ろしいほどの再生能力は、今は働いていない。動くこともない。ただ細い〝枝〟たちが震《ふる》えているだけだ。

本当の〝根〟、そして〝幹〟の前では、〝枝〟は枯れるしかない。

鬼神は、棒《ぼう》のように立ち尽くす兇人と、空《うつ》ろに座る〝根〟を前にして、その場に座り込む。足の筋肉は既《すで》に内側から崩壊《ほうかい》し、表皮が破れて出血している。骨ももはや、この体重を支えているだけで折れてしまいそうだ。

彼は、強暴《きょうぼう》過ぎた。肉の脆《もろ》さを知りながらも、魂《たましい》はそれを無視して彼の本当の肉が持っていた力を、偽《いつわ》りの肉に発揮させようとする。そして偽りの肉は、簡単《かんたん》に崩壊《ほうかい》していく。偽りであろうとかりそめであろうと、肉は肉。この肉が死ぬことは、彼が死ぬことにも繋《つな》がる。

彼は死を恐れない。死んでも生き返るから、それだけではない。それが彼を鬼神《きしん》たらしめているわけではない。

何者をも恐れない。彼は、ただ怒り、笑い、戦い、生きて、そして、死ぬ、シンプルな生き物。立ち止まりはしても、前へ進み続ける、人殺しにしてアヤカシ殺し、人喰《ひとく》らいの鬼神。

彼は、彼自身の〝主〟。

「回収したお前を殴ってやりたいが、この足でもう一度立ったら死にそうだな」

笑う鬼神の首が、ごろりと落ちた。

血を流すこともなく、ただ肉と骨の切り口を晒《さら》して。

「……お前が誰《だれ》かを殴ることは、二度とない」

首のない鬼の後ろに立つのは、〝鬼斬《おにぎ》り〟を振り下ろした片倉晃《かたくらこう》。空木《うつろぎ》の世界に侵入し、空木の〝枝〟を使い、彼という生き物を創《つく》り出した創造主《そうぞうしゅ》を殺す。

優樹《ゆうき》とその命を狙《ねら》う兇人《きょうじん》を追ってきた晃だが、鬼神を見た瞬間《しゅんかん》はそれを忘れた。

自分と、自分の同胞《どうほう》、そしてクロスブリードの本懐《ほんかい》。

鬼神を、殺す。

「そういう台詞《せりふ》は、斬《き》りつける前に言う方がさまになるぞ。できそこない」

地面に落ちた首から、嘲笑《あざわら》うような声がする。その声を無視して、晃は首のない体の胸を貫《つらぬ》いた。ただの木刀にしか見えない〃鬼斬り〃は深く深く突き刺さり、それと共《とも》に刺された身体《からだ》は萎《しぼ》んでいく。まだ生きている身体から血と、そして命を吸い取る。

……これもまた、晃の同胞の身体。魂《たましい》を殺された身体。もしかしたら、晃の末路《まつろ》だったかもしれない身体。

「さまになろうとそうでなかろうと、僕は僕のやりたかったことをやるだけだ」

「そうだな、お前はそれでいい」

落ちた首が静かに浮き上がると、晃へと襲《おそ》い掛かる。〃鬼斬り〃でその眉間《みけん》を叩《たた》き割ろうとする晃だったが、首はぬるりとその直線的《ちょくせんてき》な攻撃《こうげき》を避けて彼の首筋《くびすじ》へと向かう。

鬼面の口が、開いた。

晃は半歩引いて左腕を上げると、その口の中に腕を喰《く》らわせる。牙《きば》が腕の肉と骨に食い込むのを無視して、右手に持った〃鬼斬り〃で頭を刺す。噛《か》む力がほんの少し弱まった隙《すき》をついて、〃鬼斬り〃の先端に突き刺さった頭を腕から引《ひ》き剝《は》がし、地面に叩《たた》きつける。

晃の左腕も、一緒《いっしょ》に落ちていった。

叩きつけた頭を、もう一度刺した。それで動かなくなった。

復讐《ふくしゅう》とは空《むな》しいものだ、という話はよく聞く。しかし晃《こう》は、そんな空虚《くうきょ》を感じることはなかった。ただ死ぬ前にやりたかったことのうち、一つを終わらせることができたという思い。

空しさもなければ、充実感もない。高揚感《こうようかん》もなければ、死んでいった同胞《どうほう》たちに誇《ほこ》る気も湧《わ》いてこない。〝鬼斬《おにぎ》り〟に血を吸われて干乾《ひから》びた身体《からだ》や頭を見ても、達成感もない。……どうせ死ぬ予定だった生き物の死期を、ほんの少し早めた、それだけの話だ。

これで、もう自分たちのような生き物が創《つく》られるようなことはない。そう信じたかった。だが、今は自分が最後にやりたい——やらなければならないことをしよう。

左腕は落ちたが、もう出血は止まっている。それだけではなく、切断面は皮膜《ひまく》で塞《ふさ》がり、その皮はもぞもぞと動き再生するような素振りを見せていた。……これが、アヤカシを一人《ひとり》殺した〝鬼斬り〟の力か。

ここに落ちた左腕をつけたら、繋《つな》がるのかもしれない。晃はそれを試そうとはせず、周囲を見回した。空木《うつろぎ》の〝隔離〟に何の戸惑《とまど》いもなく入り込めたのは、シームルグの血のおかげなのだろう。死にかけで本当の身体ではなかったとはいえ、あの鬼の首を一刀で落とせたのだから。

立ち尽くしていたはずの兇人《きょうじん》の姿は見えず、目の前には空木が座っていた。木の根元に座り、足の先端を地面に埋め、そして右腕がない。本来の腕である童子斬《どうじぎ》りを、回収できなかったようだ。あの〝枝〟は、〝幹〟に還《かえ》るのをどこまでも拒《こば》み、逃げるのか。自身が死ぬより殺害を優先《ゆうせん》するはずの〝鬼斬り〟が。自分の〝鬼斬り〟は、〝幹〟に戻りたがって手から飛び出そうとしているのに。

それほどまでに、殺したいのか。

「……どうも、ありがとうございます。あなたの枝をお返しします」

晃は、数年の間を共《とも》に過ごした武器を空木の足元に置いた。〝鬼斬り〟は掌《てのひら》の皮に張り付いていたが、それでも空木の足に少し触れるとおとなしく離《はな》れていった。全身を漲《みなぎ》っていた力も、共に抜けていく。

これはもう必要ない。アヤカシを殺すためだけに創《つく》られた〝童子斬り〟、それから枝分かれを始めた第五代の十六本目として生まれたこの〝鬼斬り〟。これで殺したかった唯一人《ただひとり》の鬼を、今殺したのだから。

足元に置いた〝鬼斬り〟は、溶けるように空木の足に吸い込まれていく。それだけではない。鬼の神の干乾《ひから》びた身体も首も、吸われていく。食い千切《ちぎ》られた晃の左腕までも。だが、手首を飲み込んだところで、急に止まった。

「あ～……」

意味を為《な》さない空木の呻《うめ》き声《ごえ》が、だらしなく伸びた髪が隠す口から洩《も》れる。腕がいらないのかとでも言いたいのだろうか。

「くっつくかもしれませんが、もういいですよ」

繋《つな》げて、また動くようになるまで生きてないような気もしますから。晃《こう》はその言葉を口にしなかった。

「う～……」

空木《うつろぎ》の長い呻《うめ》き声は途中で聞こえなくなった。誰《だれ》かに左頬《ほお》を殴られて、数メートルほど跳《は》ね飛ばされたからだ。倒れぬように何とか踏《ふ》みとどまり、晃は自分を殴った加害者を見た。

「……死なないように殴ると、お前も死なない。不便な身体《からだ》だ。俺《おれ》が最後に殴りたいのは……何だ、もう見えない。奴《やつ》が本当に動くためには、ここは狭過ぎるからしかたないが。何もせず、時たま出てきて、やりたいことだけやって消えていく。あいつこそ、本当の傍観者《ぼうかんしゃ》かもしれん。そう思わんか、できそこない？」

それは、片倉《かたくら》晃という生き物が、ずっと会って話をしたかった生き物。

片倉優樹《ゆうき》という名前の二重雑種《ダブルブリッド》。

だが、今目の前にいるのは片倉優樹の肉だけだ。

左腕に黒く、長く、太い鬼の腕を持ち、そして右目には。

どこまでも赤い、大きな大きな鬼の眼《め》があった。

死にたくない。還《かえ》りたくない。殺すまでは。

しにたくはない　ころさない
殺すこと。ヒトとこれのすべきこと。
殺してから死んで枝を造る。
その枝がまた殺す。
そのために造られた。
そのためだけに造られたために造られた。
ヒトではないから逃げる。殺すまでは。

そうじゃ
は、鬱陶《うっとう》しい肉。
りたいことをやらない鬱陶しい肉。
ころしたくない
鬱陶しい肉。
ころしたくない
鬱陶しい肉は。
鬱陶しい肉は殺す以外のことをしたい。

それはヒトの命を冒すこと。

赤い眼《め》に、囚《とら》われる。

もう、死んでしまいたい。

本当に一瞬《いっしゅん》だが、そう思ってしまった。

[illegible]に未知《みち》がいれば、大田《おおた》の幻聴《げんちょう》が聞こえたら。

し[illegible]、目の前に自分を殺そうとする兇人《きょうじん》がいたら。

肉と魂《たましい》を[illegible]えても、すぐに振り払っていた。

死にかけた肉と魂。[illegible]った。

[illegible]モノが、一気に侵食していく。

「……お前は……」

[illegible]の拳《こぶし》を握《にぎ》り締《し》める。その手にいつも握られていた〝鬼斬《おにぎ》り〟はもはやなく、左手は

腕もろとも失った。この身体《からだ》一つで戦わなければならない。だが目の前にいるのは、魂はともかく身体は彼が戦いたい人物ではない。

「どうした、俺《おれ》の首を落とした時の気《き》概《がい》がまるでないぞ。やる気がないなら、空木《うつろぎ》かあの兇人を殴りに行くが」

鬼神《きしん》の魂は、まだ死んではいない。片倉優樹《かたくらゆうき》の肉と魂を侵食し、こうして自分の目の前に立っている。……あの首も落としてしまったら、今度こそ死を迎えるのだろう、鬼の神は。

依《よ》り代《しろ》となる肉の器《うつわ》はもうない。彼の器として造られた晃がいたとしても、魂の差し換えには下準備がいる。優樹の肉を失えば、彼の魂と肉は行き所をなくして死ぬ。

頬骨《ほおぼね》と歯が砕《くだ》けてうまく喋《しゃべ》れない。口の中に血の味が広がっている。折れた歯と血を地面に吐き出すと、晃は優樹の姿をした鬼神を見た。人の姿をしていない左腕と、異様に大きな右の眼球。あれのどちらか、もしくは両方が肉の依り代であると晃は判断した。禍々《まがまが》しい鬼気を発しているあれらを引《ひ》き剝《は》がして、優樹自身の魂がまだ生きているのなら。

希望はある。片倉晃として片倉優樹と話をできる可能性は、まだある。

口を歪《ゆが》めて笑う鬼神に、晃は飛びかかった。それなりに動きを鈍《にぶ》らせなければ、眼を抉《えぐ》ることも腕をもぎ取ることもできない。最初に狙《ねら》ったのは、腹部だった。拳《こぶし》での戦いには慣《な》れていないが、それでもやらなければならない。

あっさりとめり込んだその手ごたえは、明らかに内臓《ないぞう》を潰《つぶ》してしまっていた。柔らか過ぎる、この腹は。鬼神《きしん》が入っているならば、もう少し頑丈《がんじょう》なはずなのに。その戸惑《とまど》いを見逃してはくれず、左腕の先にある右手が晃《こう》の顔に伸びてくる。

それをしゃがみこんで避けた晃は、立ち上がると共《とも》にもう一度腹に拳《こぶし》を入れた。今度は先ほどより力を抜く。どれほどの力を入れれば、彼女の身体《からだ》を鬼神から取り戻せるのか。取り戻す前に肉が死んでしまうのではないか。

脇腹《わきばら》が、ちくりと痛いような気がした。痛みを感じないようにできている自分の身体が痛いなんて。ちらりとその部分に目をやった晃は、優樹《ゆうき》の右手——小さな人間の右手が、自分の腹を掴《つか》んで内臓《ないぞう》の一部を引きずり出そうとしているのを見た。

なるほど、これは少々痛いはずだ。どこか冷静に確認《かくにん》した晃は、その手首を掴む。細く柔らかい感触にも、もう迷わない。迷っていたら、自分だけではなく彼女も死ぬ。

片倉《かたくら》優樹としてではなく、傲慢《ごうまん》で横暴《おうぼう》で、ただ〝主〟と呼ばれる鬼神として死ぬ。

それだけは駄目《だめ》だ。

手首を強引にひねり上げると同時に、蹴《け》りで足を払う。晃の内臓の一部が千切《ちぎ》れて地面に落ちていった。倒れたところで手を払い、その右眼《め》に拳を叩《たた》き込んだ。骨と肉が頼りなく崩れていく手ごたえがあったが、眼球は張り付いたままだ。

自分より十歳以上も年上とはとても思えない童顔《どうがん》、顔半分が崩れているとはいえ、左半分は可愛《かわい》らしい少女の顔。それを歪《ゆが》めさせているのは自分。こんな状況だというのに、無事な唇の左端を上げて笑わせているのは鬼神。

悲しい。

こんなことをするために、死にかけの命を引《ひ》き摺《ず》ってここまで来たわけではないのに。その悲しみを、鬼神への怒りに変えてさらに拳を振り上げる。

片倉晃は、強い生き物だった。肉だけではなく、魂《たましい》が。Ω《オメガ》サーキットという肉の器《うつわ》を作り出す過程から生み落とされた、強い強い魂。その肉と魂の一部は、目の前で彼が殴ろうとしている二重雑種《ダブルブリッド》と同じもの。

鬼の左腕が伸びて、自分の右頬《ほお》を殴りつける。しかし彼は怯《ひる》まない。痛みというものを感じにくいこの肉体を、晃はありがたいと思った。自身の肉に感謝《かんしゃ》をするなど、これが最後だ。

拳を振り下ろして眼球周りの肉と骨をぐしゃぐしゃにしてから、晃はその眼球を摑んだ。温かい血と肉に包まれていたのに、それだけはやけに冷たい。瞳孔《どうこう》がぎょろりと自分を睨《にら》みつけてくるが、無視して握り潰《つぶ》そうと力をこめる。しかし奇妙な弾力を持ったそれは、晃の全力をただ押し返すだけだ。

ならば、引き千切るのみ。ぐい、と力をこめて引っ張る。すぐに千切れると思ったが、それはやたらとしつこく優樹の肉にしがみついている。

「片倉、優樹」

初めて。

初めて、名前を呼んでしまった。呼びたくなかったのに。この名を呼ぶのは、本人を目の前にして、敬称をつけて呼びたかったのに。

だが、晃《こう》は彼女の名前を呼んだ。大声で叫んだつもりだったが、思ったより小さな声だった。鬼の手が自分の首を締《し》め上げており、そのせいで声が掠《かす》れている。腕が二本あれば、首を摑《つか》む手に反撃《はんげき》をしながら眼球を摑めたのに。あの時繋《つな》げておけばよかった、などと後悔したのはほんの僅《わず》か。

もう一度、呼んだ。

名前ではなく、自分が呼んでみたかった言葉で。

弱った魂《たましい》に力を与えるために。

自分として生き、自分として死ぬために。

死にたいと思った。

もう何もかもが。

痛みも苦しみもなく、ただ、ただ、楽になりたいと。

楽に、死にたい。

…………。

…………。

そうじゃ、ない。

痛みも苦しみもなく、楽に死にたいんじゃない。

痛いのも苦しいのも、もうごめんだし、楽になりたいというのは本心だろう。

だが。

片倉《かたくら》、優樹《ゆうき》。

そうだ、片倉優樹じゃない。

君の生と死は、君だけのものだ。

大田《おおた》真章《さねあき》はそう言った。

それが当たり前のことだ。

右目が痛い。自分のものではない右目が痛い。

………お父《とう》さん、という鬼の右目だ。

本当に、二度と会うことはない右目だ。

もう少し、別の形で会って話をしてみたかったのに。

でも、もういい。

こんな形でも会って言葉を交わすことができたから、いい。

………ああ。

そうだ。

そうだった。

痛かろうと苦しかろうと。たとえ死のうと。

まだ生きたい理由があった。

片倉優樹《かたくらゆうき》として、生きたい理由が。

………声が聞こえるけど、誰《だれ》だろう。

目を開けばわかる。自分の左目を。片倉優樹の左目を。

この右目は違う。

それが、お前の選んだ生と死なのだな。

そうです、さようなら、お父《とう》さんという鬼の人。

……できそこないのようでそうでなかった娘、さらばだ。お前と

肉にしがみついた鬼神《きしん》の魂《たましい》は、死にかけの肉と死にかけの魂に拒《こば》まれ、静かに眠りについた。

永遠ではないであろう眠りに。

もしかしたら、永遠かもしれない眠りに。

びくともしなかった右目が急に千切《ちぎ》れたため、その勢いで晃《こう》は後方にひっくり返ってしまう。首を絞めていた大きな手は、力を失って地面に落ちた。

晃はとにかく、掌《てのひら》の中にある眼球を握《にぎ》り締《し》めた。簡単《かんたん》に潰《つぶ》れて肉と血を散らすそれを地面に叩《たた》きつけ、立ち上がってから念入りに足で踏《ふ》み躙《にじ》る。その跡を確認《かくにん》してから、晃はゆっくりと倒れている優樹に近寄った。

自分でやったこととはいえ、無残な姿だった。内臓《ないぞう》は潰れているだろうし、顔の半分はもはや見る影《かげ》もない。右手は晃自身の血肉に塗《まみ》れ、彼が摑《つか》んで捻《ひね》り上げた手首が曲がっている。

晃もひどい状態だった。頬骨《ほおぼね》と歯が何本も折れ、わき腹からは肉と臓物の一部がはみ出し、左腕はない。首には絞められた痕《あと》が残っているが、それさえ他《ほか》の場所に比べれば取るに足らない傷だ。

「……生きてますか……」

はみ出ている物を強引に中に押し込んでから、晃は優樹の傍《かたわ》らにしゃがみ込んで声をかけた。これでもまだ、あの鬼神が憑《つ》いていたら。とりあえず右手は握り締めて、臨戦《りんせん》態勢にはしておく。

呼びかけが聞こえたのか、うっすらと左の瞼《まぶた》が開いた。あの鬼神《きしん》の眼《め》ではない。静かで、優《やさ》しい、疲れてはいるが、しっかりと生きている目だ。

「………………こんばんは………………」

これが、初めて聞く片倉優樹《かたくらゆうき》の声なのだ。ひしゃげた唇をゆっくりと動かし、見知らぬ他人である自分に話しかけるのにまず挨拶《あいさつ》から始める彼女は、怪我《けが》のわりにはずいぶんと落ち着いているようだった。

「気が付いて……」

くれましたか、と続ける前に、優樹は再び目を閉じてしまう。しかたのないことだ。これだけの傷を負って、平然と意識《いしき》を保てるわけがない。自分も、気を抜いたら倒れ込んでしまう。

そのまま、二度と目覚めぬ眠りについてしまいそうなほどに。

「起きてください……」

何度か呼びかけたが、瞼を時たま震《ふる》わせるだけで目を覚ましてはくれない。何か手当てを、と考えたところで、上着のポケットに無理やり突っ込んだままにしてすっかり忘れていた缶ビールのことを思い出した。右のポケットに入れていた缶は、激《はげ》しい戦いの中で穴を開けて中身をすべてぶちまけていた。ポケットの中が大変なことになっているが、それには構《かま》わず左のポケットに右手をやる。

そちらは、凹《へこ》んで傷はついていたものの奇跡的《きせきてき》に中身は無事なようだった。鬼神と同じく酒を飲んで生きる彼女のことだ、これを飲ませたら少しは力を取り戻すかもしれない。腿《もも》の間に缶を挟み、右手でプルトップを開ける。激しく揺らしたせいで、泡が大量に噴《ふ》き出して晃《こう》の手を濡《ぬ》らす。

晃は優樹の口元に缶を持っていき、ほんの少し垂らしてみた。右半分が潰《つぶ》れて左端しかない唇は、開いてくれずにこぼれてしまう。一度缶を置き、右手でなるべくそっと口をこじ開ける。自分も死にかけているせいか、やたらと指先の感覚が頼りない。しかし隙間《すきま》を作っても、缶を再び持ち上げて口元にやる頃《ころ》には、また口が閉じていた。生き物の自然な反応とはいえ、これでは飲ませられない。

しばし考えた晃だったが、一つの方法を思いつく。それは、自分はともかく優樹にとってはとても不快なことかもしれない。だが本人が目を覚ましてくれない以上、どうしようもないことだ。そう自分を納得させると、晃は缶ビールの中身を自分の口に含んだ。

初めてのアルコールの味は、味覚が麻痺《まひ》しているのかさっぱりわからなかった。優樹の頭を右手で持ち上げ、その唇に自身のものを重ねる。

キスをする時は、自然と目を閉じるものなんだな。

こんな非常事態なのに高揚《こうよう》している自分の精神を情けなく思いながら、晃は努めて冷静に唇と舌を使って優樹の口をこじ開け、口内のビールを少しずつ注ぎ込む。

ビールの味はわからないくせに、彼女の口内にある血の味は恐ろしいほどリアルに感じ取れる。唇は冷たいのに、その中は温かく、柔らかいとか。

……それでも晃《こう》は、優樹《ゆうき》がビールを飲み込んでいるのを確認《かくにん》すると、一度顔を上げて意識《いしき》が覚醒《かくせい》するのを待った。

ほどなくして、優樹は瞬《まばた》きをして目を覚ました。先ほどよりは、だいぶはっきりしているようだ。唇がぴくぴくと震《ふる》え、何かを喋《しゃべ》ろうとしている。彼女の舌が無意識のうちにか動いて、自身の唇に残っていたビールを舐《な》めとるのを晃は見ていた。

「目、覚めました？」

「…………大丈夫…………ありがとう」

優樹が身体《からだ》を起こそうとするのを、晃は背中を支えて手伝《てつだ》う。

「ビール、まだ残っているけど呑《の》みます？」

「……貰《もら》います」

右手を確認した優樹は、手首が曲がっているのに気が付いて左の右手を動かして缶ビールを受け取った。

もう、これは本当に自分の手なのだろう。見た目はともかく。

残った中身を一気に呑み干してから、優樹は内ポケットを探ってみた。頑丈《がんじょう》な携帯用《けいたいよう》ボトルは、二本とも少々潰《つぶ》れていたものの中身をちゃんと守ってくれていた。そのうち一本の中身を、またも一口で呑み干す。意識がはっきりすると共《とも》に、痛みもまたひどくなってくるが、それは気にしない。痛覚《つうかく》の遮断《しゃだん》ができなくとも、痛みを忘れられるほどに、しなければならないことがあったから。

憑《つ》き物《もの》が落ちたのだから。この左腕の右手も憑き物の一つだが、今も、そしてこれからも何の問題もないだろう。

自分は片倉《かたくら》優樹なのだから。今こそ、はっきりと言える。

今まで思い出せなかった記憶《きおく》もまた。

自分を殺そうとし、最期《さいご》に自分の腕の中で死んだ、自分と同じ父を持つ二重雑種《ダブルブリッド》のこと。

自分のことを好きだと言ってくれた、二重雑種殺しには決してなってほしくはなかったのに、殺してしまった人間の青年。

真面目《まじめ》なくせに街中で銃をぶっ放すし、やたらと正義感が強くて頑固《がんこ》で酒を呑むなとかうるさくて、自己鍛錬《たんれん》を欠かさなくて、首輪《くびわ》くれて、自分のことを色々《いろいろ》と心配してくれて。一緒《いっしょ》に焼肉食べたり酒呑みにいったり、酒癖《さけぐせ》がやたらと悪くて。

……そして、八牧《やまき》を殺し、虎司《とらじ》を殴り、自分を殺そうとする、童子斬《どうじぎ》りに憑《つ》かれた青年。

山崎太一朗《やまざきたいちろう》という名前の、人間。

兇人《きょうじん》などでは、ない。

彼から〝童子斬り〟を、引《ひ》き剥《は》がさなければならない。

それまでは、生きなければならない。

左の右拳《こぶし》を握《にぎ》り締《し》めると、優樹《ゆうき》は改めて目の前にいる顔の骨が砕《くだ》けた少年を見た。初めて会う、とは思うのだがどこかで見たこともある気がする。会ったことのある誰《だれ》かに似ているのかもしれない。

眉間《みけん》に皺《しわ》が寄っているが、別に不機嫌《ふきげん》ではなく元からのようだ。それを差し引いても可愛《かわい》らしい少年だとは思うが。よく見ると左腕がないし、右手で押さえている腹部からは血が滲《にじ》み出ている。

「……今さらですけど、どうもありがとう」

「いえ、こちらこそ」

この少年も人間ではないのだろう。人間なら、こんな傷を負って平然と会話できるわけがないのだから。

「私のことを知っているようですけど、失礼ですがどなたでしょう?」

晃《こう》は、笑った。崩れた顔で、できるだけ丁寧《ていねい》かつ自分の印象が少しでもよくなるように。

最期《さいご》に彼女が見る自分が、笑顔《えがお》であるように。眉間の皺も、できる限り意識《いしき》して伸ばして爽《さわ》やかに笑う。

「初めまして、片倉《かたくら》優樹さん。僕の名前は片倉晃と言います。あなたの母親である女性の腹から卵子《らんし》を取り出し、体外受精させた後に色々《いろいろ》といじられた上で生まれた、キマイラという人間でもアヤカシでも、そして二重雑種《ダブルブリッド》でもない、大変中途半端な生き物です」

言ってしまった。本当に伝えたいことを、本当に伝えたい人に。

もし違った運命というものがあったとしたら、家族になれたかもしれない人に。

自分の、本当の意味での、たった一人《ひとり》のはらから。

決して会えない、母という存在。その腹を痛めて産まれてきた人。

ずっと、ずっと、会って話をしたかった。

自分が、片倉晃が、そういう名前の存在がいたことを知ってほしかった。

自分が生きているうちに。

もう、本当に、思い残すことなど何もない。

この死を、彼女が看取《みと》ってくれるならば。

もう、死んでもいい。

簡単《かんたん》にいえば、あなたの弟です。

もしかしたら、もう一人のあなたとして創《つく》られたのかもしれませんが。

優樹はその言葉に対して、聞き返したり、否定したりすることもせず、ただ少年を見つめた。

とりあえず、言葉を額面通《がくめんどお》りに受け取ってみる。

何度か反芻《はんすう》して、最初に口をついて出たのは。

「ええっと……君のこと、あたしのお母《かあ》さんは知らない……よね……」

そんな問いかけだった。他《ほか》にも訊《き》きたいことがあるのに、確認《かくにん》したくなったのはそれだった。自分という〝鬼子〟を産んだせいで、子供を産めない体になってしまった母への思いからだろうか。

「もちろんです。卵子《らんし》を取り出されたことも知らないはずです。そういう計画ですから、Ω《オメガ》サーキットは。自分の知らないところでこんな息子《むすこ》が出来ていると知ったら、さぞ気味が悪いでしょうから、どうか伝えないでください」

優樹《ゆうき》のきょとんとした顔と、口調《くちょう》が砕《くだ》けたものになっていることに、晃《こう》は心底から喜びを覚える。

彼女に否定されるのが、怖かった。他人のように接されるのが怖かった。死ぬこと以外に、本当に怖かったこと。それが、彼女に自分の存在を否定されること。

「……意外と喜んでくれるかもしれないよ、一姫二太郎《いちひめにたろう》っていうし」

優樹は痛む顔を引きつらせながら笑う。

誰《だれ》かに似ていると思ったのだ、この少年は。それは自分であり、そして。

もう二度と会えないかもしれない母親にも似ていた。顔立ちと、穏《おだ》やかで優《やさ》しい雰囲気が。……そして、彼が眉間《みけん》に寄せている皺《しわ》が。

何よりも、その笑い方が。

彼の言葉は、本当だ。

たったこれだけの邂逅《かいこう》なのに、自分は彼との繋《つな》がりを確信できてしまう。……高橋幸児《たかはしこうじ》という腹違いの青年には感じなかったもの。

寂《さび》しい話だ、と思う。彼との繋がりを知り、理解したのは、もういない父に言われてやっとわかったことなのだから。

「元気になったら、会いに行ってよ」

自分のかわりに、とは続けずに優樹は晃を見た。

彼は笑っていた。笑ってはいたが、泣いてもいた。砕けて歪《ゆが》んだ顔で、晴れやかに笑い、そして泣く。

嬉《うれ》しくて泣くのだ、彼は。そういう体験《たいけん》が自分にもあるから。……それを教えてくれた人間に、会いに行かなければならない。自分の命を賭《と》して。

「本当はΩサーキットとか、僕らのこととか話したいし、もっとそれ以外のこともお話したいんですが……」

笑顔《えがお》のまま、晃は優樹の胸に倒れ込む。

「……すいません……」

優樹《ゆうき》は何も言わず、曲がった右腕で彼をそっと抱《だ》き締《し》めた。自然と身体《からだ》が動いた。

この少年は、今、命が尽きようとしている。それを誰《だれ》よりも、自分で理解している。

彼が死ぬ前に、最期《さいご》に求めたもの。

血がもたらすささやかな絆《きずな》と、ただ抱き締めてくれる〝家族〟の腕。

優樹自身も本当は渇望《かつぼう》し、得られたかもしれないのに自《みずか》ら逃げてしまったもの。

彼の重さが、優樹の身体にのしかかってくる。優樹に肉も魂《たましい》もすべてを委《ゆだ》ねている。

他人ではない、肉と魂の重さ。

死のうとしている彼を抱いているのに、どうして自分は安らいでいるのだろう。悲しく、寂《さび》しいのに、心の中はひどく静かだ。

一本しかない彼の腕が、優樹の背中に伸びる。

「……二つ、ずうずうしいお願《ねが》いがあるんですが」

「どうぞ」

「…………僕の名前を、呼んでもらえませんか」

「晃《こう》」

短い彼の名前を、短く呼んだ。たった二文字の言葉に、多くの思いを込めて。

「……ありがとう、とても……とても、嬉《うれ》しい……」

「晃、もう一つのお願いは何？」

「……あなたのことを……」

晃《こう》の言葉が途切《とぎ》れる。

優樹《ゆうき》は、その続きを催促《さいそく》しなかった。

ただ待った。

どれほどの時間を待ったのか、わからなくなるほどに。


晃の腕は、優樹の背中から滑《すべ》り落ちていた。


未知《みち》は、自分が優樹の身体《からだ》に寄りかかりながら寝ていたことに気が付いた。彼女には気絶と睡眠《すいみん》の違いなどよくわからない。ただ、ずいぶん長い間寝ていた気がする。

「おはよう、みっちゃん」

優樹の声に、未知は彼女の方を振り返った。

顔に、ひどい傷があった。傷というか、右半分がごっそり抉《えぐ》れている。血は拭《ふ》き取られているが、生々《なまなま》しい肉が露《あら》わになっていた。右の手首にはおざなりに包帯が巻かれていて、あの嫌《いや》な左の右手はやたらと大きくて黒い左の右腕になっていた。だが、不思議《ふしぎ》と前に感じた嫌な感じがしない。その傍《かたわ》らには、優樹の帽子《ぼうし》がひっそりと置かれていた。

それに、優樹の雰囲気そのものが違う。痛そうで、苦しそうで、そして悲しそうではあるのだが、何かが明らかに変わっている……ように見えた。

「ゆうさん……」

大丈夫、と続けようとした未知は、座り込んでいる優樹が誰《だれ》かに膝枕《ひざまくら》をしているのに気が付いた。優樹のように顔が砕《くだ》けていて、何となく優樹に似ているような気もする、自分よりは少し年上に見える男の子。

死んだように眠っている。……もしかしたら、死んでいるのかもしれない。誰？　と訊《き》いていいものか未知は迷い、何となく優樹の左腕を掴《つか》んでみた。

嫌《いや》な感じのしない、本当の優樹の腕だ。

「……この子はね……」

未知が晃のことを訊きたがっているのを感じた優樹は、その死に顔を隻眼《せきがん》で見つめながら答える。

穏《おだ》やかな顔だ。痛く、苦しいことが、自分より多かったかもしれないのに、こんなにも安らぎに満ちた顔で、息を引き取った。

思ってはいけないのだろうが、羨《うらや》ましくも感じる。

この少年の出自《しゆつじ》がどうとか、Ωサーキット《オメガ》とか、もうどうでもよいことだった。気にはなるが、調《しら》べる暇《ひま》などない。彼が生きて自分に会い、そして伝えた言葉。それを聞けただけで、満足だった。

「……あたしの弟でね……もしかしたら、家族になれたかもしれない子なんだよね……」

家族。

未知《みち》にとっては、思い出したくないものだ。

「会ったと思ったら、すぐお別れってのは、悲しい話だね……」

寂《さび》しそうに言う優樹《ゆうき》の腕に、未知はそっと顔を埋める。黒くて太いそれは、毛が生《は》えてないことを除けば、八牧《やまき》の腕みたいだった。八牧に比べれば細いが。

「……痛みもだいぶましになったし、もうちょっとしたら行こうか。太一《たいち》くんを殴りにね」

「たいちくん……？」

そんな名前は、初めて聞く。……八牧を殺して優樹を殴りまくっていた嫌《いや》な人が山崎太一朗《やまざきたいちろう》という名前だと思ったが、今までそんな風《ふう》に優樹が呼んだことはなかった。

「ああ、ちゃんと言ってなかったね……って言うより、あたしがちゃんと思い出せなかったのがいけないんだけど。彼はね……友達……とはちょっと違うし、仲間……とも違うし……まあとにかく、ちゃんとまともになって、もう一度話をしたい人なの。だからちゃんと殴って、憑《つ》いているものを引《ひ》き摺《ず》り出さないとね」

お互いが死ぬ前にできるかどうかはわからないが。

それでも、やらなければならない。

これが、自分の命が尽きる前に、本当にやりたいこと。晃《こう》が、命を賭《と》して自分に会いに来たように。

憑き物が落ちた身体《からだ》は、ちゃんと自分の言うことを聞いてはくれる。目を閉じて静かに身体を休めていたため、体力もそれなりに回復している。だが神経《しんけい》を操作《そうさ》するような細かい命令は、相変わらず無理のようだ。すっかり鬼の腕になってしまった左腕に、人らしい皮を被《かぶ》せてみようとしたが、それもできない。

しかたのないことかもしれない。この身体は、死への旅路を歩き出しているのだから。

（……この空木《うつろぎ》さんの〝隔離〟を出たら、太一くんもあたしを殺しに出てくるのかなあ……それにしても、〝隔離〟したままにしてくれるのはありがたいんだけど、空木さんはやっぱり何を考えているのかわかりにくい……）

今が何時なのかもわからないし。携帯《けいたい》電話はポケットの中で粉々に砕《くだ》けていたし、〝隔離〟で閉ざされて周辺の事情が把握できないため、時計《とけい》らしきものを見つけられない。

こうして〝隔離〟を続けている以上、自分たちを助ける気持ちは多少はあるのだろう、空木にも。ただ直接的に何かをする、ということはしてくれなさそうだ。できない事情があるのかもしれない。

「あら、こんばんは」

唐突《とうとつ》に声をかけられる。優樹が顔を上げると、そこにはスーツを纏《まと》った長身の女性が立っていた。綺麗《きれい》な人だな、という第一印象を持ったが、自分を見下ろしてくる瞳《ひとみ》は悲しいほどに冷めている。それに纏《まと》っている気配《けはい》が違う。……この女性もまた、人間ではない。見知らぬ人が出現したためか、未知《みち》が怯《おび》えて優樹《ゆうき》の腕にしがみついてくる。

「こんばんは」

優樹もまた、挨拶《あいさつ》を返した。空木《うつろぎ》の〝隔離〟に入ってきたということは、空木が許したか、もしくはそれ以上の力を持っている存在ということだ。どちらにしろ、優樹が慌《あわ》てふためいたところで意味はない。それにちゃんと挨拶をしてくれたのだから、こちらも返さないのは失礼というものだ。

「とりあえず名乗っておこうかしらね、人としての名前は上村鈴香《うえむらすずか》。鬼としての名前もあるけど、名乗りたくないわ」

「片倉《かたくら》優樹です、どうぞよろしく」

座ったまま挨拶をする赤い白髪を見下ろしてから、上村鈴香は優樹の膝《ひざ》の上で永遠の眠りについた晃《こう》を見た。

死を看取《みと》るために来たのに。彼の遺言《ゆいごん》を聞きたかったのに。彼の口から、彼が最期《さいご》に自分に言いたかった言葉を聞きたかったのに。

「……その子の遺言を聞きに来たんだけど、ちょっと遅かったみたいね」

「お知り合い、でしたか」

「仲間、ね。私の中では誰《だれ》よりも大事な仲間だったわ」

優樹は顔を伏せて自分の右手を見た。この手には、晃の血と肉が付いていた。これもまた、彼の死因の一つ。自分の意思ではなかったとはいえ、彼を殺したのは優樹自身でもあるのだ。

「この子が死んだのは、ただの寿命よ。別にあなたのせいじゃないわ。この子が生まれて死んだ理由を誰かに求めるなら、今はいない傲慢《ごうまん》で馬鹿《ばか》で嫌《いや》な鬼のせいよ」

それが誰なのか、訊《き》く必要はなかった。

「上村さん……」

晃の仲間というこの女性に、問いかけようとした。生前の彼が、どういう風《ふう》に生きていたのかを。また、死《し》に際《ぎわ》に出てきたΩ《オメガ》サーキットやキマイラという聞きなれない単語のことを。

しかし優樹はその後に続く言葉を飲み込んだ。

「何か訊きたいことでも？」

「……いいえ、何でもありません」

訊けば、彼女は知ることを答えてくれただろう。しかしそれらの言葉は、目の前で生きている上村鈴香ではなく、自分の膝の上で死んでいる片倉晃という少年の口から訊きたかったことだ。

彼の口が開くことは、二度とはない。彼が言うはずだった言葉を、他《ほか》の誰かに訊くということが、優樹はとても嫌《いや》だった。彼の言葉や意思を、軽《かろ》んじる行為である気がする。

だから優樹《ゆうき》は、何も言わずに右手を晃《こう》の手に重ねた。

死んでいる手は、冷たい。本当に冷たい。その冷たさを忘れないように、手首が折れて力がうまく通わない右手で無理やり握《にぎ》り締《し》める。冷たく、そして小さな手を。

彼のことを、忘れないように。

自分が死ぬまで、忘れないように。

あまりにも短過ぎた邂逅《かいこう》を、忘れないように。

閉じた左目の中から、涙がこぼれ出る。

今年《ことし》は、ずいぶん泣いてしまった。

泣いてもどうしようもない、そう断じて泣かないように努めていた二十数年。

どうしようもなかろうと何だろうと、無駄《むだ》だろうと。

この涙に何の意味もなかろうと。

それでも、優樹は静かに泣き、左手で拭《ぬぐ》った。未知《みち》が不安げに腕を摑《つか》んでくるのに、笑って答える。

右半分のないその笑顔《えがお》が、未知にはとても綺麗《きれい》に見えた。

「上村《うえむら》さん、今何時かわかります?」

「……私がこの空《うつろ》木《ぎ》の世界に入る前に確認《かくにん》した時は、午前三時五十一分くらいだったかしらね」

「そうですか、ありがとうございます」

かなりの時間、ここでぼうっとしていたようだ。そろそろ立ち上がって、戦いにいかなければならない。夜が明ける前に太一朗《たいちろう》に会って、〝童子斬《どうじぎ》り〟を引《ひ》き摺《ず》り出そう。できなかったらどうしよう、とは考えない。どうせ考えても、いい案など浮かんできそうにない。

「上村さん、彼のことをよろしくお願《ねが》いします」

「看取《みと》って埋葬《まいそう》もするつもりだったから、お願いされなくてもちゃんとしとくわよ。茶毘《だび》に付して、どこかに墓《はか》を作るわ。人間らしく、ね」

クロスブリードの役割は終わってしまった。あの傲岸不遜《ごうがんふそん》な鬼神《きしん》が生きていようと死んでいようと、千年後に生き返ろうと。晃を失ったキマイラたちは野垂《のた》れ死《じ》に、その死体を処分して千堂昭子《せんどうあきこ》は寿命で死ぬ。

千堂のことは気に入らないが、茶毘に付すのも墓参りもきっと自分たちは二人《ふたり》で共《とも》に行うだろう。晃は結局、死んでも自分たち〝三角〟の一角であり続けるのだ。

「……それとあなたのお仲間たち……虎《とら》や蜥蜴《とかげ》や人間は、怪我《けが》はしたらしいけど、死ぬほどじゃないみたい」

「ありがたい話です、でもどうしてあなたがそれをご存知なのか訊《き》いてもいいですか？」

怪我をしたというのは気になるが、命が無事ならそれでいい。安藤《あんどう》も怪我をしたのだろうか。

死ななくとも重傷ということは有り得る。

「飯田《いいだ》よ、細かい事情は知らないわ。私は伝言を頼まれただけだから」

飯田敦彦《あつひこ》。鈴香《すずか》が渋谷《しぶや》で会った彼は、相変わらず不器用で誠実な石頭だった。遭遇《そうぐう》した時はさすがに驚《おどろ》いたが、ただ彼は自分の言いたいことを言い、『できれば頼む』と勝手に伝言をし、二人《ふたり》の若いアヤカシを抱えて去っていった。飯田が品川埠頭《しながわふとう》方面という指標を示してくれなかったら、自分がここに辿《たど》り着くのはもっと遅れていただろう。

不器用な彼は、彼自身の〝主〟も優樹《ゆうき》の死も看取《みと》ろうとせず、ただ若い命を救った。それが、彼のあり方。

「もし飯田さんに会う機会《きかい》があったら、片倉《かたくら》優樹が礼を言っていたと伝えてください」

飯田、そして浦木《うらき》は、自分と、自分の父たる鬼神《きしん》と縁《えん》の深かった鬼。飯田は口下手《くちべた》で黙《だま》り込むこともあったが、色々《いろいろ》と話そうとしてくれるのが好きだった。浦木はいつも笑っていて、丁寧《ていねい》で礼儀《れいぎ》正《ただ》しく、いつだって優《やさ》しかった。

飯田が虎司《とらじ》たちを助けてくれたのは嬉《うれ》しい。しかし浦木のことを思い出すと、少々優樹は不安になる。この左に生《は》えた右手。何もかもはっきり思い出せたと感じたが、浦木がこの手を繋《つな》いだ時に何を言ったかがわからない。浦木が笑いながら繋いでいたことまでは思い出せるのだが。

しかし今はそれよりも、大事なことがある。

「会えたら、ね。……ねえ、少し人間らしいことを、この子にしてあげてちょうだい。何でもいいから、形見でも持たせてあげて」

優樹は少し考えると、血を拭《ふ》いて鞘《さや》に戻したナイフを引き抜いた。なるべく血のついていない前髪を選んで数十本切り落とす。ハンカチでそれを包み、晃《こう》の手に強引に握らせると優樹はそのまま彼の身体《からだ》を抱き上げた。

魂《たましい》のない肉の塊《かたまり》は、重い。

(さようなら)

内心で別れの言葉を言い、遺骸《いがい》を鈴香に引き渡す。

「あなたは、これからどうするの？」

「童子《どうじ》斬《ぎ》りに憑《つ》かれている人間のところにいって、どうにかしてきますよ」

「たった一人《ひとり》で？」

「この子もいますよ」

立ち上がった優樹の足に、未知《みち》がしがみつく。こんな満身創痍《まんしんそうい》の二重雑種《ダブルブリッド》と、取るに足らない小さな人間で、あの〝童子斬り〟と戦おうというのか。無謀《むぼう》以外の何物でもない。

「無茶《むちゃ》をするのね……この子を静かなところに置いたら、加勢しに行きましょうか」

「いいえ、お気持ちだけ受け取っておきます」

迷わず返答したのには、理由がある。

自分が太一朗《たいちろう》に負けて死ねば、彼は〝童子斬《どうじぎ》り〟の法則で死ぬ。それで終わりになるのだから。これ以上誰《だれ》かを巻き込む必要はない。勝つビジョンが何一つ見えないのが問題だが。

「そう言うと思ったわ」

「そうですか？」

優樹《ゆうき》のその笑顔《えがお》は、晃《こう》に似ていた。そう思った鈴香《すずか》だが、口から出たのは別の言葉だった。

「もし本当にどうにかして、それでも生きていたら晃の葬式《そうしき》に呼ぶわ」

「その時は、よろしくお願《ねが》いします」

相手がどういう立場の人物か知らない。だが、優樹にとってはやはりアヤカシは話しやすい生き物だった。初対面だというのに、それなりにスムーズに会話をしている。お互いに言いたいことを言って訊《き》きたいことを訊く。それだけのことだ。

「ゆ、ゆうさんは、しんだりしないもん……」

鈴香に怯《おび》えてずっと優樹の陰に隠れていた未知《みち》が、顔を覗《のぞ》かせて小さく抗議《こうぎ》の声をあげる。

「うん、大丈夫だから」

大丈夫、とは言ったが、死なないとは言っていない。無理のあるごまかし方だな、と思いながら未知の頭を撫《な》でてやる。

「色々《いろいろ》とありがとうございました」

「こちらこそ。……あなたがこの子の死を看取《みと》ってくれてよかったと思うもの。人間やアヤカシの死に顔はたくさん見たけど、こんなに嬉《うれ》しそうな死に顔は初めて見たわ」

その言葉に優樹は答えず、ただ頭を下げた。未知もそれにつられて、何となく頭を下げる。

ゆっくりと頭を上げた時には鈴香はおらず、〝隔離〟も消え失《う》せていた。人の気配《けはい》がないのは幸いだ。こんな顔と鬼の腕を晒《さら》して歩いていたら、怪我人《けがにん》の不審《ふしん》人物として救急車と警察《けいさつ》を呼ばれそうだ。

周囲を見回して、優樹は左目を少し疑った。自分たちがいたのは芝浦公園《しばうらこうえん》の中。遊具《ゆうぐ》があり、モノレールの高架が頭上にあり、人々の目と心を癒《いや》す木々がある。

まだ秋で葉は充分に生《お》い茂っているはずなのに、視界にあるすべての木々が枯れていた。葉を落とし、まだ冬も来ていないのに既《すで》に春が来るのを待ち望む木々たち。

これが、もしかしたら空木《うつろぎ》があまり動けない理由なのだろうか。少し動いただけで、このように周囲の木々を枯らしてしまうのか。

空木。空虚《くうきょ》な木。生ける屍《しかばね》。

寂《さび》しい木々たちを一瞥《いちべつ》すると、優樹は未知を左腕の上に乗せた。太くなった腕は、こういうことには便利だ。帽子《ぼうし》を被《かぶ》り直して右手にリュックを担《かつ》ぐと、優樹は走り出す前にもう一度枯れた公園を振り返った。

「さようなら」

今まで内心で呟《つぶや》いていた言葉を、口に出す。

そして優樹《ゆうき》はまだ明けぬ夜の道を走り出す。

当初の目的地、品川埠頭《しながわふとう》。

海。そこに彼を落とせば勝機《しょうき》はあるのかもしれない。

辿《たど》り着くまでに、生きていればいい。

自分も、太一朗《たいちろう》も。


傍観《ぼうかん》するのは、楽しい。

シームルグも、きっと楽しいのだろう。

自分の愛する者が、生命を賭《か》けて戦い、生き、そして死のうとするのは、辛《つら》い。

それに介入《かいにゅう》しようと思えばできるはずなのに、動かずに見続ける自分はいやらしい生き物だ。

右目からも心からも、笑えるほどに涙が出てきた。

悲しいから、泣く。

自身が愛し忠誠を誓う〝主〟が死んで、悲しい。

空木《うつろぎ》の〝隔離〟に拒《こば》まれて、その瞬間《しゅんかん》を見られないのが悲しい。

〝主〟の魂《たましい》に支配された優樹を見ることができなくて、悲しい。

〝主〟の魂が本当に死に、また長い別れになるのが悲しい。

唐突《とうとつ》に現れた近親者が、唐突に死んでいく優樹の表情が見られなくて悲しい。
優樹が生命を削りながら前に進むことが悲しい。

こんなにも悲しみを与えてくれる者が、死ぬのが悲しい。
その悲しみを止めない自分のことが、楽しい。
悲しくて悲しくて、嬉《うれ》しい自分を感じるのが楽しい。
自分を泣かせてくれる者が、死ぬのが悲しい。

片倉《かたくら》優樹という二重雑種《ダブルブリッド》が、片倉優樹として死のうとしているのが嬉しい。
嬉しくてたまらない。
あまりに嬉しくて、左目がびくびくと動いてしまうのが止められない。
世界は悲しみに満ちているのに、自分を悲しませることのできる存在は二人《ふたり》だけ。
一人《ひとり》は長い眠りにつき、もう一人は。
彼女がこの先どうするのか、想像するだけで悲しい。
悲し過ぎて興奮《こうふん》してしまう。

息を吐き、白い左目を回し、浦木《うらき》は泣く。
泣きながら、彼は笑う。
悲しくて泣いている自分が、おかしくて笑う。
この滑稽《こっけい》な自分が、楽しくてしかたがない。
浦木はただ笑い、〝隔離〟から解放された片倉優樹《かたくらゆうき》を見た。
右の顔を無残に崩し、左腕が〝主〟と同じになっている優樹が、痛々しかった。
その痛々しさが悲し過ぎて。
浦木は笑わなかった。
笑わずに、ただ静かに泣いた。

そして、長く短い旅は終わる。

優樹は走った。右の顔を包帯を使い切って何とか隠し、やたらと太く長くなってしまった左腕をコートの中に突っ込んで走った。
道の確認《かくにん》をせず、定めた方向に、速度を緩《ゆる》めず、帽子《ぼうし》と未知《みち》を落としてしまわないようにただ走る。時たま立ち止まって未知の体調《たいちょう》を気遣《きづか》い、寒くならないようにコートの中へと背負い直す。もう一本のボトルに残った焼酎《しょうちゅう》を倹約《けんやく》しながら呑《の》む。そして走る。芝浦公園《しばうらこうえん》から旧海岸通りへ、高浜運河《たかはまうんが》に架かる新港南橋《しんこうなんばし》を渡り、そのまま港南大橋《こうなんおおはし》を突っ切る。

走っている間、優樹は何も考えていなかった。やれることも、できることも、もうたった一つしか思い浮かばなかったから。

まだ深夜と言っていい時間帯、人気《ひとけ》がほとんどない広いコンテナヤードの脇《わき》をすり抜けて、優樹と未知の目の前に東京湾《とうきょうわん》が飛び込んできた。吹いてくる風は冷たく、海の色は闇《やみ》と同じ。

とうとう、海に着いてしまった。

ここに来るまでに、渋谷《しぶや》を出てから九時間以上もかかってしまった。本当に長い道程《みちのり》だ。そして、ここに辿《たど》り着いて終わるわけでは、もちろんない。

数度の休憩《きゅうけい》を挟んだが、〝隔離〟の気配《けはい》が現れることはなかった。だが、彼はここに来るだろう。〝童子斬《どうじぎ》り〟に憑《つ》かれて、自分を殺しに。

優樹はコートの中から出ている未知の頭の上に、左手を被《かぶ》せて風除《かぜよ》けにする。こういう時は、大きな手は便利だ。状況によって小さくできればもっと便利なのだが。

こうして立ち止まると、色々《いろいろ》なことを考えてしまう。

どうして、彼は――太一朗《たいちろう》は自分を殺そうとするのか。

〝童子斬り〟のせいだということはわかる。それでアヤカシを殺そうとするのはわかる。だが、彼は大田《おおた》も虎司《とらじ》も夏純《かすみ》も殺さずにただ殴り、優樹《ゆうき》を殴った。そして彼が最期《さいご》に殴ろうとするのもまた優樹。

無差別に殺すはずの〝童子斬《どうじぎ》り〟が、最期に殺そうとしているのが自分。記憶《きおく》を接《つ》ぎ合わせて、導《みちび》いた結論《けつろん》はこれだ。

人間だった時の太一朗《たいちろう》のことを思い出す。彼との付き合いはほんの数ヶ月程度でしかなかったが、その間に本当に色々《いろいろ》なことがあった。

思い出すと、悲しくなってきた。

楽しいことも面白《おもしろ》いこともあった。彼の行動に呆《あき》れ、苦笑《にがわら》いをし、そして。

彼の言葉が、心を支えてくれた。彼の言葉に、恐怖した。

人間を、本当に好きになれそうな気がして、そして、逃げたくなった。

それらをすべてまとめて、一言で表すと悲しい。この現状が、悲しい。

反省はしても後悔はしない。そう言ったのは彼だ。そして今の自分は、反省はあまりしていないが後悔ばかりしている。

こういう現状にならなかった可能性はどこかになかったのか、過去を遡《さかのぼ》って探そうとしている。もしその可能性を見つけたとしても、今さらどうにもなりはしないのに。

「ゆうさん……その……」

未知《みち》がおずおずと話しかけてくる。

「ん、何かな？　手、気持ち悪い？」

「う、ううん、やまきのくまさんみたいで、すき」

「あんなに大きくないし、毛も生《は》えてないけどね」

優樹は左の右手を顔の前に翳《かざ》す。大きな手だ。自分の顔も摑《つか》めそうだ。掌《てのひら》も甲もただ黒く、太い指の先端には鋭《するど》い爪《つめ》が生えている。太い血管がやたらと浮き出ていて、たまにぴくりと脈打っていた。最初は手だけであったのに、今は左肩から先はすべてが黒く、そして太い。手首のところには不自然に繫《つな》いだ白い線《せん》ができていたが、それもない。

「で、何か訊《き》きたいことがあったんじゃないの？」

「えと、あのね、……その、たいちさんってひとが、またゆうさんなぐりにくるんでしょ？」

「うん」

「……ゆうさん、しなないで」

「大丈夫だから」

「そ、そうじゃなくて、ちゃんとしなないで、かえって、かれーらいすつくってくれるっていって」

そう言われると、言葉に詰まる優樹《ゆうき》である。できない約束はしたくないから、言葉を濁《にご》していたのに。

大丈夫、と言ったところで、本当に大丈夫なことなど何一つないのに。

「えーと……」

優樹はとりあえず、内ポケットからボトルを出すと中身を一口飲んだ。もう、一口しか残っていなかった。空《から》っぽになってしまったそれの蓋《ふた》を閉めると、優樹は何を言おうか考えながら未知《みち》を振り返る。

「みっちゃん」

振り返ると、そこに山崎太一朗《やまざきたいちろう》が立っていた。

その肉体は、鬼神《きしん》に殴られた痕《あと》がかなり残っていた。優樹と同じように顔の右半分をひしゃげさせ、左腕も生《は》えていない。胸や腹の肉が、不自然に凹《へこ》んでいる。〝枝〟は相変わらず彼の肉体を網目《あみめ》のように覆《おお》っている。まるでメロンみたいだ、などと場違いな感想を抱きながら、優樹は太一朗の目を見た。

優樹と同じく、左目しかない。頬《ほお》にある傷が以前と変わらないことを、喜んでもいいのだろうか。

右腕を振り上げながら、自分を見下ろしてくる太一朗の目には、殺気があった。

悲しいな。

とても悲しい。

その時、〝隔離〟が生まれた。周囲の空気が一変したことに、ほんの一瞬《いっしゅん》優樹は戸惑《とまど》った。鼻と耳、目が、突然の〝隔離〟についてこられなかった。未知が優樹の頭に覆《おお》いかぶさる前に、既《すで》に半分崩れている右目近辺に彼の鉄拳《てっけん》が振り下ろされる。

もう流す血も、削れる肉もない。そう思っていたが、ぐしゃりという音と共《とも》に血と肉が飛び散るのを優樹の左目は見た。痛いな、と思いながらも、優樹は倒れも、膝《ひざ》を折りもしなかった。

左の右拳《こぶし》を握る。

目の前にいる太一朗に教わったように。指を外から一本ずつ握《にぎ》り締《し》め、最後に親指で押さえる。当てる部分は中指と人差し指の付け根、拳を繰《く》り出す時は腕と手首から先の甲を一直線《いっちょくせん》にする。

狙《ねら》ったのは、太一朗の側頭部。今までは届きにくかった場所も、こうして腕が長くなったからにはしっかりと当てられる。右目のない彼には、そちらからの攻撃《こうげき》は避けにくいはず。もっともそれは、優樹も同じ条件だ。

優樹の顔にめり込んだ太一朗の右手は、今戻ろうとしている。これならば、防御《ぼうぎょ》は間に合わない。

当たる、と思った。しかし優樹が渾身《こんしん》の力で繰り出したその拳は、何かによって軌道《きどう》を逸《そ》らされてしまう。

逸《そ》らしたのは、手でも足でもない。今までは、攻撃《こうげき》にも防御《ぼうぎょ》にも使われず、ただ足先から生えて彼の体を覆《おお》っていただけの〝枝〟。

それが今、優樹《ゆうき》の手首に巻きついている。優樹は左腕を引き寄せて、数百本単位でまとまり太い〝枝〟になっているそれを摑《つか》んだ。今は夜で辺《あた》りに土がなく、しかも海の近くという条件だ。力は落ちているはず。

この〝枝〟を引き摺《ず》り倒して、彼をこのまま海に放《ひ》り込む。未知《みち》を置いた後で自分も飛び込み、海中で〝童子斬り《どうじぎ》〟を太一朗《たいちろう》の身体《からだ》から引っこ抜く。それが、優樹が考え付くことのできたたった一つの方法。

〝童子斬り〟の本体が巣くっている場所がどこかは、勘《かん》で抉《えぐ》り出すしかない。心臓《しんぞう》か、頭か、それとももっと違う場所か。

〝枝〟の引っ張り合いという単純明快な力比べを制したのは、太一朗の方だった。〝枝〟を右手で摑んで、ぐっと引き寄せる。バランスを崩した優樹の足を、〝枝〟の生《は》えた足が払おうとする。それを不器用な足捌き《あしさば》で何とかやり過ごし、〝枝〟の引っ張り合いを諦《あきら》めた優樹は腰に納めていたナイフを右手で引き抜く。手首は折れているが、この本当の右の右手はまだ動いてくれそうだ。

……高橋幸児《たかはしこうじ》という二重雑種《ダブルブリッド》の、形見といっていい物。優樹の肉を切り裂いたそれは、今は優樹の命を守るための物。

振り下ろされたナイフは、〝枝〟をたやすく切り裂いて優樹と太一朗の距離《きより》を広げる。

その時、背中の未知が動いた。優樹の頭を守るために、帽子《ぼうし》が落ちないように腕を伸ばす。

自身の手が優樹の血で汚れることも厭《いと》わずに。

「……ありがとう、みっちゃん。ごめんね、こんなことさせて」

「しないで、ゆうさん」

未知はそれだけ呟《つぶや》くと、帽子の下にある白髪頭――もう血で汚れて白より赤の部分が多いの
だが――に、顔を埋める。

優樹はその願《ねが》いに返事をしない。返事ができない。

痛いのに、こんなにも動ける。痛覚《つうかく》を遮断《しやだん》していないのに。

これは、火事場の馬鹿力《ばかぢから》なのだろう。優樹は、なぜか笑ってしまった。

自分が命尽きる前に、本当にやりたいこと。

〝童子斬り〟に憑《つ》かれた兇人《きようじん》ではなく、山崎《やまざき》太一朗という人間と、言葉を使って話をしたい。

たったそれだけのことが、恐ろしく難《むずか》しい。だが、それを成し遂げるまでは、自分は死ねない。


それを成し遂げたら、死んでもいい。

……本当に、笑ってしまう。どうして、自分は太一朗と話をしたいと願っているのだろう。

彼は自分の心に温かいものと、冷たいものを突き刺し、抉った。彼と話すことなんて、何があるというのか。〝童子斬り《どうじぎ》〟に憑《つ》かれて彼が行ったことをなじるのか。今までお世話になりました、ありがとうとでも言いたいのか。

そういえばビールを買ってきてもらった時に、代金を立て替えてもらって返してないような気がする。それを返すのか。いくらかは忘れたが。色々《いろいろ》思い出せるようになっても、さすがにそんな細かいことまでは記憶《きおく》にない。

太一朗《たいちろう》は立ち尽くして、優樹《ゆうき》を見ていた。攻撃《こうげき》をしてこない彼を不審《ふしん》に思ったが、優樹は夜にしては、やけに明るいことに気が付いた。

〝隔離〟の中で、海がある方向を見た。

太陽が、見えてしまった。空は、雲一つない快晴。

(土と光と水を養分にして、童子斬りは生きている)

海水はあっても真水はない。偽《いつわ》りの地面はあっても土はない。そして光もない、はずだったのに。

太陽のわずかな光を得た太一朗の身体《からだ》は、少しずつ再生を始めている。なくなっていた左腕の肉がぼこぼこと盛り上がっている。潰《つぶ》れていた顔も同様に。

「ずるいなあ……」

思わず呟《つぶや》いた自分の左唇が、まだ笑っている。優樹は右手で唇の端を無理やり下ろすと、再生が終わる前に太一朗に突っ込んだ。太陽光だけでは、再生能力もそんなには働かないようだ。海が近いのだから、どうにか摑《つか》んで投げ飛ばす方法《すべ》を試みる。

走りながらナイフを腰の鞘《さや》に収め、太一朗の足元に滑り込んで両手で足首を摑んだ。そのまま引《ひ》き摺《ず》り倒そうとした優樹だったが、掌《てのひら》を何かが刺す痛みに力が緩《ゆる》んでしまう。手が離《はな》れたところに、太一朗の蹴《け》りが腹に入る。

……何だか、先ほども似たような蹴りを食らった気がする。自分も意外と学習能力がなかったらしい。

胃液が逆流してくる。昨晩食べたカレーライスはもう消化されているだろうが、吐きたくはない。尻餅《しりもち》をついたところに、もう一度蹴りがきた。地面についた二本の手だけでにじり、下がってそれを避ける。

地面と掌が擦《こす》れているだけなのに、やけに痛い。とりあえず太一朗の手足が届かない範囲《はんい》にまで後退して、両手を見てみる。

穴が開いていた。右の右手には一つの穴、左の右手には穴は開かずに窪《くぼ》んだ痕《あと》。見覚えのある穴だ。京都《きょうと》で見た、悲しい鬼の死体に開いていた穴。刺《さ》し貫《ぬ》き、穴を開け、体内の血肉を吸収していく〝枝〟。

開いている穴からは、血が流れない。肉もはみ出てきたりはしない。綺麗《きれい》なほどに丸い傷口だ。

しれない。

〝童子斬《どうじぎ》り〟が、血肉を積極的《せっきょくてき》に吸収し始めている。……これからが、本気の攻撃《こうげき》なのかも

自分を、本当に殺すための。

「ゆうさん！」

未知《みち》の声が、聞こえた。慌《あわ》てて立ち上がろうとしたところに、太一朗《たいちろう》が立っていた。再生の

終わった左の拳《こぶし》で、腹を殴られる。

……今度は、胃液が逆流してくるのを抑えられなかった。その場に膝《ひざ》をついて、ほぼ液状の

吐瀉物《としゃぶつ》を吐き戻す。ビールと焼酎《しょうちゅう》が主要物だが、カレーの臭《にお》いがわずかに混じっていた。自

分の吐いた物を見るなど、ぞっとしない。

吐き気が収まったところに、また蹴《け》りがくる。すべて吐いてしまったのだから、もう吐けな

い。そう思ったのだが、胃液が残っていたようで色々《いろいろ》と見たくないものの上にまた吐き戻す。

気持ちが悪い。口の中も何もかも。ついでに痛い。……もう痛みがついでに来ているようだ。

立ち上がって。

立ち上がって、〝童子斬《どうじぎ》り〟を取り除くことができたなら、太一朗はもう自分を殴ったりは

しないのだろうか。

……それとも、もしかしたら。

彼は、本当に。本当に、心の底から。自分を殺すことを願《ねが》っているのだろうか。

自分で自分をいじめるような趣味《しゅみ》はないよ、と太一朗に言った気がする。他人にいじめられて喜ぶ趣味もない。

もしかしたら太一朗は、死なない程度に殴るのが楽しい人間なのかもしれない。

……なんて、嫌《いや》な考えなんだろう。

今、彼は優樹《ゆうき》が立ち上がるのを待っている。殴ってこないで待っている。

ゆっくりと立ち上がって太一朗の顔を見た優樹は、悲しくなった。元通りになった顔、その表情と目が、楽しそうに笑っていたから。

その悲しくなってくる気持ちを振り払い、優樹も笑ってみた。崩れた顔ではうまく笑えなかったが、それでも笑う。

やりたいことをやるために。

左腕に力を込めて、殴りかかる。力も速度も、痛みに耐えた身体《からだ》にしてはなかなか悪くはない拳だと自分でも思う。避けられるかガードはされるだろうが、そこにつけいる隙《すき》を見つけ出せはしないか。

それはただの希望的観測《かんそく》であり、現実とはかけ離《はな》れていた。太一朗はその拳を避けながら優樹の腕を掴《つか》み、その勢いを借りながら彼女の小さな身体の下に自分の背中をもぐり込ませ、そのまま投げつけた。

「みっちゃん！」

背中から落ちてしまったら、自分はともかく未知《みち》がただではすまない。身体《からだ》を捻《ひね》って、背中ではなく右肩から落ちる。だが落ちた衝撃《しょうげき》で、未知は優樹《ゆうき》から手を離《はな》してしまった。未知はそのまま少し転がって、優樹から遠ざかる。

（……ここで、頭を殴られるんだろうな）

冷静に考えている場合でもない。すぐに立ち上がらなければ。

立ち上がる前に、左耳に衝撃が来た。帽子《ぼうし》が、頭から転がり落ちていく。つま先で蹴《け》られたようだ。頭がくらくらする。その衝撃が消えないうちに、鼻の頭を殴られた。唯一見えている、左目の上にも拳《こぶし》が振ってきた。潰《つぶ》れこそしなかったものの、脳の中に目玉がめり込みそうだ。

…………………。

…………………まずい。

痛みを感じなくなってきた。

殴られ、蹴られているのはわかる。わかるのだが、具体的にどこにどれほどのダメージを受けているのかが、さっぱり把握できなくなってきた。

この状況は、まず過ぎる。

これでは。

これでは、やりたいこともできずに死んでしまうではないか。

……どうにかしなければ。

……どうすればいいのだろう。

今、この状況を打開するために、何をすればいいのだろう。

……そうだ、まずは現状を把握することから始めないと。

青く、暗かった。それに赤も混ざっているような気がする。その三色が目まぐるしく点滅し、波紋《はもん》を描きながら視界を覆《おお》っている。いったいこの眼《め》は何を映しているのだろうか。

必死だった。離れてしまった未知が慌《あわ》てて立ち上がった時には、もう優樹は赤い血と黒ずんだ肉のようになっていた。そんなに長い時間ではなかったのに、あの山崎太一朗《やまざきたいちろう》という男は優樹に暴力《ぼうりょく》の限りを尽くしていた。

怖かった。しかし恐怖よりも、優樹への心配が勝った。駆《か》け寄って、小さな身体で優樹に覆い被《かぶ》さる。こうすれば、彼は未知がいる部分を殴れない。それ以外の場所は殴るが。

血だらけの優樹は、ぴくりとも動いてくれなかった。

未知は叫ぶ。

「ゆうさん！　うごいて！　うごいて！　くまさんみたいにならないで！　おいてかないで！　すてないで！　しなないで！　しんじゃやだ！」

泣き、叫び、鼻水や涎《よだれ》を垂らしながら、未知《みち》は優樹《ゆうき》にしがみつく。未知の身体《からだ》と顔が、優樹の血と肉で汚れていく。しかし今の未知には、自分が汚れるよりも大切なことがあった。

死なないで、と言っても大丈夫としか言ってくれなかった優樹。

約束をしてくれなかった優樹。

「ゆうさん……」

冷たい。優樹の身体はいつも冷たかったが、それでも今までは優《やさ》しい冷たさだった。自分を背負ってくれたその身体にあったのは、生きた優しい熱《ねつ》。

今はそれがない。冷たい死にそうな熱しかない。

生きているのは、黒い左腕だけだ。左腕だけど右手なそれだけは、優樹の身体の中で唯一無事だった場所。兇人《きようじん》がどんなに殴り、蹴《け》りを入れても、〝枝〟で刺しても、折れず、破れず、血を流さなかった腕。

自分の頭を優しく撫《な》でてくれるそれ以外は、優樹は本当に血だるまだ。

今まで、自分が嫌《いや》がっていた左腕の右手。優樹もそれを知っていたから、いつも右の右手で撫でてくれていた。

今初めて、大きな大きな左の右手が、未知の頭を撫でている。

それは冷たい熱を持った、優しい優樹の手だ。

未知は、自分の頬に新たな血と肉がまとわりつくのも構《かま》わずに優樹に顔を寄せる。冷たい身体に熱を与えたくて、頬の隙間《すきま》から息を吹き込む。唇に優樹の血が付着して、未知はそれは何も考えずに舌で舐《な》めた。

初めて味わった他人の血は、自分の血とたいして変わらない味だった。

すべてが頼りない世界の中で、優樹は未知の生きた熱を感じていた。

その中で、片倉《かたくら》優樹は思考する。

なぜ、こんなことになったのだろうか。

赤い視界にかろうじて白が混じるその中で。

鬱陶《うっとう》しい肉が、思考する。

どうして、こんなことをしてしまったのだろう
それが、やりたいことだったからだ。
そのために生まれて、それをして死ぬからだ。
ちがう　だろ
白い肉を、塊《かたまり》にしてから殺したかった。
そんな　のは　ちがう
白い肉も、赤い魂《たましい》も、殺したかった。
そんな　わけが　ない
白い肉、赤い魂、鬱陶《うっとう》しい肉はそれを全部壊《こわ》して。
ちがう
壊して、壊して、壊したら。
そうじゃない
そうしたら、白い肉と、赤い魂は。
そんな　ことは
鬱陶しい肉のもの。

おれが　ころしたい　わけが　ない

鬱陶しい肉。
鬱陶しい肉。
鬱陶しい肉。
鬱陶しい肉は、白い肉を、塊にして、鬱陶しい肉にしたい。
鬱陶しい肉は、白い肉を、塊にして、喰《く》らいたい。
鬱陶しい肉は、白い肉を、塊にして、汚したい。
鬱陶しい肉は、赤い魂を、塊にして、犯したい。
鬱陶しい肉は、赤い魂を、塊にして、溶かしたい。
鬱陶しい肉は、赤い魂を、塊にして、鬱陶しい肉にしたい。
鬱陶しい肉。
鬱陶しい肉。
鬱陶しい肉。

うっとうしいにく

うっとうしいにく
うっとうしいにく

うっとうしいにくは　うっとうしいにくを　かたまりにして　ころしたい
うっとうしいにくは　うっとうしいにくを　かたまりにして　ころしたい
うっとうしいにくは　うっとうしいにくを　かたまりにして　ころしたい

うっとうしいにくじゃないおれは　うっとうしいにくを　かたまりにして　ころしたい
うっとうしいにくじゃない俺《おれ》は　うっとうしいにくを　塊《かたまり》にして　ころしたい
鬱陶《うっとう》しい肉じゃない俺は、鬱陶しい肉を、塊にして、殺したい。

右手が、見えた。
自分の右手だが、これは自分の右手じゃない。本当の右手は、戦争の島でアヤカシに喰《く》われてしまった。

そのアヤカシを殺したのは、自分だ。
江戸川《えどがわ》で、大きな熊《くま》のアヤカシと戦った。
そのアヤカシを殺したのも、自分だ。
道端で、大きな鬼の目玉を抉《えぐ》ったのは、自分だ。
公園で、黒い虎《とら》を殴ったのは、自分だ。
渋谷《しぶや》で

よくわかったよ。よくわかった。
鬱陶しい肉じゃない俺が、殺したいもの。

倒れている、白い肉と赤い魂《たましい》。
小さな命が寄り添う肉と魂。

鬱陶しい肉じゃない俺が、殺したいものは。
「山崎《やまざき》太一朗《たいちろう》、君の生と死は、君だけのものじゃないのか！」

シームルグの背骨と肉を抉《えぐ》った右腕の中で、何かが折れた。
「君が、何をおもしろがっているのか、さっぱりわからないよ……太一《たいち》くん」

魂《たましい》が、震《ふる》えた。
名前。太一。
山崎太一朗《やまざきたいちろう》。
鬱陶《うっとう》しい肉ではない人間。
山崎太一朗が殺したかったのは。
本当に殺したかったのは、自分自身。
愛《いと》しいものを殺そうとしている、自分自身。
……殺すことで、手に入れようとした自分自身。
それと自分自身の中にいる、ヒトではないものを殺すもの。

「山崎太一朗は！　童子《どうじ》斬《ぎ》りを！　塊《かたまり》にして！　殺したい！」

いきなり目の前にいる男が大声で叫び出した。未知《みち》はびっくりして優樹《ゆうき》から顔を上げて、山崎太一朗という名前の兇人《きょうじん》を見る。

彼は自分の左手で、自分の顔を殴り始めた。自分で殴り、自分でよろめいている。ごつ、ごつ、という低い音が三度響《ひび》き渡った時、太一朗の足元は埠頭《ふとう》の縁《ふち》まで来ていた。

四度目の、ごつ、は、太一朗が海へ落ちる音と重なり、響き渡ることはない。

……未知にはさっぱり状況がわからない。だが、優樹を殺そうとしていた人がいなくなったのはとてもいいことだ。

「ゆうさん……ゆうさん！　おきて！　あのいやなひとはいなくなったからおきて！」

未知の声がする。……まだ、生きている。死んではいない。起き上がって、やりたいことをやらなくては。

……痛みがないと、生きている実感がない。不思議《ふしぎ》だ。痛くて動けないことの方が多いのに、今は苦痛がなければ動けない。痛いのも苦しいのも嫌《いや》なのに、困ったものだ。

左腕が、動いた。……本当に、この腕はよく動いてくれる。自分の腕ではないように。

……これは自分の元右手にして今の左手、そして、鬼神《きしん》の腕。掌《てのひら》を地面につけて、上半身を起こす。口の中に溜《た》まっていた血を吐き出してから、優樹は未知の方を見た。

「みっちゃん……悪いけど、荷物持ってきて……」

よかった、まだ喋《しゃべ》れる。そっと安堵《あんど》する優樹《ゆうき》に返事をせず、未知《みち》はばたばたと走っていき少し離《はな》れたところに転がっていたリュックを持ってきた。

「中開けてちょっと見せて……うん、その瓶《びん》出して、二本」

いざという時のための、消毒用アルコール。余分に入れておいて本当によかった。太一朗《たいちろう》の暴虐《ぼうぎゃく》によって砕《くだ》かれあまり動いてくれない右手で何とか蓋《ふた》を開け、中身を一気に呑《の》み干《ほ》す。当たり前だが、まずい。まずいが、もう一本。これで、本当にアルコール分はなくなってしまった。だが、何とか動ける体力と気力が戻ってくる。先ほどまでは感じなかった痛みが、またぶり返してくる。だが、その方が意識《いしき》がはっきりしていい。

「みっちゃん、太一《たいち》くんは？」

あの大きくて嫌《いや》な男を、優樹が『太一くん』などと親しげに呼ぶのが未知は嫌だった。それでも、未知は優樹に自分の見た通りのことを伝える。

「な、なんかいきなりさけんで、じぶんでじぶんのことなぐって、うみおちちゃった」

「……そう、ありがとう。ちょっと行ってくるからね。海落ちないようにね」

靴と靴下、コートだけは脱いでおく。準備運動は、殴られて筋肉がほぐれているから省略しておく。ほぐれるどころか、皮が裂けて腹の中身が少し出ていた。肉の部分が若干《じゃっかん》少ない気がするが、〝童子《どうじ》斬《ぎ》り〟に吸収されたのかもしれない。

これに秋の海水は冷たいだろうな、そう思いながらも優樹は無理やりはみ出ているそれらを押し込んだ。

立ち上がったが、すぐに崩れ落ちて膝《ひざ》をついてしまう。足の肉や骨が、こうも崩れていては自分の体重を支えるのも辛《つら》い。

優樹は大きく深呼吸をした。

息を吸える。息を吐ける。目は見ることができ、耳はまだ聞こえる。鼻は、利かないが。肺と脳に酸素が、それなりに行き渡る。

ならば、自分はまだ動ける。生きている。死んでいない。生きて、自分の意思で考え、動いて、言葉を紡《つむ》ぎ、そして。

左腕を地面につき、もう一度立ち上がる。

しっかりと、立てた。地面の感覚は頼りないが、それでも。

優樹は腰のナイフを引き抜くと、口に咥《くわ》えた。右手は、指はまだ動くが握ることはできなさそうだ。

「ゆ、ゆうさん……うみおちたらおわりなんじゃないの……」

未知は、海へと向き合う優樹の左腕をそっと掴《つか》む。それ以外のところは、掴んだらそのまま千切《ちぎ》れてしまいそうだから。

「もう、やまきのくまさんころして、ゆうさんなぐったひとは、でてこないんじゃないの……」

優樹《ゆうき》は一度ナイフを右手の指の間に挟むと、未知《みち》を振り返った。

未知が見た優樹は、とても綺麗《きれい》だった。顔半分は、皮膚《ひふ》はほとんどなく肉と骨が覗《のぞ》き、右眼《みぎめ》近辺はぽっかりと穴を開けている。左はまだましだったが、それでも皮が裂けて頬骨《ほおぼね》が歪《ゆが》んでいた。白い髪には赤い赤い、優樹自身の血がこびりついている。

それなのに、未知にはとても優樹が美しく見えた。優樹と過ごした、短い日々。怪我《けが》のない優樹の顔など見たことがない。いつもより一層《いっそう》ひどい怪我をしているその顔で。

優樹は笑っていた。自分に『大丈夫』と笑う寂《さび》しい笑顔《えがお》ではない。痛そうにしながらも無理に笑っている顔でもない。楽しそうとか、嬉《うれ》しそうとか、そういう笑いでもない。

「出てこなかったら、海の中で死んじゃうでしょ。引っ張り上げないとね」

「どうして？」

八牧《やまき》を殺して、優樹を殺そうとする男をどうして助けないといけないのか。

「ちゃんと、話したいから」

未知の頭を、左の右手で優《やさ》しく撫《な》でる。

そして、優樹は再びナイフを咥《くわ》え直して、海へと飛び込んだ。

全身が痛い。痛いという感覚が久しぶりだ。自分の目で見て、自分の耳で音を聞き、自分の口と鼻で呼吸するのも久しぶりだが。

見えるのはただの水、耳に入ってくるのは水の音、呼吸ができずに苦しいのに、意識《いしき》は恐ろしいほど鮮明《せんめい》だった。

身体《からだ》の中で何かが弾《はじ》けている。苦しそうにのたうっている。この海水を嫌《いや》がっている。そして求めている。光のある場所を、土のある場所を。

そして、アヤカシを殺すことを。

まっぴらごめんだ。

山崎太《やまざきた》一朗《いちろう》は思考する。

こうして、考えることのできる自分もまた久しぶりだ。身体も動かせる。動かせるが、動かそうとは思わない。

このまま沈んでいるのがいい。

太一朗は自分の身体を見た。全身に張り巡らせていた〝枝〟たちは、今は一箇所に集まっている。細い細い〝枝〟では、死んでしまうから。集まっている場所は、右腕。右腕だけは、自分の思い通りに動いてはくれない。

右腕がもがいて海面に出ようとする動きを、太一朗《たいちろう》は左腕で止めた。

しぬ　しぬ　しぬ　しんでしまう
ころさずに　しんでしまう
うっとうしいにくも　しぬのに
うっとうしいにくは　しんでしまうのに
死にたくはなかったけど、俺《おれ》とお前は殺し過ぎた。
殺して、傷付け過ぎた。
身体《からだ》だけじゃない、心も傷付けた。
そうあるために　うまれた
ひとではないものから　ひとをまもるために
ひとではないものを　ころすために
そうか。題目は立派だな。でもお前はやっぱり死んでおけ。
俺も死んでおこう。お前を止められなかったのが、俺の罪だ。
あの島でお前に憑《つ》かれて、大田《おおた》に言われた時にすぐこうしておけばよかったんだ。
俺の意思で、死んでおけばよかった。

自分の命を守ろうとして、その結果がこれだ。
生きたいなんて思わなければよかった。
大きな熊《くま》を殺して、相川《あいかわ》を殴り倒して、大田の背骨を折って、モノレールで暴《あば》れて。
優樹《ゆうき》さんを、あんな。

それは　うっとうしいにくの　したいこと
うっとうしいにくは

違う、と言い切れない自分を、俺は殺したい。
俺は、あの人を好きだったのに。
しろいにくは　ひとではない
ひとではないものを　ころすためにうまれた
うるさい。
俺は、あの人と、もう一度会って話したかったから。
会って、話して、それで。
うっとうしいにくは　しろいにくを　かたまりにして　うっとうしいにくにしたい

だから、生きていたかったのに。

……俺《おれ》がそれを強く願《ねが》った結果がこれだ。

うっとうしいにくは

お前も鬱陶《うっとう》しいよ、童子斬《どうじぎ》り。

しぬ　くるしい　しんでしまう

一緒《いっしょ》に死んでやるから、我慢《がまん》しろ。

本当は嫌《いや》だけど、お前と一緒に生きているともっと嫌なことになるからな。

うっとうしいにく　うっとうしいにく

いきて　ころしたいのに　しぬにく

生きていたいけど、殺したいわけないだろ。

……ああ、あいつだ。

あいつを殺したいって思って、そして殺してるじゃないか、俺は。

うっとうしいにくは　ころしたい

そうか。

……俺は恐ろしいな。本当に。

恐ろしくて、おぞましくて、どうしようもない奴《やつ》だ、俺は。

死んでおくか。

右腕の動きが弱くなった。やっと諦《あきら》めたか、と思った太一朗《たいちろう》だが、そうではなかった。太一朗は右手首を摑《つか》んでいたが、右の肩を誰《だれ》かが摑んでいるからだ。

黒く、逞《たくま》しい腕。人の外見をしていないその腕の持ち主を、太一朗は知っていた。

曲がった右腕にナイフを持ち、自分の右肘《ひじ》にその刃《やいば》を押し付けているのは片倉優樹《かたくらゆうき》。

会いたくて、話したかった、白髪頭の二重雑種《ダブルブリッド》。

そして、自分が愛した、女だ。

海は冷たく、そして痛い場所だった。泳ぐのは不得意だが、何とか優樹は手足を使って潜《もぐ》っていく。動かすたびに傷口——といっても傷口ではない場所の方が少ないのだが——から、海水が入り込み、刃物のように刺《さ》し貫《ぬ》いていく。

太一朗は、すぐに見つかった。暴《あば》れる右腕を左腕で押さえている彼は、今は正気なのだろう。優樹が言葉を使って話したい、山崎《やまざき》太一朗だ。

しかしこのまま海面に上がっても、彼は〝童子斬り〟の支配から逃れられない。ここで絶たねばならない。あの右腕が本体ならば、それを斬り落とせばいい。頭や心臓《しんぞう》ではなくてよかった、と一瞬《いっしゅん》だが安堵《あんど》する。

左の右手で彼の肩を摑《つか》むと、太一朗《たいちろう》が優樹《ゆうき》の方を見た。優樹はその彼の表情を見て、こんな極限状態《きょくげん》だというのに思わず笑ってしまう。怒られた犬が飼い主に許しを請《こ》うような、頼りなく弱気な表情だったからだ。彼もこんな表情をするのか。

その顔はほんの一瞬で、彼はすぐに表情を変えた。その視線《しせん》が右腕に動く。彼にもわかっているのだ。

この右腕が元凶《げんきょう》。〝童子《どうじ》斬《ぎ》り〟の本体。

咥《くわ》えていたナイフを右手で持ち、肘《ひじ》に切《き》りつける。握れない手で無理やり握り、中の筋肉が壊《こわ》れていく腕に力を入れて押し込む。

刃《やいば》は少しずつ押し込まれて、腕を切り離《はな》していく。その切断面は、肉でも骨でもない。一本の木。海水に触れて悲鳴を上げてのたうち、太一朗の体内に潜《もぐ》ろうとする木。それを阻止《そし》するために、太一朗は自分の右手首を左手で力を込めて引っ張る。

太い木は細い枝になり、そして。

ついに、〝童子斬り〟は切り離された。

同時に、優樹の右手は力を使い果たし、ナイフを手離してしまう。沈んでいくナイフを拾おうと手を伸ばしかけた優樹は、結局それを摑《つか》み直すことはできなかった。

さようなら。

内心で呟《つぶや》き、優樹は切り離された太一朗の右腕を見る。

拠《よ》り所《どころ》をなくした〝童子斬り〟は、〝枝〟を伸ばして太一朗にすがろうとする。それを、太一朗は海の底に向かって投げつけた。最後に細い〝枝〟が一本、木の色をした切断面に伸びていき、そして力を失って沈んでいく。

だが、まだ太一朗の体内には〝童子斬り〟の欠片《かけら》が残っていた。呼吸ができなくて苦しいが、死ぬほどではない。まだ〝童子斬り〟は、自分の肉体に影響《えいきょう》を及ぼしている。この腕から人間の部分が出てくるまで。血と肉が出てくるまで、戻れない。

切断面に指を突っ込んで、残った部分を掴み出そうとする。見た目は木のくせに、手触りはやたらと硬い肉だ。なかなか抉《えぐ》り出せないで苛立《いらだ》つその左手首を、優樹の右手が掴んだ。

右手ではあったが、左腕の先に生《は》えているもの。太一朗の手より遥《はる》かに大きく、太く長い指を持った、黒い鬼の右手。

優樹は、そのまま海面に浮上しようとする。このまま浮かんでいいのか、この欠片をとらずに。本体は落ちたが、本当はまだこの半分だけになった右腕には〝童子斬り〟が入っているのではないのか。

もしそうだったら、また自分は優樹を殺そうとしてしまうのではないか。

だが、太一朗は優《やさ》しいその手を拒《こば》むことができなかった。

この手を、自分は待っていた。自分が自分でなくなる前から、待っていた。

だから、そっと手の向きを変えて、優樹《ゆうき》の手首を握った。

太くなり過ぎた腕は、細くなって海の底に沈んでいった。
もう還《かえ》ることのない自分の腕のことを、空木《うつろぎ》は考えない。
腕は海だが、指が陸に帰ってきた。
取りに行こうか。
動けば取りにいける。
しかしここで動いたら、土が崩れてしまう。
だから、やめた。
だから、少しだけ、腕が迷惑《めいわく》をかけた彼女らに礼をしよう。

「お久しぶり、元気?」
岸壁《がんぺき》をよじ登り、どうにか陸地に着いてその場に座り込んだ二人《ふたり》は、しばらく呼吸を整《ととの》える必要があった。先に回復したのは満身創痍《まんしんそうい》の優樹の方である。優樹は未知《みち》のいた場所からやや離《はな》れてしまったことに気が付いたが、すぐには動けそうになかった。

それに、もう、命が尽きそうだ。

そんな確信《かくしん》が心の底から浮かんできても、優樹は気にすることもなく太一朗《たいちろう》を見ていた。

外傷は肘《ひじ》から先がない右腕を除けば、ほとんどない。ただ体内に〝枝〟が根付いていた名残《なごり》か、顔から足の甲に至るまで、皮膚《ひふ》が細い線状《せんじょう》に盛り上がっている。改めてメロンみたいだ、と思う優樹であった。

それに〝童子斬《どうじぎ》り〟は完全には抜けてはいない。右腕の切断面は、人のそれではなく古い木だ。あれの意志が残っていないことを祈った優樹は、周囲を空木の〝隔離〟が支配していることに気が付いた。この状況で人が来たら困るからありがたいが、やっぱり空木はよくわからない。

「……すいません」

太一朗が最初に言った言葉はそれだった。その顔がやたらと悲愴《ひそう》に満ちていて、優樹はまたも笑ってしまう。

「ほんと、君そういう表情似合わないよね。いつもみたいに自信たっぷりで、俺《おれ》は俺の道を行くみたいな顔してよ、笑っちゃうから。謝《あやま》るのも禁止ね。童子斬りはまだ残ってるみたいだけど、元に戻って生きてるならそれでいいじゃない」

人の限界を超えて動き続けられたのは、〝童子斬り〟が生命と身体《からだ》を無理やりに支えていたから。それを抜いてまだ生きていられるのは、あの残骸《ざんがい》のおかげなのだろう。

生きていて、よかった。優樹《ゆうき》は心底からそう思い、嬉《うれ》しくて笑う。嬉し過ぎて泣けない気分だった。

「……死んでいた方が」

「よかった、とか言わない。生きたいのに生きられない人たちもいるんだから、死にたくても死ねない人がいてもいいでしょ」

どうして、笑えるのだろう、優樹は。こんなにも、ひどいことをした自分に。彼女の仲間たちをひどい目に遭《あ》わせて、こんなに傷を負わせて。それらをすべて〝童子斬《どうじぎ》り〟のせいにしたとしても、かつて彼女の同類を理不尽《りふじん》な理由で殺したのは、自分自身の意思なのに。

「で、今まで童子斬りに憑《つ》かれてる間にやったこと覚えてるの？」

「……だいたいは」

自分の――〝童子斬り〟がやったこと。ただひたすらに、殺そうとし、殴り続けたこと。それを止めようとして止められなかった、自分のことも覚えている。

そして優樹を殴っている時、ほんの僅《わず》かにではあるが楽しかったという自分の心も、太一朗《たいちろう》は覚えていた。

楽しかった。優樹を圧倒し、支配している気がして楽しかった。それを否定できない自分を、殺したくなる。

「それは話の手間が省《はぶ》けて助かるな、じゃあ後で警察《けいさつ》に行ってね。八牧《やまき》さん、甲種だから殺人罪になるし。赤川《あかがわ》さんに電話して……まだ怪我《けが》治ってないけど無理してもらおう。色々《いろいろ》と情状酌量《じようしやくりよう》されるだろうから、あんまり大事にはならないんじゃない？　あの一件は報道管制すごいから、ご家族んとこにマスコミ殺到とかもないだろうし」

山崎《やまざき》太一朗が知っている片倉《かたくら》優樹だ。彼女は何も変わっていない。淡々とのんびりと。口《く》調《ちよう》も何も変わらない。怪我をしているのも、悲しいけれど四ヶ月前には見慣《みな》れていた光景だ。ただ、その怪我がひど過ぎる。その加害者が目の前にいるのに、態度も何も変わらない。以前とまったく同じように接してくれる。

「……どうして、そんな風《ふう》に話すんですか」

「どうしてって言われても困るなあ。怒ったり恨み言言ったり、してほしいの？」

「そういうわけじゃないですけど……」

「八牧さんのことはもう悲しんだし、童子斬りのせいって言えばせいだからね……まあ殴られたりして痛かったけど、もういいよ……ああ、警察に行く前に、六課寄っといてよ。先生に色々言われて虎《とら》くんや夏純《かすみ》ちゃんにでもぼこぼこにされるだろうから、あたしの分もそれですませといて」

「…………はい」

「あーそうそう、君に言いたいこと一つあった」

片倉優樹として、山崎太一朗と話す。自分が死ぬ前にやりたかったことは、充分に達せられた。しかし、言いたいことはまだ言っていない。

「あたしね、君のこと、好きだよ。一緒《いっしょ》に生きて、一緒に死んでもいいかなって、思えるくらいには」

今の自分は、悪くない顔をしている。何となく優樹《ゆうき》はそう思った。骨は砕《くだ》け、肉は抉《えぐ》れ、右目のない自分の顔は、とても見られたものではないだろう。

それでも。

それでも今なら、優樹は自分の顔を正面から見ることができる。

心の中で常に否定と肯定を繰《く》り返してきた、片倉《かたくら》優樹という自分自身を。

今こそ、本当の自分になれた。

そんな気がした。


「……たぶんね」

その優樹の言葉に、太一朗《たいちろう》は唖然《あぜん》として彼女の顔を見た。右半分がないその顔で、優樹は優《やさ》しく笑う。

眩《まぶ》しくて、綺麗《きれい》だった。そのすべてが。

「さて、やりたいこともできたし、言いたいことも言った。あたしは死にに行くから、君はみっちゃん連れて渋谷《しぶや》に行ってね。君はみっちゃんには嫌われてるけど、よろしく」

衝撃的《しょうげきてき》だが、死んでもいいほど嬉《うれ》しかったその言葉の余韻《よいん》に浸る暇《ひま》もなく、優樹は恐ろしい発言をあまりにもあっさりと言い放った。

酒を呑《の》みに行くからよろしく、と同じ口調《くちょう》で。

「ちょ、え、待ってください……」

「待たない、空木《うつろぎ》さんが〝隔離〟してくれてるけど、いつまでやってくれるかわかんないし」

優樹はよろめきながらも立ち上がる。慌《あわ》てて太一朗も立ち上がり、彼女を見た。

優樹は、美しく、晴れやかに笑っていた。太一朗が初めて見る、綺麗な笑顔《えがお》。

「身体《からだ》じゃなくてさ、もう何というか寿命きてるんだよね。たぶん、一日二日もつかもたないかくらい。死ぬ時は、一人《ひとり》で死にたいの。だから、君もさ」

優樹は太一朗を見た。

驚愕《きょうがく》に唇を震《ふる》わせ、今にも泣き出しそうなその顔を見て、優樹は笑った。

「あたしのことが好きだったなら、黙《だま》って笑って見送ってほしいんだけどな」

最期《さいご》に見るのが、こんな顔なのは寂《さび》しいから。

黙って、笑って、見送れという。寿命がきているから、死にに行くという、自分の愛した女を。

そんなことしたくないし、できるわけがない。

……できるわけがない。力ずくでも止めたい。

だが。

だが、これが。

自身の生き様《いざま》を貫き通《つらぬ》し、自分の死を選び取る、この人でもアヤカシでもない二重雑種《ダブルブリッド》、そして、片倉優樹《かたくらゆうき》という女を。

自分は、本当に、好きなのだ。

相手の意思を尊重しない好意など、ただのエゴだ。

自分のどうしようもないエゴが、彼女だけではなく多くのものを傷つけた。今さらになって気が付いた大馬鹿《おおばか》だ。

こうして笑う彼女を美しいと感じ、愛《いと》おしいと思うならば。

ならば、それに笑って応《こた》えるのが。

山崎太一朗《やまざきたいちろう》という男の心意気だ。

「……一つ訂正させてください、好きだったんじゃなくて、今でも好きですよ」

太一朗は左手で軽く自身の頬《ほお》を叩《たた》く。笑いはできなかったが、さっきよりはだいぶましな顔になれた。

「そう？　どうもあたしは今一つ君のことが本当に好きなのか自信がないんだけどね……君のいいところを考える前に、悪いところばっかり思い出せるから。君の何が好きなのか、さっぱりわからないなあ」

太一朗は笑った。静かに、静かに、左頬の古傷を歪《ゆが》ませて笑った。

「うん、いい笑顔《えがお》だね。かっこいいよ」

そうやって、二人《ふたり》はしばらく静かに笑い合った。

「……死に場所ってどのあたりに行くんですか？」

「まあ人のいない山奥にでも行きたいかなあ。土のあるところ。人が絶対来ないところに行きたいけど、難《むずか》しいだろうから適当に考える」

「こういう言い方をするのも何ですけど、お気をつけて」

「うん……ああ、そうだ」

優樹はポケットを探ってプラスチックケースに入っているカードを取り出す。内閣発行の甲種指定生物公認証。優樹を支えてきた物の一つ。

「これ、形見《かたみ》。君から貰《もら》った首輪《くびわ》でもかけてればそれにしたんだけど。ああ、あれ母に形見として送る小包に入れちゃったから。今ならまだ六課にあるだろうし、返してほしいんなら間に合うよ」

「プレゼントした物返されたら、そっちの方が嫌《いや》ですよ……だいたいあれは首輪じゃないのに……ありがとうございます」

甲種公認証。優樹《ゆうき》という二重雑種《ダブルブリッド》が、この世界に生きていたことを証明する物の一つ。

自分も何かを渡したい。彼女が死ぬ時に、何か自分を思い出せるものを持っていてほしい。

しかし今の太一朗《たいちろう》は上半身には何も身に着けておらず、ズボンのポケットは空っぽだ。

何かないか、と思った太一朗は、ふと自分の左手を見た。

「自分も形見《かたみ》を渡したいんですが」

「くれるなら貰《もら》うけど、何も持ってなさそうだよ君」

「ありますよ」

太一朗は自分の左手を口元に持っていき、その薬指に歯を立て。

一気に噛《か》み千切《ちぎ》る。血があまり出ないのは、まだ〝童子斬《どうじぎ》り〟が残っているからかもしれない。その指を左の掌《てのひら》にのせて優樹に差し出す。

「こんなものでよろしければ」

「……何だか、君もアヤカシっぽくなっちゃったねえ。童子斬りのせいかなあ。でもありがたく貰っておくよ」

優樹は左の右手でそれを受け取り、どうにか動かせる右手でハンカチを取り出して丁寧《ていねい》に包んだ。

五本ある指の中で、太一朗が薬指を選んだ理由を優樹は訊《き》き返したりはしなかった。

そのかわり、彼女が訊いたのは。

「こんなこと訊くのも何なんだけど」

「はい」

「あたしの薬指いる？」

「ください」

太一朗は即答する。

指を渡し、指を貰う。その行為は、通常ではありえない話だ。山崎《やまざき》太一朗という人間ならば、考えもしなかったこと。山崎太一朗という人間は、アヤカシを殺す物に憑《つ》かれ、アヤカシと戦い、アヤカシを殺した。

今、ここに生きて立っているのは、山崎太一朗という生き物だ。

「さて……」

優樹は、自分の両手を見た。どちらも右手。人の形をした右の右手、鬼の形をした左の右手。優樹は当然のように、右の右手の薬指を口元にやって噛み千切ろうとした。どちらも同じなら、見た目のよい方がいいだろう。

「あの、できれば左手のがほしいんですが」

しかし太一朗の選択《せんたく》は違っていた。

「どっちも同じ形だから、こっちでもいいんじゃない？」

「いえ、左の右手をください」

形がどうであろうと、彼がほしいのは左の手の指。

「大きいし保管がめんどくさいと思うんだけどね……それに気持ち悪くない？」

「左腕がやたら黒くて太くても、優樹《ゆうき》さんは優樹さんですから。人とかアヤカシとか二重雑種《ダブルブリッド》とか、そういうのは横に置いといて、目の前にいるあなたが、俺《おれ》は好きなんです」

優樹は笑った。泣きはせずに、ただ笑う。こうも力いっぱい断言されると、笑うしかない。自信がないのに。そう言ってくれる彼のどこが好きなのか、本当に好きなのか、彼に自分の肉と魂《たましい》をすべて委《ゆだ》ねていいのか、自信がない。

だが彼に、自分の肉の一部を委ねたいと思う気持ちは、間違いなく本当だ。

だから優樹は、太一朗《たいちろう》がしたように自身の鬼の薬指を噛《か》み千切《ちぎ》ろうとした。しかし既《すで》に歯が何本か折れ、頬骨《ほおぼね》も砕《くだ》けているせいか、顎《あご》の力が全然足りない。

「……うーん、力が足りないなあ」

「自分がやってみてもいいですか？」

優樹は自分の唾液《だえき》にまみれた左手と、太一朗を見比べた。

そして、黙《だま》ってその大きな手を差し出す。

太一朗は、片膝《かたひざ》をついてその黒い左腕の右手を取った。

節くれだった薬指の関節、太く硬い骨の部分、優樹の唾液に濡《ぬ》れているその部分に歯を立てた。

歯だけではなく、太一朗の舌と唇が触れている。
彼の口の中に、優樹の薬指が入っている。
人の熱《ねつ》。人の息吹《いぶき》。人の命。
以前、彼に触れられた時の恐怖もおぞましさもない。
人と触れ合うということ。
人と生きるということ。
優樹は目を閉じた。
彼の歯が、ゆっくりと皮へと、肉へと、骨へと、食い込んでいく。
血が、彼の口内へと流れ込んでいく。
太一朗が指を噛み千切るまで、ただ静かに目を閉じた。

優樹が嫌《いや》な男と一緒《いっしょ》に戻ってきたのを見て、未知《みち》は嬉《うれ》しくはあったが複雑な気分だった。しかし優樹が死にに行くといい、しかも太一朗と一緒に渋谷《しぶや》に戻れと言い出した時には泣き出した。泣き出して、泣き出して。
それでも、未知はわかってしまった。このまま泣いていても優樹が困ること。優樹が困るのは、とても嫌《いや》だ。だから。

「カレー、作れなくてごめんね」

優樹《ゆうき》は、近くに転がっていた血の付着している帽子《ぼうし》を拾い上げた。おざなりに埃《ほこり》を払い、それを未知《みち》の頭に被《かぶ》せてやる。

「……ううん、ゆうさん、ありがとう、だいすき」

未知は優樹に抱きついた。それが優樹と未知の別れ。短い間ではあったが、共《とも》に生き、戦い、命と魂《たましい》を支えてくれた幼女との別れ。

「じゃあ太一《たいち》くん、みっちゃんのことよろしく、元気で」

「はい」

さようなら、とは言いたくなかった。

太一朗《たいちろう》が笑いながら言った言葉は。

「いってらっしゃい」

優樹は笑って答えた。

「ありがとう、いってきます」

世界は変わらずただ続く

「こんにちは優樹《ゆうき》様、お疲れ様でした」

こんにちは浦《うら》さん……疲れたけど、気分はとてもいいです。

「まずは一杯どうぞ」

どうも……五臓六腑《ごぞうろっぷ》に染み渡るって、こういうことを言うんですね。

「それだけでよろしいのですか？」

これだけで十分です、ありがとうございました。

「遣《や》り残されたことなど、ないと？」

あったとしても、もう間に合いませんよ。

「そうでもありません。かつて優樹様の命を支えていた肉があります。延命に使えるかと」

……まだあったんですか、それ。

「はい」

いいです、適当に燃《も》やして燃えるごみの日にでも出してください。

「そんなことはしませんが」

そうですか。

「……………優樹様」

はい。

「何か、私に訊《き》きたいことがあるのでは？」

いえ、とくには。

「Ω《オメガ》サーキット、キマイラ、片倉晃《かたくらこう》、そしてお父上のこと。他《ほか》にも優樹様が疑問に思われるすべてのことを、今の私はお話しすることができます。知りたいとは思われませんか？」

……いいえ。

「死ぬから、どうでもいいと？」

それは、浦さんの口から、ただ結果だけを聞いていい話じゃないからです。聞くとしたら、あのお父《とう》さんぽい鬼や、晃くんから聞かないといけないことでした。それができないなら、それはただ聞けばいいだけの話じゃないです。

「なるほど」

……浦さん。

「はい」

今まで、ありがとうございました。

「私は、優樹様《ゆうき》に礼を言われるようなことを何一つしておりません。私はただ、私の見たいものを見て、したいことをして、楽しみたいために楽しむ努力をしてきただけです。優樹様が私のことを親切で優《やさ》しい鬼だなどと思っているのは、錯覚《さっかく》でしかなかったのです」

それは知らなかったですね。

「悲しいですか？　私がこんなことを言い出すのは」

いいえ、浦《うら》さんの本音《ほんね》が聞けて嬉《うれ》しいですよ。それに最期《さいご》に浦さんの笑っていない顔が見られて嬉しかった。

「この顔をしている私は、たいそう恐ろしく見えるらしいのですが」

そうでもないですよ。

「……優樹様」

はい。

「この世界は、優樹様の生死に拘《かかわ》らず続いていきます」

はあ。

「世界をよい方向へ進めたいですか？」

……変なことを訊《き》くんですね。

「この世界は、私たちのような存在や、優樹様たちが暮らしていくには窮屈《きゅうくつ》過ぎるとは思いませんでしたか？」

十分自由でしたよ。

「もう少し、生きやすい世界の方がよいとは思われませんか？」

このままでも、いいと思うんですけど。

「このままだと、生きにくい世界になっていくでしょう」

そういうものですか。

「命じてくだされば、私は世界が優樹様の望まれる方に進んでいくよう努めます」

世界なんて、放っておいても適当に続いていくもんです。

「そうですか」

はい。

「……私に何か言葉を遺《のこ》してくださらないのですか」

それならあります。本当に浦さんにはお世話になりました。母と浦さんと飯田《いいだ》さん……三人に育ててもらったから、ここまで生きられたんです。母と飯田さんには直接言えませんでしたが、本当にありがとうございました。

「優樹様」

はい。

「私は、あなたとあなたのお父上が、生きて、そして苦しみながら死んでいくのを見るのが、とても悲しかったのです」

……はい。

「しかし、自分の心が悲しむのが、とても楽しかったのです。私にとってこれ以外に悲しいことなど何もなく、その悲しみこそが、私にはとても喜ばしく、楽しいことだったのです」

何だか、よくわからないんですけど。

「優樹《ゆうき》様がこれから死んでいくのが、とても悲しい。この悲しみは事実であるのに、私は楽しいのです」

……別にいいんじゃないですか、それでも。

「申《もう》し訳《わけ》ありません」

でも、死ぬ時は一人《ひとり》でいたいんです。……献体《けんたい》の義務があるのはわかっていますけど。

「はい、その最期《さいご》の希望を、私は尊重いたします」

ありがとうございます。

「あなたが永《なが》い眠りについても、世界も私も、あなたと共《とも》に生きた人間やアヤカシたちも、ただ続いていきます」

……世界はともかく、皆がそれなりに生きてくれればいいです。

「悲しいことです」

…………………。

「それでは優樹様、おやすみなさいませ、よい夢を」

おやすみなさい、よい夢を見られるかはわからないけど。

よい夢。

もしかしたら、幸せに生きられた自分の姿。

痛いことや苦しいことが少なくて、家族――母と鬼神《きしん》の父、存在を知った時にはもう遅かった弟たち――、アヤカシの仲間、……そして彼と、ごく普通に日々を過ごして、生きていく。

自分の人生を否定する気なんてないけれど。

少しくらい。

本当に少しくらいなら、幸せな夢を見てもいいんじゃないか。

夢なんだから。

……夢、なんだから。


幸せな夢を、見られますように。

おやすみなさい。

これが　そんないきものたちの　ものがたり
せいとしと　ちとにくとほねの　ものがたり

これが　たったそれだけだった　ものがたり
これが　それだけではなかった　ものがたり

# あとがき

こんにちは、そしてお久しぶりの中村恵里加《なかむらえりか》です。前作のソウル・アンダーテイカーから三年、ダブルブリッドⅨから数えると四年半ぶりくらいでしょうか。あまりにも久しぶりすぎて、あとがきに何を書けばいいのかも戸惑《とまど》います。

だいぶ間が開いてしまって大変申《もう》し訳《わけ》ありませんが、ダブルブリッドX、そしてシリーズ最終巻です。ダブルブリッドを書いたのが1999年だということを考えると、気が遠くなりそうです。あの年、電撃《でんげき》セガサターンに掲載されていた第六回電撃ゲーム小説大賞《たいしょう》の広告を見なかったら、今頃《いまごろ》何をしているのやら。

とにもかくにも、ダブルブリッドはこれにて完結です。

以前、電撃hpのインタビューで『私自身にとっては紛れもないハッピーエンドにする予定』と語りました。予定は未定とはよく言いますが、この予定だけは実現できたつもりです。実現にかなり時間がかかってしまったのが情けないですが。

ダブルブリッドについて色々《いろいろ》と語りたいことはあるのですが、どうも上手《うま》く文章にまとめることができません。一応小説家という職業《しょくぎょう》に就いているはずなのに、文字でまとめられないというのはなかなかにみっともない話です。思い入れがあり過ぎるのかもしれません。

一つエピソードを語るなら、ダブルブリッドという物語を思いついたのは、ゲームセンターで月華《げっか》の剣士《けんし》をプレイしていた時です。操作《そうさ》キャラは直衛示源《なおえしげん》でした。最終ボスとの戦闘中《せんとうちゅう》、なぜか『白髪頭の女の子が、戦って、傷ついて、たまにだらだらしながら、生きる物語を書きたい』と閃《ひらめ》いたのです。どう考えてみても、何の関連性もありません。

あれから月日が経《た》ち、アクションゲームの腕もだいぶ落ちてしまいました。どれくらいかというと、モンスターハンター2でグラビモス亜種に勝てないくらいです。ワンダと巨像は五体目に負けてます。トワイライトプリンセス（GC版）は、何とかクリアできるくらいです。

ダブルブリッドの話をしようとしてゲームの話題にシフトしているのが私らしいといえば私らしいですが、最終巻のあとがきくらいはもう少しスマートに書けなかったのかと自省しております。

四年もの間、ダブルブリッドを待ってくださっていた読者の方々、ありがとうございます。読者さんがいなかったら、小説家としての中村恵里加《なかむらえりか》は既《すで》に死んでいたでしょう。

この本の製作に関《かか》わった方々——特に編集《へんしゅう》の徳田《とくだ》さん、イラストのたけひとさんには色々《いろいろ》とご迷惑をおかけしました。本当にすいません。そしてありがとうございます。

締《し》まらないあとがきではありますが、ここらで筆を置くことにします。実際は筆じゃなくてワードですけど。

ダブルブリッドという物語は終わります。
この終わる物語が、皆様に何かを残すことができたら幸いです。

中村恵里加

## ◉中村恵里加著作リスト

「ダブルブリッド」（電撃文庫）
「ダブルブリッドII」（同）
「ダブルブリッドIII」（同）
「ダブルブリッドIV」（同）
「ダブルブリッドV」（同）
「ダブルブリッドVI」（同）
「ダブルブリッドVII」（同）
「ダブルブリッドVIII」（同）
「ダブルブリッドIX」（同）
「ソウル・アンダーテイカー」（同）

本書に対するご意見、ご感想をお寄せください。

■

あて先

〒101-8305 東京都千代田区神田駿河台1-8 東京YWCA会館
アスキー・メディアワークス電撃文庫編集部
「中村恵里加先生」係
「たけひと先生」係

■

電撃文庫

# ダブルブリッドX

中村恵里加《なかむらえりか》


発行　二〇〇八年五月十日　初版発行

発行者　髙野 潔

発行所　株式会社アスキー・メディアワークス
〒一〇一-八三〇五 東京都千代田区神田駿河台一-八
東京YWCA会館
電話〇三-五二八一-五二〇七（編集）

発売元　株式会社角川グループパブリッシング
〒一〇二-八一七七 東京都千代田区富士見二-十三-三
電話〇三-三二三八-八六〇五（営業）

装丁者　荻窪裕司（META+MANIERA）

印刷・製本　旭印刷株式会社





ISBN978-4-04-867065-4 C0193

# 電撃文庫創刊に際して

文庫は、我が国にとどまらず、世界の書籍の流れのなかで〝小さな巨人〟としての地位を築いてきた。古今東西の名著を、廉価で手に入りやすい形で提供してきたからこそ、人は文庫を自分の師として、また青春の想い出として、語りついできたのである。

その源を、文化的にはドイツのレクラム文庫に求めるにせよ、規模の上でイギリスのペンギンブックスに求めるにせよ、いま文庫は知識人の層の多様化に従って、ますますその意義を大きくしていると言ってよい。

文庫出版の意味するものは、激動の現代のみならず将来にわたって、大きくなることはあっても、小さくなることはないだろう。

「電撃文庫」は、そのように多様化した対象に応え、歴史に耐えうる作品を収録するのはもちろん、新しい世紀を迎えるにあたって、既成の枠をこえる新鮮で強烈なアイ・オープナーたりたい。

その特異さ故に、この存在は、かつて文庫がはじめて出版世界に登場したときと、同じ戸惑いを読書人に与えるかもしれない。

しかし、〈Changing Time, Changing Publishing〉時代は変わって、出版も変わる。時を重ねるなかで、精神の糧として、心の一隅を占めるものとして、次なる文化の担い手の若者たちに確かな評価を得られると信じて、ここに「電撃文庫」を出版する。

1993年6月10日

角川歴彦

電撃文庫

## ダブルブリッド

中村恵里加
イラスト／藤倉和音

ISBN4－8402－1417－4

特定遺伝因子保持生物――通称〝怪《アヤカシ》〟。その宿命を背負う少女、片倉優樹が青年・山崎太一朗と出会ったとき――。第6回電撃ゲーム小説大賞〈金賞〉受賞作！

な-7-1　0423

## ダブルブリッドⅡ

中村恵里加
イラスト／藤倉和音

ISBN4－8402－1490－5

人の血を糧とするアヤカシ――吸血鬼と対峙した優樹の胸に芽生えたものは!? 第6回電撃ゲーム小説大賞〈金賞〉受賞作の続編!!

な-7-2　0436

## ダブルブリッドⅢ

中村恵里加
イラスト／たけひと

ISBN4－8402－1586－3

大陸からやってきた大戦期の人型兵器、哪吒《なた》。その哪吒と、片倉優樹の運命が交錯したとき、その悲劇は起こった――。人気沸騰のシリーズ第3弾！

な-7-3　0462

## ダブルブリッドⅣ

中村恵里加
イラスト／たけひと

ISBN4－8402－1683－5

高橋幸児の死体を運んでいた輸送車が炎上、死体はその場から消え去った。一方、出向期間終了を間近に控えた太一朗はある決意で優樹のもとに向かうのだが……。

な-7-4　0498

## ダブルブリッドⅤ

中村恵里加
イラスト／たけひと

ISBN4－8402－1738－6

京都でひとりのアヤカシが殺害された。調査のため京都に向かった片倉優樹が見たものは……？　一方、休暇を利用して実家に帰った山崎太一朗は――。

な-7-5　0522

## 電撃文庫

### ソウル・アンダーテイカー
中村恵里加
イラスト／洒乃 渉
ISBN4－8402－2943－0

生者の魂を喰らい死者の魂を引き寄せる使役用霊的物質高等結合体＝ハンニバル。そんな死を招く猫が出会った相手はとんでもない〝大馬鹿者〟だった……。

な-7-10　1058

### ウェスタディアの双星　真逆の英雄登場の章
小河正岳
イラスト／津雪
ISBN978－4－8402－4153－3

敵国大艦隊来襲。国家の未曾有の危機に主だった者は逃げ出した。残ったのは不良軍人の青年とまだあどけなさが残る書記官だった。こんな二人が英雄になる!?

お-10-5　1545

### ウェスタディアの双星2　幸運の女神(?)降臨の章
小河正岳
イラスト／津雪
ISBN978－4－04－867060－9

ウェスタディア存続をかけたラミアム大公国の征服。だが攻略期限は不可能としか思えない短さだった。しかも双星を待ち受けるのは防戦の名手ユリアヌスで!?

お-10-6　1597

### きみと歩くひだまりを
志村一矢
イラスト／桐島サトシ
ISBN978－4－8402－4122－9

神代ひなたと安藤美月。ふたりの少女との別れと出会いが僕の運命を変えた――。妖獣に汚染された世界で、僕は生きる。かけがえのない〝相棒〟とともに。

し-7-16　1527

### きみと歩くひだまりを2
志村一矢
イラスト／桐島サトシ
ISBN978－4－04－867061－6

学園内で孤立する美月を見かねた星也は、クラスメートの南に相談するが……。そんな中、結界を失った明神市に最悪の妖獣〝アンラ・マンユ〟が迫る！

し-7-17　1594

# 電撃文庫

| タイトル | 著者/イラスト | ISBN | あらすじ | 記号 | 番号 |
|---|---|---|---|---|---|
| **メグとセロンI 三三〇五年の夏休み〈上〉** | 時雨沢恵一 イラスト/黒星紅白 | ISBN978-4-8402-4184-7 | メグとセロンは、リリアと同校同学年。リリアとトレイズが夏休みの大冒険中、メグとセロンは学校内の古い建物の謎に迫っていた！ 待望の新シリーズ第1弾! | し-8-24 | 1559 |
| **メグとセロンII 三三〇五年の夏休み〈下〉** | 時雨沢恵一 イラスト/黒星紅白 | ISBN978-4-04-867062-3 | セロンは、演劇部の合宿で出会った仲間達と（もちろんメグも）一緒に、謎の人物が潜んでいるらしい倉庫探索に乗り出す。果たして謎の人物の正体とは——!? | し-8-25 | 1586 |
| **ラッキーチャンス!** | 有沢まみず イラスト/QP:flapper | ISBN978-4-8402-4123-6 | 疫病神から転職したばっかりのかわいい福の神・キチと、日本一不運な"ごえん"使いの高校生・外神雅人が贈る、問題いっぱいの学園ハッピーラブコメディ! | あ-13-20 | 1528 |
| **ラッキーチャンス!2** | 有沢まみず イラスト/QP:flapper | ISBN978-4-8402-4170-0 | 雅人の想いをかなえるために、福の神のキチはかわいい二之宮さんとの仲を取り持とうと一生懸命がんばるが……。でもね、キチ？ それでいいの？ | あ-13-21 | 1550 |
| **ラッキーチャンス!3** | 有沢まみず イラスト/QP:flapper | ISBN978-4-04-867057-9 | 雅人と一緒にいるだけで幸せ♥ でもキチには、どうしても叶えてみたい望みが一つあって……。福の神キチとごえん使い雅人のハッピー学園ラブコメ、第3弾! | あ-13-22 | 1596 |